云南省文艺精品创作扶持资金资助项目

长篇报告文学

軍隊 军人 军婚

戍边官兵的家国情怀

黄晓萍　谭　添　著

雲南大學出版社

图书在版编目（CIP）数据

军队 军人 军婚：戍边官兵的家国情怀 / 黄晓萍，谭添著. --昆明：云南大学出版社，2017
ISBN 978-7-5482-3148-6

Ⅰ. ①军… Ⅱ. ①黄… ②谭… Ⅲ. ①报告文学－作品集－中国－当代 Ⅳ. ①I25

中国版本图书馆CIP数据核字（2017）第258600号

出 品 人：施海涛
策　　划：吕 君
责任编辑：蔡红华
特约编辑：吴 垠
责任校对：严永欢
装帧设计：刘 雨

长篇报告文学

戍边官兵的家国情怀

黄晓萍 谭 添 著

出版发行：云南大学出版社
印　　装：昆明市五华区理煋教育印务有限公司
开　　本：880mm×1230mm 1/32
印　　张：10.5
字　　数：220千
版　　次：2017年12月第1版
印　　次：2018年6月第2次印刷
书　　号：ISBN 978-7-5482-3148-6
定　　价：68.00元

社　　址：昆明市一二一大街182号（云南大学东陆校区英华园内）
邮　　编：650091
电　　话：（0871）65033244 65031071
网　　址：http://www.ynup.com

不一样的女性（代序）

丹　增

党的十八大以来，在中共中央总书记习近平同志的带领下，中国开启了新时代下的新篇章。新篇章新在：确立了一条适合中国国情的发展道路，把人民利益放在首位的发展道路，把改革创新作为动力的发展道路，把开放包容作为战略的发展道路。从从严治党到强国强军，从扶贫攻坚到社会治理，从深化改革到制度创新，源源不断地为中华大地注入新活力。

2017年，是中国人民解放军建军九十周年，是中国共产党第十九次全国代表大会胜利召开之年。中国的作家、中国的艺术家，激发起空前的创作热情，推出了一批内容高雅，题材鲜明，形式独特，魅力无穷的文艺作品。其中，以部队建设为主旨的作品尤为突出。这些作品不管题材轻盈还是沉重，内容优雅还是沉痛，都倾注满腔热血，努力耕作，追忆过往，记录时代，烛照当下。这些作品取材角度各不相同，艺术风格纷繁多姿，都无不展示着中国人民解放军用热血捍卫国家领土、民族尊严和人民幸福的坚强意志，无不体现着对党绝对忠诚、对人民绝对热爱、对自己绝对纯洁的时代精神和英雄风貌。

“没有共产党就没有新中国”，这是中国人民总结出的真理；“枪杆子里面出政权”，这是毛泽东的至理名言。这两句话，精准地概括了中国革命的胜利与中国军队的奉献密不可分的关系。

军队是国之大器，对全面建成小康社会，实现中华民族伟大复兴的中国梦，有着重要的意义。中国人民解放军对国家建设的贡献，记入了煌煌史书，在九十年的建军史上，座座丰碑筑成的钢铁长城是中华民族兴旺发达的坚强保障。

中国风光绮丽，民族众多，风物奇特，风俗多样，风姿秀逸，祥和宁静。改革开放以来，中国社会经济发展突飞猛进，军队的保驾护航功不可没。

本书以切肤掏心的笔触，令人感慨的故事，让我们从那些感人至深的片段和相当鲜活的人物身上，窥见中国戍边军人集体风貌之一斑。

本书触及了不大为外界熟知的一些领域：中国维和的国际影响力、火箭军的战略威慑力量、扫雷排险、“好八连”的优良传统、空军的“眼睛”、军队干休所的老革命们，以及和平年代军队建设与国家安宁的特殊关系，军队家属们对部队建设的特殊贡献。书中还牵出了一个不一样的女性群体——军嫂。她们像一朵朵盛开的杜鹃，为军营的人间烟火增添了绚丽的色彩。军嫂的奉献与担当，使本书充满诗性与思辨，她们毫不逊色于热血男儿。无论是职场军嫂还是专职军嫂，她们都将中国妇女的传统美德与家国情怀一肩挑。其思想的深度，情感的浓度，价值的亮度，无一不是正能量。女性有爱情，爱情是生活中的诗歌，是人生中的太阳。这些军嫂恋慕的不是白银、黄金，不是房子、汽车，她们爱的是军人，是保卫祖国的军人。军人的天职是保卫祖国，祖国是人民的集合，正如大海是水滴的故乡。女性有家庭，家是爱与梦想的构成，屋子是墙壁与栋梁的组合。军嫂的家庭不单是自己身体的住所，更是守边军人心灵的寄托处。军嫂眼中可能常常有泪，但心中始终架着彩虹。在此，我由衷地对军嫂们为强军建设所付出的艰辛道一声感谢。

本书以报告文学的形式来展现，作者自己也在挑战极限。据我所知，作者是两位女性，其中一位已不再年轻，她们行走千里，深入军营和军人家庭，亲自采访，难能可贵。一个作家的写作风格可以丈量其内心的纯洁度，一个不朽的作家会通过作品吐露心声。通过作品，我们可以获悉广大而丰富、多彩而生动、艰辛而充实的军嫂生活。作品能从男人心中烧出火来，能从女性眼中带出泪来。本书收放自如，文笔流畅绚丽，用真实场景带动故事，娓娓道来，贴近生活，切近群众，微言大义尽在其中，很能让读者产生共鸣。好读！

我看了这部美得像春天花朵般的作品，感受到了爱情的纯洁性。爱首先意味着奉献，爱是人类灵魂的一面镜子。真正的爱情，要求始终承担巨大的、神圣的义务。要承担对你爱侣的前途、事业、生活的责任，把自己的精神力量无私地献给爱侣，为对方缔造无忧无虑的幸福。爱情绝不是寻欢作乐，绝不是诺言誓语，纯洁的爱情能使人生绚丽多彩。我想这些军嫂与多数女人一样："我要我的丈夫全部归于我""我和丈夫要在同一个屋里过日子""我的丈夫要为我承担养儿育女的责任"……按理说这些都是应该的。正是这些人之常情，才更能体现军嫂的崇高精神，才有这部照见灵魂、荡气回肠的作品。我相信崇高的伟大，我相信真理的光芒，它们像青松、像岩石那样质朴无华。也正是这质朴将生活中的一切丑陋与荒唐照得原形毕露。榜样的力量是无穷的。

最后，我想说的是出版的责任，因为一位著名的职业出版家让我写序。出版是文化积累和文化创新的载体，承担着人类文明传承和发展的责任。出版的社会责任、文明传承、文化担当，是有良知和责任感的出版家的职责。出版的文化价值体现在审美情趣、价值观念、道德意识、行为准则之中。今天，一位出版家奉行了这一准则，又推出了一本具备生存尊严、文化尊严的好书奉献读者，传承子孙。可喜可贺！

目　录

大国风度

我爱祖国的蓝天

博士军嫂的幸福维度

军人家庭的人间烟火

我是一个兵　我是兵王妻

焦点在军营之外

军人家风

硝烟远去

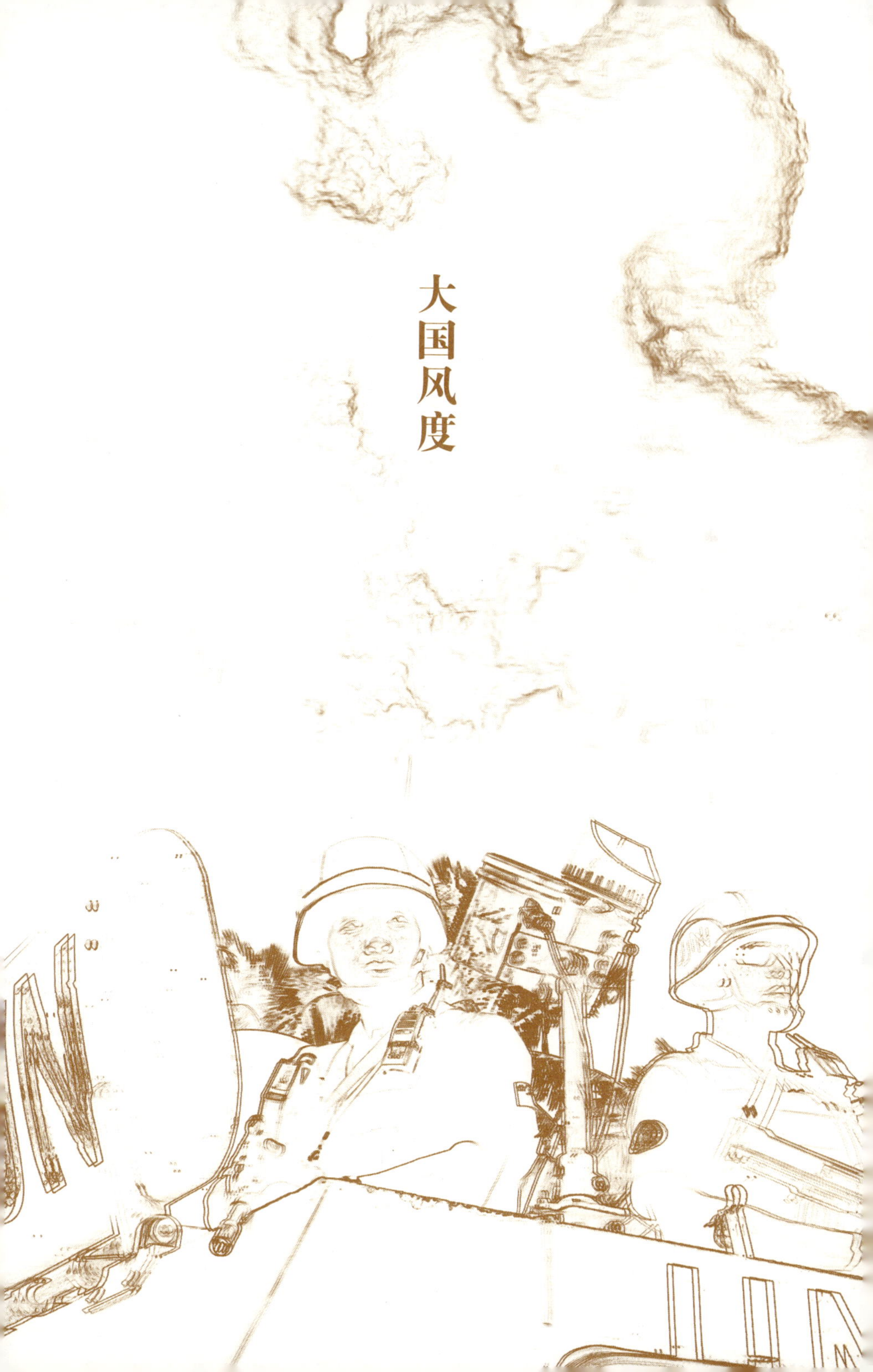

大国风度

世界和平的守望者

维和的完整意思，不言而喻，就是维护世界和平。世界的概念太大，大到联合国大楼前，万国国旗在猎猎长风中，将五洲四海的彩云收来帐下，分不清谁是朝阳、谁是夕阳，这还不能说是“世界”的全部。世界的概念又太小，小到皮球大、拳头大、乒乓球大，盈盈一握，世界就在不经意间滴溜溜转，转成经纬、转成时差。

和平，是相对于战争而言的。

当今世界，战火从来都没有真正灭迹，只不过它所表现的形式变得多样，战场范围难界定，战乱起因也更难简而言之或统而言之。

二战以来，世界范围的大战消停已七十年。这七十年，是人类发展史上突飞猛进的七十年。当全世界都在享受因和平而带来的成果时，新的不平衡随之产生。各种诱因导致的社会动荡与冲突，都让当今世界变得很不安宁。不管哪个国家的小打小闹或者大打大闹，都会对世界和平带来影响。

联合国对这些难以仲裁的主权国内部的事，像一位大家庭中的老娘舅，安抚、调停、帮助、支持……目的是维护得来不易的和平。

1988年12月，中国成为联合国维护和平行动特别委员会成员。

1990年4月，中国首次派军事观察员参加联合国停战监督组织。

1992年4月，中国第一支“蓝盔”部队——工程兵大队赴柬埔寨执行任务。

2001年12月，中国“维和待命”变成实际行动。据不完全统计，先后大约有二千八百名中国官兵在联合国九个任务区执行维和任务，包括工兵、运输、医疗、警卫、步兵等五种类型的十五支维和分队。从中东到非洲、美洲……来自古老东方大国的专业蓝盔队伍守护着世界和平，在世界人民的心中竖起了一面红色旗帜。

云南省公安边防总队政治部宣传干事钟荐勤最爱干的事，是在网上搜索中国维和部队的信息。他看得两眼发直，他看得心痒难耐。

钟荐勤认为，是军人，必须显示出战斗品格；是宣传干事，必须具有战地记者素质。梦牵神往，血与火的洗礼是他长久以来的念想。钟荐勤是一个爱好多多、崇拜多多的不安分者，他崇拜写出“金戈铁马，气吞万里如虎”的辛弃疾，更崇拜笔杆子枪杆子都了得的毛泽东。伟人一首写于1934年的《清平乐·会昌》——

东方欲晓，莫道君行早。踏遍青山人未老，风景这边独好。会昌城外高峰，颠连直接东溟。战士指看南粤，更加郁郁葱葱。

钟荐勤上中学时就背得一字不差，为他这个综合成绩不怎么样的小小中学生挣来过面子。那时，他被一种乐观、高昂、坚韧不拔、顽强战斗、百折不挠的革命精神所折服。

毛泽东在这首诗词中歌咏的大好山川，就是钟荐勤的家乡。

钟荐勤的家乡是革命老区。蒋介石“剿共灭红”的猖獗残酷，红军将士依托革命根据地转战武夷山与蒋介石斗智斗勇的大智慧，自小他就听得很多很多。钟荐勤的爷爷就是那时候参加了红军，可这一走就再也没有回来。

他真恨不得能早生五十年，去做一个传奇中的红军英雄。即使英雄有憾而成为一抔黄土，那也不枉男儿立世一场。

和平年代和平兵，他到什么地方去展现他的男儿志、壮士心?

英雄梦一直都是热血男儿钟荐勤的情有独钟。

好学，是钟荐勤夫妻的共同点。

笔者曾几次走进他们的家，两大排书橱满满的。他们都喜欢阅读，一张大床左右各有一盏台灯。妻子看小说，钟荐勤看杂书，尤喜世界性的带有政治评说的书。让海地走进钟荐勤视线的，是一本美国时代生活出版公司出版的《人类1000年》。此书遴选出从公元1000年到2000年间，人类历史上发生的对人类文化产生过重大影响的一百件重大事件，海地摆在相当重要的位置：1804 年，海地获得自由，是世界上第一个摆脱殖民统治的由黑色人种建立的独立共和国。

而今的海地，却饱含着动荡的空气，人民越来越食不果腹，社会秩序乱哄哄，怎一个“难”字了得？

海地这个国家，就这样让钟荐勤记住了。

2007 年 6 月，一个令钟荐勤振奋的消息传来。公安部决定以云南边防武警为主，组建第六支中国赴海地维和警察防暴队。

天赐良机，他怎么能错过！

不承想，仅仅开了一次动员会，报名的几乎是边防总队所属全部人马。看来，做维和梦的，不光是他。

海地在加勒比海，大家都担心跨不了“海”。起初钟荐勤没这个顾虑，他相当自信，无论有多少人报名，千里挑一选良才，绝对有他。这支跨国维和防暴队，虽然名额只有一百二十五人，但在组合中，各种人才都要配备，必然有一名宣传官。钟荐勤的自我感觉太良好：这名维和宣传干事，非他莫属。

名单中，有他的战友、上级，同操一行的范玉泉。

钟荐勤还嫩了点，沉不住气。

他开始变得有些失落，心虚虚的、慌慌的，无论从专业素养还是综合素质，范玉泉都是他的“劲敌”。

在部队，资历、阅历和级别都是毫无人情观念的坎，想迈过去，难！

同在总队政治部宣传处工作，范玉泉与他就在同一层楼办公，工作餐几乎天天同桌，喝小酒也经常在一起，抬头不见低头见。钟荐勤几回想与范玉泉套套近乎，低调出击：“玉泉兄，让兄弟三分。”他连说服范玉泉的理由都想好了：“玉泉兄，您的儿子正处在淘气的年龄段，没个爹在家不行，您就忍心让嫂子忙个一佛出世二佛升天？”

不好说。不能说。不便说。

那几天钟荐勤的情绪有点低落，回家的脚步声也收敛了许多。往常，他踏着进家的阶梯，才起步就打着响声：我回来了。

妻子徐宏已经很适应钟荐勤的做事节奏。他事头多、出差多，管的闲事也多。行李包常常放在门边，旁边摆着两双不同的鞋，一双是出门的鞋，一双是进门的鞋，很难判断他这是回家，还是要又一次外出执勤。

如果这个时候徐宏问他为什么不开心，他肯定无言以对。压根儿还没个影儿的事，他真的不好先对徐宏和母亲说。

体检，给钟荐勤带来意外惊喜：范玉泉在体检中，因一小疾没有过关，钟荐勤认为这点小疾，是上天有意成全他。他很想抱住范玉泉叫几声“哥”。太外露是不是有点幸灾乐祸、小肚鸡肠？钟荐勤可不是那样的人。他适当地表示了一下，就在总队旁边，他们常去的小饭馆，和玉泉兄好好喝了一次酒；陪玉泉兄走了一趟红河边防，一路充当着“马仔”，感谢玉泉兄的“小疾”。

维和防暴是高危行动，身体一定要棒，哪怕是无关痛痒的小差。钟荐勤身体壮实，舞刀弄棒绝对没问题。

“后院”却有点麻烦。

妻子徐宏相当支持钟荐勤参加维和选拔，给他鼓励、出点子，像半个军师。

徐宏太了解钟荐勤的潜质了，他是那种给点阳光就灿烂的人，只要有个平台，路怎么走在他心里早有数。徐宏也曾是边防军人，就因为要做丈夫事业的坚强后盾，她过早地离开了自己难以割舍的军旅生涯，转业到地方做了一名行政人员，一名军嫂。

人到而立，徐宏也有一个美丽的希望，盼着在女人生育的最佳时段，有一个可爱的宝宝。珠胎真是奇妙，越想“结子”越是迟迟没动静。那就等一年再说吧，也不在这一时一刻，沉默的子宫在按生理规律储备养分，孩子总是会有的。徐宏表现得相当有见地，在丈夫面前一概不提这件事，顺其自然，先成全丈夫的心愿。

母亲就不这么通达。

钟荐勤的母亲胡翠英，这两年过着她人生最幸福的时光。儿子事业有成，儿媳妇又那么优秀，小夫妻恩恩爱爱，对老人都十分孝顺。操劳了一辈子的她，总算可以安度晚年了。儿子太懂事，怕她远离老家在昆明没有熟人、朋友，难免寂寞，便给母亲介绍了几个女相知，天天在金碧广场学跳交谊舞，还为母亲请了教练、陪练。几个退休女知识分子都对母亲很友好，轮番邀请母亲下场操练。母亲个子修长，曾经是个“女篮五号”，扮男角儿是个天然料，人家才教她快四步，她连圆舞曲都会带着女伴跳了。钟荐勤一一录下来做成光盘，还正儿八经写上：表演者胡翠英，制作者钟荐勤。

母亲什么都满意，就一桩心事宁静不了。

女知识分子胡翠英曾是一所重点小学的校长，一生育过六胎，“五朵金花”之后，有了钟荐勤。唯一的儿子年过三十还没个孩子，成了她释怀不了的心事。听说儿子要去海地维和，她首先想到的就是这桩事。

母亲曾经沧海，阅历很深，知道机遇对成长中的人意味着什么。她不反对儿子去维和，十年等一回的好事，能落在儿子身上，也是她做母亲的光彩。要是老伴还在，也会为儿子骄傲的，可惜老伴走得早了些，没能看到儿子这兵都当到国外去的这一天。

胡翠英找来儿子，言语很直率：“怀上了，你就去。”

她如是说，还如是做，一点也不含蓄。

那一段时间，胡翠英晚饭后一个人出去散步，走到哪儿算哪儿。走累了回家早早上床，似乎给人感觉是“睡着了”……

钟荐勤太了解母亲，她根本没有入睡，是在给他们创造条件。他拉着母亲撒娇也算一绝：“妈，你让我难为情，让我有配种的感觉，又不是小猫小狗。你别急，两年之内，我努力让你当上奶奶，你老人家给儿子留一点自尊心好不好？”

送子信使还在远方云游，一时半会儿赶不到。而维和是有时限的，错过此山无鸟叫，这才是他当时最急的事。

母亲较着劲儿，钟荐勤拿母亲没辙，他万般无奈，吹起了“枕边风”。

那晚的月亮过于圆，圆得让钟荐勤不耐烦。他求着徐宏：“你去跟妈好好说，妈会听你的。老婆、媳妇、心肝、爱人，绿遍天涯才叫芳草，我都听见加勒比海的涛声了。”

“你酸不酸啦？”

徐宏出马，母亲再多的理由，在儿媳妇面前也没有了理由。

2007 年 12 月 13 日。

北京的气温骤降至零下六度，多数人猫冬不出门，街道空疏了许多。和平鸽不怕冷，穿楼过窗，一声声清脆的鸽哨，比汽车的喇叭声动人多了。

和平鸽是通灵性的，中国有，海地有，全世界都有。

首都机场。

中国维和赴海地第六支队政委李钦，庄严地接过公安部首长授予的中国维和部队的旗帜，迈着正步归队。出征！

这面维和旗帜从飞机的舷梯上展示着一缕大国情怀，开始了全新的维和之路。他们中的绝大多数人，两年之后重走维和路，再次奔向加勒比海，将无私的大爱洒向西半球，洒向海地。

钟荐勤，就是两次赴海地的幸运儿，直到生命的终结。

专机就要起飞了。他们的心底潮涌着无限深情的话：别了，我的祖国！

二十小时之后，海地太子港机场。简易的跑道迎接着他们的国际朋友。

钟荐勤第一个走下舷梯，兴奋地举起手中的“枪”，对准鱼贯而出的战友，摄下了到海地的第一组镜头，并深情地配上了第一句画外旁白：

海地，我们来了。

这一天，是2007年12月16日。

海地一词，在印第安语中，是“多山之地”的意思。海地首都太子港，一个非常诗意的名字，有着同样诗意的意境。

太子港临近赤道，美丽而热烈。

海水冲刷着洁白的沙滩，使沙滩糅合成无垠的温床。戏水的女人搔首弄姿，轻盈入水出水似美人鱼；戏水的孩子蹒跚着，油光水滑的胴体出水入水，踉踉跄跄似一群快活的小金鱼；戏水的男人们拍水如切瓜，在成熟的肢体中展示雄性的魅力。

海水洗涤着满身尘垢，还原了洁净的生态品质。热带的阳光雨露，助长着植物的勃勃生机。椰子树修长的树干顶着一蓬旺盛的头发。芭蕉树肥大的叶片为身子搭起一座凉爽的居所。小草闲花在大树下偷得三分清凉，长成一地无与伦比的地毯。

山脉一台一台地高上天宇，美景就一台台地布上云霄。远远望去，望不到尽头的绿色与云彩纠缠不清，倒挂下来成了一幅收拾不尽的织锦，使人喟叹大自然造化功德真的是无量：

从山脚到山顶，绿浪逶迤；

从海滩到海角，水天一色。

海鸥等飞鸟悠闲地搅和着、调皮着，不多的人声听来如歌咏——听不懂他们在赶浪还是赶鸟，都有旋律味儿，岂不是歌？

钟荐勤用镜头摄入了他的第一感觉，他在为心中的纪实片收集背景资料。有心人遇到有景的山水，有些忘情。如果没有后来所遭际到的残酷，海地在他心里，便是一处不错的旅游胜地。

良辰美景奈何天，赏心乐事谁家院。

这美景，不属于他们赏析的范畴。他们面对的现实是，这个国家因穷困而动荡不安。

那边，海地总统普里瓦尔在国家议会大厦，就新的一轮议政选举发表演说；这边，一些情绪激动的人正向议会大厦靠拢，他们不相信新的政府会给人民带来温饱和安宁，可着劲儿地喧闹、谩骂，高呼着要生存权的种种口号，用种种过激行动，逼迫总统拿出实际行动，让人民生存下去。

就这样，钟荐勤接受着另一个海地。虽然这些也是一个战地宣传官镜头中的内容，但不到万不得已，他不想曝光。感觉中，这个曾经被西班牙、法国、美国占领过的国家，“后殖民地”遗留下来的种种弊端，处处可见。海地没有正规的法律秩序来管理这个国家，没有规范的行为准则来梳理这个国家，无序的力量永远比暂时的有序强大得多。国家机构基本处于瘫痪状态，无政府的状态造成全国一盘散沙，尤以首都太子港及几个大城市的情况最难以驾驭。

钟荐勤为普里瓦尔担忧。

造成这种局势的根源，在政府机构。罪魁祸首，是武装分子。

武装分子不明白“革命对象”，打家劫舍成了维系自身生存的实际行动。他们绑架高官和富人，并买通不堪一击的司法机构人员狼狈为奸。暴力加腐败，使海地的政局糟透了。

说来未必有人相信，堂堂联合国组织“联海团”（1993 年 9 月，联合国安全理事会建立了第一个维持海地和平行动的联合国海地特派团）给中国维和官兵安排的营地是这样的：两幢实在不怎么样的房子，一座简陋的仓库，一排集装箱围成的四不像的围墙，一块块高低不平、大小不一、七拱八翘的水泥地板。这就是营地了！唯一能够体现维护和平的武装设施，是那一道道的铁丝网中几个装有防弹玻璃的哨位，每个哨位不足两平方米。

整个营地给人的感觉，像是在打游击战，随时拔营。

一切都是那样出人意料，唯有那枚月亮耐人寻味。月亮真不嫌路长，悄悄跟在钟荐勤身后，调皮地站在太子港的夜空，清晰得让人能看见嫦娥高高的仙人髻和线条流畅的衣裙。中国的神话，美妙了营地的夜空，多少让身在异乡的他感到安慰。

且慢，麻烦来了！

对讲机里传来战友急促的报告：营区不远，有枪声。

考验，悄悄地、一步一步地追上来了，追上来了。

据不完全统计，在海地，散落民间的枪支至少有五万多支。

如此多的枪支，可以武装多少散兵游勇，着实是个未知数；这些枪内的子弹，有多少将对准国际维和警察，仍然是个未知数。

关于对国际维和支援的认同，当地政府和曾经执政的人态度暧昧。他们希望借国际力量来缓解安全局势脆弱、刑事案件多发的状况，却并不希望支持一方政权成为铁桶江山。正所谓“皇帝轮流做，明年到我家”。

这，是有历史渊源的。

海地自1886年以来，一个政权推翻另一个政权的事，屡见不鲜。逃难的、避祸的下台总统到底有多少，咱们不去干涉人家的内政，在此不赘。他们经历过“文官政府”“武官政府”，均不曾把一个国家治理好，其主要原因是贫富过于悬殊。有关资料表明，全球百分之一左右的极富人口，拥有全球近一半的财富，而占世界人口一半左右的穷人，仅仅拥有全球财富的百分之二左右——海地贫富之间的差距，比这个数据还要大。

贫富悬殊的合理性，在海地失控了。越是人口密集地，越是贫富悬殊；越是贫富悬殊，就越容易产生动乱。

中国在海地执行维和的区域，恰恰是具备上述条件的核心地区。那里，有海地极为繁华的富人区，也有南美较大的贫民窟，弹丸之地拥有绝对贫困人口三十余万，占全国人口的二十七分之一左右。

首都太子港有人口一百余万，约占全国人口的七分之一。太子港天然要素非常好，它的贫困，没有多少道理。

中国维和宣传官钟荐勤，用镜头记录下一组组关于穷困的影像，让人不忍目睹；留下的一段段令人心酸的文字，更让人不忍卒读。

贫困，使人尊严丧失。

就在他们的巡逻区域，常有饥民乞求施舍，随便打发点什么，都会得到他们的最高礼仪：上帝保佑你们！

钟荐勤用才学会的一点点当地话回道：“上帝太忙，连你们都没保护好，怎么顾得上我们?”

钟荐勤是全队最忙的人。

无论小分队出警还是大队人马出警，他始终出现在第一线，他的“双枪”一点儿也不得空，全程录下：

解救儿童；

解除绑架事件；

拆除爆炸物；

多次平息动乱；

一次次险中取胜解除暴力事件；

解救人质高官；

为饥不择食的灾民发放物品；

出生入死到远离太子港两百公里的莱卡，去执行一次政治性很强的特殊任务……

镜头中的勇士个个神威生猛，却没有一个镜头中有他这位“双枪”勇士。

在海地执行维和任务的，有来自世界四十二个国家的和平卫士。一名乌拉圭维和队员被钟荐勤的“双枪”造型镇住，随机拍下了一张“酷呆了”的照片——钟荐勤一手控枪，一手拿摄像机，在他的周围，无任何保护。

在众多除暴事件中，笔者仅选择其中一件来展开写，即可见一斑——

海地一个参议员被困，这个人的身份很特殊。

海地 1987 年 3 月通过的新宪法，确定政体为议会制。法定参议员是三十二位，因各种原因，目前只剩下十七位在维持这届政府的正常执政，因此，这个人手中的一票，就显得非常重要。如果此参议员遭受意外，剩下的十六位在总数三十二位中无法过半。尴尬局面产生的后果，将使参议会形同虚设，连维持政局的条件都不具备。

此人一定要解救，上级下了死命令：只许成功，不许失败。

公安部和云南省公安边防总队的首长同时作出重要指示：勇往直前，不能退缩，在国际维和行动上打出我们的威风！

当时的情况是，该参议员家已被三百多名情绪激动的民众和武装分子团团围困，参议员的私人秘书已遭杀害，参议员本人躲在一家宾馆里，等待救援。

莱卡市的地形我方不熟，想索要一张城市平面图，行政处长两手一摊：没有。

我方立即找来一位熟悉当地街道的雇员，作口头描述。这种方式的描述，只能是大写意。更糟的是，在雇员口中莱卡市找不到一个定位性代表建筑，让人找不着北。

时间太紧，多拖一分钟，被困参议员就多一分危险。一场紧张的救援行动部署方案，在一间简陋的卫生室中形成。

莱卡的街道纵横无序，又还狭窄，城市建筑一娘所生，看哪个都一样。小巷岔巷星罗棋布，处处断头又处处有口。参议员藏身于何处宾馆？谁都说不准。雇员口头描述的宾馆是对的，难度是那个宾馆貌不出众，羞怯怯藏于小巷深处，什么车都无法开进去。宾馆周围全是空房，随时都有可能冲出武装分子，他们也在寻找议员，短兵相接，还不知道鹿死谁手。

怎么能保证绝对安全地解救参议员呢？

从车辆能够行驶的路线到宾馆，八十米距离的巷战一旦发生，将会流血成溪。假如被武装分子发现目标抢先一步，后果将不堪设想。

指挥者根据现场判断，立即采取“投石问路”与“调虎离山”双向并举的策略：请乌拉圭维和部队派两辆大装甲车扫除外围路障，尽可能地将激动的民众和武装分子的注意力吸引到大装甲车一方，造成疑兵阵；在混乱中，我们的小装甲车带上营救组穿越巷道实施营救。既要把人安全救出，又得保证自己不挨冷枪袭击，最大的难度是无法去现场做实地勘察，只能根据雇员描述的情形做模拟。

要紧关头，雇员把方向带错了。

绕了一大圈，小装甲车又调头回来，发现终点和起点在同一个岔路口，还是那不变的八十米距离！指挥官不再犹豫，带着战斗小组冲锋向前。八十米短跑中的勇士们，个个是飞毛腿。最后成功地解救出了参议员。

这一路有阻击，有埋伏，有武装组织，战场险象环生，维和战士只能躲在装甲车中。

钟荐勤不可以躲，他必须将这一切一一拍下，头伸出装甲车外……战友眼见着一个物件向装甲车掷来，一把将他按下。那物件是伪装过的石头，很大，脆响一声掉去车轮底下。钟荐勤复又举起镜头。

第一次维和归来，钟荐勤用他手中的翔实资料，在有关领导和同志的帮助下，制作出了三集纪录片《加勒比海风暴》。

此片在央视《天网》栏目反复播出，随后又在全国“两会”期间重播，产生了非常好的社会效果。

媒体的力量实在太强大，特别是央视。在央视一夜成名的歌手、演员举不胜举，但在央视成名的战地记者，近年来实在不多。原因很简单，这么多年来，祖国和平安定、国泰民安，“战地”一词不大听得见了。钟荐勤是幸运的，《加勒比海风暴》至少让圈内人记住了，在云南边防，有这么一位优秀的战地记者，会抢精彩现场，还会回眸历史，是个镜头感觉和文字提炼双修的人。

电视观众一般是不大关心谁个是摄像人，谁个又是撰稿人的。特别是纪实专题片，观众的目光追逐的，是事件的内容，至于谁个拍的、写的，与我何干？

钟荐勤还是很安慰。因为这部纪录片，让全国人民牵挂着一个叫“海地”的陌生国家，还有一支参加国际维和的云南省公安边防总队。

后来，妻子徐宏整理丈夫的遗物，影像资料有三百多盘，文字记录和日记有十几本。这些，都是不可再生的“文史”，也可以说是一个父亲，给他未来的孩子留下的一笔不可低估的遗产。

暖　冬

寒风萧瑟，落叶飘飞，夜凉如水。

这个冬天并不暖，而在两个月前，徐宏却在此情脉脉中，提前与暖冬对话，写了一篇很长的文字，给自己，也给丈夫钟荐勤。后来，此文在网上被众多人点击、阅读。冬天凛冽，好似季节杀手，真的很冷。

此文的出发点，是那一街的行道树——不是绿化带。行道树成熟老到，苍翠间偶有云雾环绕树梢，使行人有回归的同生感。绿化带却没有这样的力量，它们虽然也美也丽，但太纤巧了反而被车和人夹峙，给人有献媚的讨巧，流不进人的情感。

昆明街道的好处，在于它的平直。南北东西横着来竖着走，构成无数的“井”，如棋盘似的。一眼望不穿的街道站立着两条行道树，飘带似的无休无止，好看！

歪在床上的徐宏，被落叶声声击痛。往常，她和丈夫并肩走在行道树下，梧桐叶摇曳在枝头，落下一地清凉，意味就绵长了。

丈夫走了，再次奔赴海地维和，她得独自早起上班。

应该说钟荐勤走过的城市不少，他却情钟昆明。钟荐勤说昆明历史底蕴深厚，早在 1982 年就成为国家公布的第一批“中国历史文化名城”，有不少历史痕迹错落于行道树间，形成独有的风韵，为它城所不及。钟荐勤家住在二环以内，地下有暗河盘绕，水气足，行道树萧疏的时候不多，最宜人居。他让徐宏好好经营他们的窝，努力工作，为此生的后庭打下坚实基础。

徐宏说：当然！

徐宏听见第一片梧桐树叶的着地声，她正在等公交车。她放过了那趟公交车，专注地在寻找落叶，发现落叶并没有变黄，还带着些儿绿——一声落叶一声秋，这一年该过去了。岁末，钟荐勤三十四岁生日快到了，她该怎么为他庆贺生日呢？在跳上公交车的那一刻，徐宏决定为丈夫写篇文字。写作，是钟荐勤的半个生命。他盼望着她提笔，他鼓励她写作，多次说，我们不仅是夫妻，还能做一对文章知己，会增添不少乐趣。徐宏送给钟荐勤的生日礼物，在去上班的公交车上，跳出了题目《暖冬》。

才见叶落飞黄，又是风凉冬寒。天气预报说，今年的昆明将是一场暖冬，可还是凉了。窗外，碧空万里，闲云悠然，宝宝一旁熟睡，我有些怔怔地幸福，想这时光，安宁静好。

爱人从海地任务区打来电话，说中国警察参加联合国维和行动10周年纪念日（2010年1月12日）即将来临。电话两头，相隔遥远，听来全是热切的暖意。爱人钟荐勤目前是中国第八支赴海地维和警察防暴队的新闻干事，他这已经是第二次参加联合国维和行动了。我在云南省公安边防总队服役12个春秋，也曾是一名光荣的边防警察。现在，作为一名维和警察的家属，我感到由衷的自豪。临近这个喜庆的日子，思绪万千。

提起他的维和情结，还得从首支赴海地维和警察防暴队胜利回国之时说起。当时，云南省公安边防总队有5名优秀官兵参加了这次维和行动，他则参与了首支防暴队的宣传报道工作。一天，他把战友的维和制服借了一套穿在身上，兴致颇为高昂，让我帮他照张照片留个纪念。我见他如此高兴，暗想他心里定是充满对维和的向往，就说，干脆自己去得了。当时只是随口说说，没承想，维和的种子已经深深植进他的心中。

由于工作原因，我们婚后一直两地分居，直到2005年我转业回昆明，夫妻才总算团圆。待一切都安定下来，已经是2007年，而立之年，我们便商量着想要个孩子。不想此时公安部来了通知，要求以云南省公安边防总队为主，选派官兵组建第六支赴海地维和警察防暴队。听到这个通知，他高兴得差点跳起来，小心翼翼征求我的意见。

我心里充满了矛盾。

我了解他，为了这个难得的机遇，他等待了太久。可我也知道，他若报名参加，一旦入选就意味着要孩子的计划得推迟两年。我一直挣扎着，一方面希望他入选，毕竟是代表国家去参加维和行动，使命光荣；另一方面又希望他被淘汰下来，不用到战乱贫瘠的国度去，少点担心，这样可以安心在家要个孩子。做女人的谁没点儿私心呢？可看着他兴奋的样子，又不忍扫他的兴，尽管心里不愿意，还是只好默许了。

5 月，经过一次次残酷而激烈的竞争选拔，到了 6 月 28 日，将确定 125 名正式队员。那天一大早我就起了床，心情异常复杂。这一关一过，原本平静的家庭生活将被打乱；如果没通过，对于他来说又是个沉重的打击，毕竟，没有圆自己的梦。有人说，爱一个人，就要爱他的事业和追求。想到这，我赶紧拿出手机给他发了条彩信，是首《相信自己》的歌。

考核结束，他立即给我来了电话，电话那边一直气喘吁吁，刚跑完下来。他说："听到你发来的歌了，我浑身是劲儿，1500 米测试才用了 5 分 38 秒，考得不错。"后来我听边防学校的同班同学说，那天他都跑吐了，就为了能够有优异的成绩成为一名正式的维和防暴队员。

通过努力，他最终入选了。

第六支防暴队出征海地那天早晨，停机坪里站满了送行的家属。看着周围一对对你说我笑的，我竟是一句话也说不出来，只是呆呆地看他在送别的现场奔忙着，拍照、摄像，带着记者采访队员。他是那样精神抖擞，士气昂扬。我心里喜欢而不舍，安静地注视着他，想清清楚楚记住他的每一个细节，留待他走后的日子慢慢温习。那是只属于我一个人的快乐，真切而炽烈。

飞机就要起飞了，他才赶紧朝我跑来。我拼命忍住眼泪对他微笑，只想让他放心出征，平安归来。

……

由于要准备第六支防暴队宣传表彰的素材，作为新闻干事，他需要随先遣队提前回国，预计飞机到达昆明的时间接近凌晨。我按捺不住内心的喜悦，提前一个人打车赶到机场。不承想，所有的队员都出来了，独独没见到他，我只好眼巴巴地张望着，急不可耐。

几分钟后，终于看见他背着大行囊出现在我面前，憨憨地朝我笑，略带倦意的脸黑瘦了一大圈。他给我解释说，一下飞机就忙着给媒体宣传素材，所以出来晚了。

这一次，我没再忍，一下拉住他，只让眼泪尽情地流淌。觉着幸福亦不过如此，拽着他的手，一起回家，心里踏实无比。

他从海地回来的第二个月底，我就怀上了宝宝，这让我欣喜不已。

可就在宝宝七个月的时候，他突然接到上级命令，要他参加以云南、广东边防总队为主组建的第八支赴海地维和警察防暴队。

通知来得如此突然，让我们大感意外。

他参加第六支防暴队的时候，我们就推迟了要小孩。没想到，半年后孩子即将出生，他又将再次赴海地参加维和行动。33岁的女人，生孩子是不折不扣的高龄高危产妇，每次去医院，医生检查完后总是千叮万嘱。面对现实，我一下子受不了了。一个女人生孩子，丈夫不在身边，心里不踏实。他看到我忧郁的样子，心里很内疚。前三天总队政治部的领导给他打电话，征求过意见，他回答是："一切没有问题。"

其实，话一出口，他就觉得实在不好和我交代。他歉疚的语气让我心疼。感觉着肚子里宝宝的心跳，我一句话也没说，只轻轻地拉着他的手放在宝宝的位置，享受一家人在一起的每一秒钟。作为一名转业的公安现役部队军人，我理解军人的职责。我只想给他微笑，是理解支持，也是爱和支撑。

第八支防暴队出征日期定在6月13日，宝宝的预产期在6月17日，前后就几天。每一个当妈妈的都希望自己的宝宝在肚子里待到足月，可我那段时间总是希望宝宝早点降生，让他爸爸看看再出征，弥补少许遗憾。眼看就到了临近出征的日子，宝宝还是乖巧而执拗地待在妈妈的肚子里，我心里不免多了些失望和感伤。送行的时刻，我还是告诉他："别担心，宝宝比较黏妈妈，他出生的第一时间就会让爸爸知道。"他笑笑，没有言语，仅仅握了握我的手，便转身走了，没敢回头。

孩子在他到达海地任务区第三天，即6月17日出生了。作为高龄产妇，医生决定剖腹产。麻醉带来的昏晕和麻醉消失过后的伤痛，整整折磨了我一周，多么希望这个时候能拽着他的大手，让他的抚慰减轻我的伤痛。可是，只有闭上眼睛，才能看到心里整个的他。

当我醒来，第一眼看到的，便是我们的女儿。小家伙简直是她爸爸的翻版，眼睛、鼻子、嘴巴、脸型，像极了。看到女儿，恍然又看到了她的父亲，心里尽是无边的快乐和安慰。

后来，他打电话告诉我，我生女儿那天，他激动得一夜没睡。海地与中国的时差是13个小时，他等着我的消息，不停地给父母打电话，知道母女平安后，才彻底放心。

总队首长和战友们，在我产后以及八一、十一这些重大节日，到医院和家里慰问，让我觉得尽管丈夫远在万里，身边的人给予我的温暖，却时时处处围绕着我。

目前爱人还在海地任务区，和队友一起为维护世界和平挥洒青春的力量和汗水。我期待他们早日平安归来。其实，这不仅是我一个人的期盼，也是每个维和家属的期盼。每个维和队员身后坚强而幸福的家庭，都是他们在任务区直面挑战、顽强拼搏、不辱使命、为国争光的力量源泉。

我祈求和平的甘露洒遍世界每一个地方，祈求战乱贫瘠的地方早日安宁祥和，祈求每一名维和警察在遥远的异域他乡平安健康，早日凯旋，把荣光灿烂的和平勋章别在亲人胸前，把寓意美好的名字写进宝宝的笑靥。

第一次参加维和归来，他说："回国的感觉真好，出门再不用穿戴防弹头盔和防弹衣了。"

第二次参加维和还未归来，他憧憬着告诉我："回国真幸福，可以一手搂着妻子，一手抱抱女儿。"

宝宝依然熟睡，阳光明媚和煦。

这是个暖冬。

《暖冬》，钟荐勤是在网上读到的。他惊叹徐宏的文字组织能力，纵横有序、布局有章、细节重情、大事重理。

徐宏属于袅娜弱质型女子，常常对月也徘徊、对星也徘徊，真想不到她的内心蕴涵着那么深沉的理性。在大西洋之滨，钟荐勤把徐宏好一阵子夸，说："金鱼，你的《暖冬》是冬天里的一把火，我要用这把火点燃我三十四岁生日的蜡烛。烛光里一定有你桃花一样美丽的芳姿，这会让我迷成个毛毛小伙，跟着那烛光梦游或者跑个贼死。"

钟荐勤是很会夸老婆的，好听的话一串串往外挤，挡都挡不住。他接下来的意思是徐宏的文字功力见长，已经从当兵时的部队通讯员修炼成文学青年，离真正的作家只差那么一步……接着，他话锋一转，正儿八经地说："好好练笔。等到我们都头发胡子一把白的时候，共同来写一部平常夫妻一辈子的书。这本书属于你，属于我，属于我们的开心果——这是爹娘留给女儿的珍贵财产。那时，我们的人生就更加美好完整了。”

徐宏在电话中享受丈夫的“畅想曲”，心头很受用。她已经习惯于跟着他的思维走。如果真能留一部自传体的书给女儿，这本书必然韵味悠长：有杂花生树、飞鸟穿林，有和风细雨、彩霞满天，有军歌嘹亮、战旗飘飘……也许，还有些叹岁月如流水的伤感。即便如此，那伤感也是圆润和暖意的。

聊着聊着，徐宏双颊飞红，如梦幻。

生死大限

二十四岁的和伟有着纳西族油亮光洁不怎么白的肤色，瘦高瘦高的，离“男子汉”还差半步，他文静如秀士，来到炮火连天的海地，励志成了最重要的课题。在防暴队，和伟的具体职务是翻译。和伟一年前才从西南财经大学毕业，原则上说还是个新兵蛋子，平时少言，有些腼腆，对所有的官兵都十分尊敬。这支英雄队伍中，像他一样从学校到军营，一步就跨出国门执行国际任务者，实在不多。

钟荐勤的身影珍藏在和伟眼里，打开来就是一本不错的个人写真。钟荐勤英气逼人、幽默风趣，常令人忍不住要发出点善意的笑声。和伟对这位年长自己十岁的战友，满怀对长兄般的崇敬。他不像同龄人那样叫他“钟哥”，而是从认识钟荐勤的第一天起就叫他“钟 Sir”，比较国际化，多少有些显摆他的专业特点。这中英文加在一起的称谓，明白了说叫“钟警官”。

“钟 Sir”平时是个大忙人，文武全才，还是个大能人。在2010 年 1 月上旬，“钟 Sir”分身无术，一个极为重要的日子即将来临，他要做的准备工作很多。

临近 1 月 10 日，和伟发现一个小小的秘密，属于钟荐勤那张床，上半夜是空的，下半夜还是空的。

“钟 Sir”一个人在饭厅一角做案头准备工作，他在那台手提电脑上“行兵布阵”，他要干出最漂亮的活，向祖国人民报告一个特殊团体在异国他乡所彰显的大国情怀。

再过两天，就是中国警察参加联合国维和十周年纪念日。

十年维和，冰火两重天。在那万里外的山长水远地，中国维和战士谱写了多少可昭日月的不朽篇章，钟荐勤心里有数。中国是重情重义的礼仪之邦，党和人民将在维和十周年的纪念日派出公安部工作组，与“联海团”进行商议，争取在隆重的纪念日授予他们“和平勋章”。钟荐勤是这次重要活动负责全程报道的不二人选。

瞬间定格的镜头，习惯上称为照片，有情节和细节地流动着的活的镜头，专业术语叫录像资料；文字记述，习惯上称为采访素材……所有这些，都是不可再生的“唯一”，金贵得很。

钟荐勤是那种任务越艰巨越来劲儿的精力充沛型人物，昼夜连轴转中，胡乱打个盹儿，再次出现在和伟面前的“钟 Sir”，已经是位精神振作，毫无倦意的标准军人。他望着和伟，毫无来由地一笑，露出满口白牙，弄得和伟不怎么习惯。和伟有点心慌忙乱，也是毫无来由地一笑，又是满口白牙。在海地执行维和任务的人，皮肤没有一个是白的，能白的只有这口牙齿。肤黑齿白的反差，使那口白牙显出孤独无助的温柔，让微笑动人而真诚。

钟荐勤是来向和伟请教的，他要和伟在最短时间内教会他在电脑上使用 MSN。如果能速成并熟练到出手又快又准，那就最好不过。

和伟借机调侃了一下，这两人的对话很有意思。

“你不是见缝插针，用 QQ 与嫂子亲亲热热聊天吗？怎么想起换路数了？”

“你想到哪里去了。与你嫂子聊天，QQ 都不用，直接上视频。远在天涯，近在眼前，将各种表情留来梦里温，太美妙！”

“美妙如初恋，还是新婚第一夜？”

“都不是，都不是。”

“那是什么？”

“你小子不懂，等你有了媳妇，会无师自通。”

“那你急慌慌学 MSN 为什么？”

“我想把这次十年一遇的纪念活动多传些给国内媒体，现在国内很多媒体记者都用上了 MSN，我还用 QQ，人家会笑咱们土老帽，没兴趣听咱们聊。还想多交朋友发稿件，门儿都没有。”

话到这份儿上，和伟无法推脱。

教的人用心，学的人专心，静静的营地因有了这键盘跳动的敲击声，更加宁静。

钟荐勤掌握了要领，他向和伟致敬。没有客套：“让我自己试试。”

这一刻，是海地时间2010年1月11日的深夜，离那个天有病人不知的要命时刻，不到十六小时。

钟荐勤相当兴奋。恶补学来的MSN，他得热炒热卖试试手感，操练的对手他选择和伟。无论怎么洋相百出，和伟都不会笑话他。“老师”怎么会笑话“学生”？

2010年1月12日清晨，钟荐勤用“MSN”往和伟电子邮箱发了这样几个汉字：我想与你交个朋友，同意否？请回答！

十个小时之后，海地网络全部中断。

六天之后，和伟重新打开电脑。一见电脑上出现熊的头像，和伟的心一阵一阵往下沉：钟荐勤发来的。

这是来自天国的信息。

和伟轻轻呼唤着：“钟哥，你一路走好，一路走好。”和伟浑身发软，悲泪串串往外流，止都止不住。

感旧有怀，招魂何处？

和伟知道钟荐勤随身带着两个小本本，一个是袖珍笔记本，一个是小型英汉字典。这样的“随身带”，在营地官兵身上，并不鲜见。在异国他乡，语言不通，为千方百计让工作顺利，什么方法都得试试。若遇上交流障碍的时候，若遇到执勤需要人援助的时候，若遇到道路不熟的时候，这两个本本都能派上用场。有时，还会派上意想不到的大用场。

问题是钟荐勤的小本本让人看不懂。密密麻麻，横批直注鬼画桃符似的，如密码，如接头暗号，如一些解不开的象形文字。在少许符号旁，注有些文不对题的汉字，越来越使人产生好奇心。为弄清钟荐勤的小本本，和伟观察过他很多时候，说跟踪也行。

和伟听人说，钟宣传官在恶补英语，他希望五湖四海皆朋友，规定每天必学几句英语。问题是，光学会几句英语，绝对行不通。海地当地居民，基本使用克里奥语；在海地维和的警察们，来自42个国家，都带着各自的文化背景、历史源流、风土人情、方言俚语，即便初通英语，又能通关过几道门？钟荐勤那些横批直注，是些万国语汇。

和伟是这样向笔者讲述的：

“在我们中国维和支队，钟荐勤交的国际朋友最多，比我们这些学英语的、做翻译工作的交的外国朋友还要多。我很佩服他的交际能力，观察他有什么特别的技巧和方法，已经有些时候了。就在地震前几天，我和他一起去另一个国家维和营地公干，我这个做翻译工作的人，正在想着用什么语境才庄重得体。外事无小事，每一次都得把握分寸，这个分寸很使人头疼。待我想好了开头，转身一看愣住了！钟宣传官竟然敢用他那点‘库存’与人家对上话，正难解难分亲切‘交谈’。他那英语岂止是不流畅，甚至不成句式、不成章法，一个个往外吐的单词是什么意思，只有天知道。怪就怪在人家居然‘也是，也是’回答着，首肯着。后来我就想，他险中取胜，在于一个‘敢’字，还有就是表情、动作加友好的微笑。那场面生动极了——口语、手语、肢体语，特别热烈特别生动特别洋相。这么给你说吧，很像小品、相声中的抖包袱，布结一打开，抖出来全是笑声、掌声。”

“对方笑，钟宣传官笑，我却傻不拉儿、目瞪口呆，但是基本明白他为什么有那么多的国际朋友。当天晚上，钟宣传官将这次公干归纳成文，居然能概括全过程。这个时候，我又看见他打开小本本，笔记本上的‘天书’是‘钟式速写’，怎么抓住瞬间动态，只有他本人看得懂理得顺，难怪钟宣传官有那么多文章存世，而且还文体多样……”

回忆让和伟哽咽，泪水模糊了他的眼镜片，洇湿朦胧成两片分开的世界地图，一片是东半球，一片是西半球。

采访进行不下去了。我们都接受不了这么智慧、热情、通透、鲜活的一位优秀宣传干事，说没了就没了。

钟荐勤的妻子徐宏，更接受不了这个事实，她始终不相信钟荐勤会弃她和女儿而去，不声不响而去。

丈夫的人生是积极的、向上的、不安分的。他的大英雄主义沉淀在骨髓里，常常会做出令人意想不到的事。

钟荐勤常说人生苦短，短到几行墓志铭。所以，未来理所当然要从每时每刻开始。这几年，他常常在大爱、战火、情爱三大包围圈中一次次突围，留下许多壮丽的残缺。每一次都不敢为而为之，险中取胜，这更坚定了他的一个信念：越奉献越富有，越努力越可能，即便是一场悲剧，那也是崇高的美。

第一次参加维和时，他给徐宏留下一盘磁带，把自己唠唠叨叨的情话配上一首流行歌曲做背景音乐，那歌词是：

老天，请给我机会
补偿心上人些许安慰
如果，生命可以轮回
我宁愿时光倒退
明天，我还要受罪
任凭心情被寂寞包围
但愿，或许你能体会
原谅我所作所为
回来　回来　回来我的爱
回来　回来　回来我的爱
……

钟荐勤对妻子徐宏的爱，在圈内名声是很响的。他黏糊妻子到令人发腻的程度：

一天听不到妻子的声音会发紧；

三天听不见妻子的声音会发毛；

一周听不到妻子的声音便六神无主，干什么都不得劲儿。

其实，徐宏也一样。

了解这对夫妻的朋友对我说："钟荐勤天不怕地不怕，就怕徐宏不说话。"

早在1992年在军校读书时，两人话都还没搭上一句，他就知道那位他很有感觉的女兵叫徐宏，便有本事发表宣言："你们看跑在最后那个小女兵怎么样？我自己觉得三生有缘，看我怎样把她拿下。"

徐宏属于眼不乱看、脚不乱行的女孩，在她眼里，军校同学都一个样，她不可能主动多看谁个男同学一眼。

钟荐勤怎么拿下徐宏，不赘。

2010年1月12日这天，钟荐勤给徐宏来过三个电话，分别是上午、中午、晚上。当宣传官有这点好处，通信方便。海地与昆明，时差十三个小时，低头一算，钟荐勤的三个电话分别是海地的初夜、深夜、凌晨。

徐宏心疼丈夫了。

她说："你这一夜怎么不睡？少说几句，你赶紧去眯一会儿，要不出勤的时间你扛不住，你快去睡。"

钟荐勤说："今天的电话少说不了。"

是的，今天他要对徐宏说的话太多，他要让妻子首先分享他做一名维和宣传官的无限风采。

今天，“联海团”将在中国防暴队营地举行授勋仪式，第八支防暴队一百二十五名队员将被授予联合国“和平勋章”。公安部这个工作组的级别很高，局领导就有3位。工作组来了以后，还要到各个执勤点上看望执勤队员，召集大家开会座谈。还有一些外交上的礼尚往来，国际的友谊交流……

这些事，钟荐勤都得跟着，拍照、摄像等等。一些可遇不可求的场面，错过了他会后悔一辈子。他这几天会很忙，有可能会顾不上往家里打电话，让徐宏耐心些，让他再多说上几句。

钟荐勤的思维跳跃快，开始不谈工作，谈女儿。这个话题打开，双方都有说不完的、重复过若干遍的关于女儿的一切。钟荐勤三番五次地问：“咱们的熊丫头乖不乖？天气冷，别受凉，别感冒，别省尿不湿的钱，换勤些，用好的，别让熊丫头难受……”

徐宏没好气地纠正着：“老是熊丫头熊丫头的叫得那么野性，女儿性格不野都让你叫野了，女孩子文静才好。女儿有名字，还是你取的，她叫钟梓暄，小名暄暄，既有文化又上口。你只图自己痛快乱叫一气，别人听见也跟着叫，不妥吧！”

徐宏也绕上口了。

钟荐勤特别喜欢一切有生命的东西，或者说他尊重一切生命。徐宏也先后被他取名为动物、植物，叫得最多的是“熊猫”“猴子”“金鱼”，在亲昵、随意、调皮中，充分显示着他拥抱生命、热爱生活的天性，当然也免不了时髦青年的潇洒。

这时候，钟荐勤很顺从徐宏，说：“好好好，从此以后我只叫暄暄。”

接下来，他突然话锋一转：“徐宏，咱们得为暄暄创造一个宽松、健康、有引导性的环境，让她快快乐乐每一天。我欠暄暄太多，对你也是……”

这时，徐宏听到电话那头有人呼喊“钟 Sir”。徐宏想着钟荐勤该出发去接人了，轻轻与他道别。

钟荐勤仿佛还没从儿女情长中走出来，愣了那么一会儿，庄重地说了一句：“再见！”

是的，再见了，永远。

世上很多事情是解释不清楚的，有很多巧合也是说不清楚的。

女儿钟梓暄出生之日，是钟荐勤第二次去海地维和第四天；钟荐勤留给妻女最后一个电话，离女儿满七个月也正好差四天。

正义、善良、朴实的人们，给从未见过父亲，不满七个月的小婴孩钟梓暄取了另一个奶名——“维和宝宝”。

海地时间 2010 年 1 月 12 日 13 时 25 分，公安部工作组乘坐的航班降落太子港机场。宣传官钟荐勤早早选准角度，拍下祖国亲人们容光焕发走下舷梯，与李钦政委拥抱，与前去迎接的维和防暴有关人员握手的感人场面。

这些镜头里面，没有钟荐勤。

13 时 40 分，公安部工作组一行到达中国维和防暴队营地，亲切接见防暴队官兵。钟荐勤一个不落全部收入镜头，珍贵的镜头里面还是没有钟荐勤。

16时，公安部工作组一行四人，海地维和防暴队李钦政委、民事警队队长赵化宇、海地维和防暴队翻译官和志虹、海地维和防暴队宣传干事钟荐勤等八人，进入“联海团”大楼。

一分钟以后，公安部工作组与“联海团”总警监道拉斯进行会谈。

二十六分钟以后，公安部工作组一行到达“联海团”特别代表安纳比办公室进行会谈。

钟荐勤始终扛着他手中的“枪”，全程完整拍摄。

瞬间，所有的微笑、握手、友谊、交谈，全部化作一声惊雷，化作冲天而上的汹涌海潮，埋藏在顷刻变脸的废墟中。

16时53分，海地遭遇两百年不遇的强烈地震。“联海团”大楼是幢外观看上去比较结实、庄严的楼房，在遍地都是棚户区、贫民窟的城市，它显得十分高贵、气派，怎么就这样不堪一击？地面七层地下三层的一幢楼，十秒钟后，变成一块夹心饼干，只剩两层。

地震，从科学理论上讲，是有先兆的，海地地震却似乎没有前期警示。

我们中国人民的优秀儿女，八名前往“联海团”总部大楼会谈的中国警官，全部罹难。让我们永远记住他们的名字：

朱晓平、郭宝山、王树林、李晓明、赵化宇、李钦、钟荐勤、和志虹。

徐宏不相信这样的事实。

徐宏在盼望，在祈祷，在等待。

公安部不是派出了强有力的工作组，赶赴海地参加抢险救援工作了吗？出发时间离地震仅仅二十三小时，再过二十小时，他们就会到达海地，还处在抢救生命的黄金时段以内，来得及！在以往的地震中，不是常有奇迹出现吗？特别是在 2008 年 5 月 12 日汶川大地震时，从废墟中救出来的人中，有挺过一百九十八小时的。荐勤身强体壮，一定会挺过那个极限的。哪怕他断了胳膊断了腿，只要一息尚存，她一定会不离不弃，永远守在荐勤身边。她什么也不求，她什么也不要，只要丈夫能同她共同看着心爱的女儿从幼苗长成大树，她便是人间最幸福的女人，他们这个家，便是最幸福的家庭。

16 日 1 时许，电视上出现了徐宏最熟悉的一个细节：照相机、摄像机……钟荐勤的！只有钟荐勤才会有这样随身而带的“武器”，维和宣传官的武器！

徐宏仍然在等待奇迹发生。

也许是在地震发生那恐怖的十秒钟，钟荐勤想保留下资料，奋力将器材抛出窗外。徐宏有理由这样判断——钟荐勤敏锐、灵巧、反应快、忠于职守……任何一种禀赋，都会促使钟荐勤那样做。

那么，丈夫一定会在保护珍贵资料的同时，寻找保护同志和自己的机会。

徐宏仍然在坚持奇迹发生。

徐宏目不转睛地守候在电视机前。

当特别代表的保镖从废墟中被救出，橄榄枝似的摆动了一下活着的肢体，徐宏下意识地吸了一口长气。听说保镖所处的位置与安纳比的办公室只隔着两个房间，那么近的距离，尘烟弥漫之前，他们还来得及辨明方向，冲向那无数个“可能”。

所有的一线队员都在废墟上。

他们切断一根根钢筋，一块块巨石；他们轻轻地搬走障碍物、瓦砾……

3 时 30 分，第一位遇难战友的遗体横陈眼前，徐宏含着两行无声泪，追随电视镜头，参加了整个简短而庄严的默哀仪式。她起身对着电视屏幕，向那遥远的亲人三鞠躬。

7 时 16 分，海地“联防团”的废墟上，挖出第二具遇难遗体。徐宏一眼就认出那是钟荐勤，一定是：这个躯体与她早就融为一体，无论他是何种姿态，都烙印般锁在徐宏的脑海里，今生今世再也抹不去！

徐宏轻轻地呼唤了一声“荐勤”，一下子昏厥过去。

不知什么时候，一双小手拍打着徐宏，一张小嘴在徐宏怀里拱。快 7 个月的女儿已经会翻会爬，会自己找奶吃。

父亲、母亲、姐姐、妹妹，全守在徐宏身边，他们哪敢挪开一步。

徐宏平静地给女儿喂过奶，将女儿交给母亲，复又平静地说："妈，今晚你们带着暄暄睡，我浑身乏力，怕带不了她，更怕吓着暄暄。"

这是个军人之家。

父亲戎马一生，直到前几年退休，没离开过军营。便是终此一生的归宿，也是在部队的干休所。父亲的军人情结，也影响着孩子们，这个家先后有六人在部队。军人之家的家风刚劲、平和、简朴，甚至有些简单，在一派橄榄绿中，流动着果断的和谐，从不拖泥带水。此刻，一家人都含着眼泪，特别是父亲，主宰一家大事小事的父亲，何曾见他有过眼泪？

父亲与钟荐勤，虽是翁婿却情同父子。

钟荐勤的父亲去世早，老泰山那无微不至的关爱，重塑起一道山梁，让钟荐勤靠上去有了依托。钟荐勤是外乡人，参军又早，在从军路上有些漂泊感，每到关键时候，心底不踏实，是岳父用一生军旅生涯的积淀，诲人不倦指点迷津：为钟荐勤梳理逻辑混乱的思路；为他壮行一次次徜徉不定的步履。

十年翁婿成父子。失子之痛，让六十五岁的壮汉一下子进入晚年，浓缩了岁月的沧桑。

他不能哭，他不敢哭。

父亲咬咬牙抑制住近于沸腾了的悲哀，泪水欲行又止。

徐宏的悲怆岂是眼泪可以冲淡的？自知身上的责任重大，安抚一家人，她首先得含悲忍泪。

徐宏没有哭。

母亲见女儿憋红的双眼，心痛欲绝。六十二岁的母亲几乎是在祈求女儿：“宏宏，你哭出来，哭出来你会好受些。”

凌晨两点，云南省公安边防总队的首长一行来到徐宏家。他们正要敲门，发现那门并没有落锁，灯也是亮着的。

一家人面有戚容，都在等候着什么。

那一刻，相互的眼中流露出同样的内容，什么话都是多余的。

一家人围着首长说了些什么，徐宏一星半点都回忆不起来，脑子一片空白。她浑身发抖，上下牙磕出碎碎的、细细的春蚕咬食桑叶似的声音，止都止不住。

徐宏有一点是清楚的，她最不愿意接受的事实，因首长的夜访而成为铁的事实，怎么祈祷都无法逆转。

总队政治部副主任将远赴江西，去钟荐勤的老家接他的母亲。徐宏怕疼儿的老母挺不住，她得先给婆母打个电话。钟荐勤的母亲，无论何时何地，都夸徐宏是“打着灯笼都难找的好儿媳”。细细算来，徐宏与婆母相处的时间，比与丈夫相处的时间还要多。

新婚不久，徐宏在河口边防检查站做内勤警务，是婆母与她相依为命，慰藉她独守空房的寂寞。在昆明住院治疗胆结石，是婆母陪她一起，在那来苏尔味极重的病房，安全度过了手术后的恢复期，即便是那一张张手术单，也是婆母签下的。后来，他们在边防总队老宿舍区，有了两个居室安排小家，送徐宏上班的是婆母，下班回来为徐宏开门的还是婆母。饭已做好，只等她端碗。

徐宏最不能忘怀的，是在女儿暄暄出生的前前后后，身边没有丈夫，只有婆母。那段时间，婆母是她的胆，是她的主心骨，是她的安全岛。徐宏胎位不正，折腾了两天两夜，孩子还是生不下来，是婆母做出剖腹产决定，在那生死“契约”上签的字。婆母送她进手术室，她紧紧拉住婆母的手不放，动情地叫了一声“妈……”婆母安慰着她：“没事，有妈在，没事的。”

女儿暄暄来到人世，第一个见到的是婆母。徐宏还依稀记得，婆母忙得团团转，一手握住她的手，一手握住手机，给远在海地的钟荐勤报喜讯……

徐宏拨通了婆母的手机，一声“妈”之后，她再也说不出话来。

钟荐勤的母亲，六十六岁的小学校长胡翠英，仍然接受不了儿子“走了”的事实。

前一天，儿子还和她通过电话，说他可能会提前回国，做维和十年的重点专题片，已经与中央电视台有约，他得为这部片子多拍几组好镜头。片子能与央视合作，十拿九稳在央视播出，多大的荣耀！大约再过不到三个月，他就回国。回国以后他将抽出时间回老家看娘。那时刚好清明前后，他还要去为父亲扫墓。

胡翠英老师理智而坚强，她知道此时最该安慰的是儿媳徐宏。一声“孩子，别哭，妈和你在一起！挺住”，果然使徐宏平静许多。

下午5时，钟荐勤的母亲带着她的五个女儿、女婿直奔昆明。

当晚7时，钟荐勤的母亲和徐宏的父母，带着两家人直奔北京，去迎接钟荐勤回家。

这一天，是2010年1月17日夜晚。夜的灯光划过地上薄薄的霜冻，洁白的霜花在迎接祖国远征归来的儿女。

国 殇

亚洲大酒店，这一夜特别肃穆。

酒店披上一身缟素，没有呼天抢地的哭泣，没有絮絮叨叨的倾诉，只有一个婴儿的啼哭声打破满楼悲痛，那是钟梓暄。一个没有见过父亲的孩子，用自己的方式告诉远航归来的父亲：爸爸，女儿接你回家。

18日凌晨，时任中共中央政治局常委、国务院总理的温家宝打电话给公安部，对不幸遇难的维和人员表示深切的哀悼，向遇难同志的家属表示亲切的慰问。他说：“这八位中国维和警察是为了维护世界和平而牺牲的，他们都是祖国的优秀儿女。”

19 日，联合国秘书长潘基文就中国八名维和人员在海地地震中遇难发来唁电：“我对八位中国警察在 1 月 12 日海地特大地震中不幸遇难深感悲痛。他们为海地的和平献出了生命，为联合国的维和事业作出了宝贵的贡献。我向遭受这一巨大损失的遇难者全体家属、朋友、同事以及中国政府和人民表示深切的慰问和哀悼。联合国将铭记并继续推进他们的崇高事业。”

19 日 10 时，顶着凛冽的寒风，披着征程的云霭，接运海地地震遇难的中国维和警察灵柩的专机，从西半球飞往东半球，历时三十多个小时，缓缓地降落在北京首都机场。宽敞的停机坪，已经被悲痛和哀伤笼罩。

徐宏早有思想准备。在这个特殊的日子，有泪不轻弹！钟荐勤是最不愿意见她伤心落泪的，就当他胜利归来，或者当他奉命远行，她得给他一个良好的形象。在上机接遗体的人选中，徐宏已安排好：婆母、自己、女儿，三辈女人是钟荐勤人生中最重要的三位女性，有她们接他回家，钟荐勤不会孤单。

见到钟荐勤遗像那一刻，徐宏还是没有挺住，眼泪满脸滚落如水淌。她双手接过遗像，紧紧地将丈夫抱在怀里。

婆母，明理的婆母，把这夫妻重逢的一刻留给儿媳，她抱着孙女悄悄走开。

在礼兵护送下，八位烈士的灵柩被缓缓地、轻轻地抬下专机，在长长的红地毯边排成一排。钟荐勤的灵柩排在第七位，在他的前边，是他的好大哥政委李钦；他的后边，是他亲爱的好大姐好战友和志虹。他们三位，生前就是一组默契的好搭档：一个领导者，一个宣传官，一个翻译官。一个让行动正确，一个让记忆坚实，一个让内容无误。一切都是那般有序，一如他们生前并肩战斗。

迎接亲人归来的亲属中，年事已高的赵化宇的父亲坐着轮椅，他怎么也无法揩干眼角不断溢出的老泪，“拄杖”送子，他哪经得住这五更霜？

襁褓中的钟梓暄才七个月零两天。她不停地吮吸着自己的食指，犹如亲吻着自己的父亲，满脸全是花朵般的灿烂。

清晨7时。

天安门前雾气未了，广场上已站满自觉赶来送英烈的群众，目望着护旗手降半旗为英烈志哀。护旗手和群众一样，泪洒天安门广场。

《献花曲》舒缓低沉的旋律，在挽留英烈们远行的脚步。这一路经过三元桥、建国门、长安街……

这条路，正是烈士们奉命出发前曾经走过的路。那时，大道蕴蓄着无穷的力量，为他们托起无上的信仰；今天，大道牵起长长的亲情，挽住那永不熄灭的爱恋。整条长安街，送行的人一个个泪眼婆娑，一条条横标举在人们手上，那是一道血脉筑成的长城：

“母亲迎你们回家！”

“生的伟大，死的光荣！”

“送别英雄泪沾襟，浩气长存垂千古！”

上午11时54分，灵柩经过公安部时，走了一条曲线，弯过去，拐过去，再缓缓弯过去，状如“V”形。

公安部降半旗志哀。

烈士的战友们列在路边，送别战友。

公安部的礼堂内，设有烈士灵堂。

英烈们，此处可招魂，你们再看看自己的家！

白岩松哽咽着在长安街播报：“今天并不是结束，是对英烈怀念的开始。他们在路上，是生命的远行……”

钟荐勤静静地躺在妻子徐宏的怀里，夫妻俩心贴着心，脉息很近，很近。

2010年1月20日上午9时，国葬礼仪在八宝山革命公墓礼堂举行。

时任国家主席胡锦涛心情沉重地对烈士亲属说：“我同你们一样，感到悲痛。八位烈士为执行海地维和任务献出了宝贵生命，他们不愧是祖国人民的优秀儿女，不愧是世界和平的忠诚卫士。烈士的英灵将永远活在全国人民心中，我们会永远怀念他们。”

两万多朵白菊花，素洁高雅。

国葬，一场高贵葬礼，献给了英烈，体现着大国雄风、大国风度、大国精神、大国情怀。

整个过程，徐宏一直在心底与钟荐勤交流着，告慰着。

七尺棺盖定了血性男儿，还有他那永不停步的拼搏，以及他那灵敏的机智。

摆在徐宏面前的钟荐勤，仿佛五官被战马踏过，看得她肝肠寸断。

钟、徐两家的亲人，在后事安排上，都听徐宏的，这反而让徐宏犯难。妈、娘，你们怎么不拿个主意？

落叶归根，是中国人的传统。钟荐勤的乡关在何处？是生他养他的江西南丰，还是教他育他的云南边陲？

丹心如月照云岭，悲泪似江绕青山。

2010 年 1 月 21 日，装载着云南人民的好儿女，英烈李钦、钟荐勤、和志虹骨灰的专机抵达昆明巫家坝机场。灵车从机场到云南省公安边防总队机关，沿途有各界群众自发驻足两侧，悲痛地迎接英烈归来。

一辆辆公交车空了，一队队迎灵队伍稠了，一条条大道宽敞了。

有一群少先队员，稚声稚气地唱着才学会的《自豪吧，中国蓝盔》：

心中向往着和平的天空

不忘妈妈慈祥的笑容

年轻的心闪亮出征

走千里　走万里

祖国为我壮行

……

阳光抚摸着神圣的蓝盔

五星红旗飘扬在心中

中国士兵无上光荣

在异国　在他乡

世界为我感动

……

那一天的昆明，阳光明媚，温暖宜人。从那一天起，昆明人记住了“维和”二字。

2010 年 1 月 22 日，国务院、中央军委下发命令，授予李钦、钟荐勤、和志虹等八位同志“维和英雄”荣誉称号。

2010 年 1 月 22 日，江西南丰古城。

江西省委、省政府领导到场了。

抚州市委、市政府领导到场了。

南丰县委、县政府领导到场了。

迎接英雄回归故里的人群，一排十里地。

一转眼，钟荐勤离开故乡十七年又三十四天。

烈士陵园的素旗与红旗都落下一半。

悼念会在雨中进行，人山人海，素花素服。雨丝急急、嘈嘈如天泪，呼唤魂兮归来的儿子。

这陵园，安慰过红军将士的英魂，抗日志士的雄魂，解放勇士的豪魂。荐勤，你魂兮安息吧！你从此不再漂泊，你从此不再孤单，躺在故乡的怀里，长成一树年年花事繁茂的映山红。

钟荐勤的衣冠，埋进了南丰烈士陵园。

英雄的母亲胡翠英，从东到西，从南到北，五天行程万里。慈云一路伴随彩云归，悲痛彻骨，却不曾倒下。她大气大义大度，没向组织提出过任何个人要求，将儿子的后事处理得既合天理又合人伦。

母亲，英雄啊！

母亲，伟大啊！

云天万里，虎步生风。

大年三十即将来临，徐宏没有陪家人吃那顿团圆饭，受邀参加了虎年春节联欢晚会。徐宏和八位维和烈士的家属，坐在中央电视台的演播厅。晚会的喜庆属于全国人民，属于全世界华人，也应该属于钟荐勤。他英魂不远，会感知得到的。她在自己的面前摆上一杯白开水：水酒水酒，以水代酒，荐勤，干杯！

早在一个月前，钟荐勤就请战友为他录下一盘向亲人们拜年的录像带。这种细致周到，以前没有过，这种一本正经，也不是他的一贯作风。徐宏还没有给亲人们看过，等到正月十五吧。

2010 年 3 月 9 日，美国纽约，联合国总部。

徐宏与母亲苏尚珍，从白天飞向白天，在日不落山的天宇，悼念他。

这一路，徐宏心沉沉意茫茫。

异国的蓝天洗亮了徐宏记忆的屏幕，心壁上划过钟荐勤的旅痕，化作闪烁的星斗，牵着她的无限相思，展卷在一个小笔记本上。她要告知的，是上中下三代人。

联合国大厦前的广场，还算宽敞。一百九十二个成员国的国旗，在旗杆石上长高，长高，长成蓝天下的朵朵云彩，一时云蒸霞蔚。它们似云汉倾泻而下的吉祥彩带，仿佛世界大同一般的绚丽。众多国旗中，五星红旗招展得从容大气，徐宏一下子找到了祖国的感觉。

联合国简朴的大厅，密匝匝的座椅虚席以待。

今天，联合国举行国际追悼会，隆重悼念在海地地震中遇难的一百〇一位国际维和烈士。这在联合国组织系统正式开始运作以来的六十四年里，还是头一次。

一百〇一位烈士的亲属来自不同国度。他们肤色不同，语言不通，概不敢乱动，紧紧跟随在各自祖国驻联合国工作人员身后，寻找自己国家的国旗。他们在自己的国旗下，与护旗手组成国威般的群体，等候着。

下午3时，空荡荡的大过厅一下子变得拥挤而肃穆。一百〇一位在海地地震中遇难的烈士遗像一幅幅挂在墙上。

每一幅遗容，都用英文写上烈士生平。那些文字，不是每个亲属都读得懂的，而这张遗容，亲属都笃定于胸。不知是哪个国家的哪位烈士母亲，呼天抢地号啕着向自己的亲人扑过去。

一时间，人群乱了。他们都在寻找自己的亲人，都在痛哭。国籍不同、肤色不同、语言不同、风俗不同，人类表达情感的方式却是共同的。

徐宏在哭声中，多了一份害怕。

她怕了那份死亡的悲壮！

她怕了那份死亡的坚强！

她怕了那份死亡的轰轰烈烈！

墙上的烈士们队列一样整齐，仿佛他们会在一声维护世界和平的召唤中，灵魂一下子醒来，复又成了一队队维护世界和平、让世界充满爱的精锐。

长长的过厅灯齐放光明。烈士们的排列顺序不按国籍、不按职务，按二十六个英文字母对照姓氏打头的字母排序。“钟”，排列在二十六个字母中的最后一个。于是，钟荐勤成了一百〇一位烈士的压阵者，位居第一百〇一位。

联合国的高级官员，全部参加了悼念会；各有关国家的驻美使节、驻联合国的工作人员，全部参加了悼念会。

来自海地的女歌手唱响一曲专门为烈士谱写的歌曲，哀婉悲壮、情深意长地表达了海地人民对烈士的哀思。

悼念大厅，一时间具体化了维护人类和平的国际使命。

联合国秘书长潘基文作了重要讲话。标准的官方语言是刻板的，可是在这个时候，也充满感情——人类共同的感情。这种感情，回荡在联合国总部的每个角落，超越了一切宗教，凝聚着同一个信仰——世界和平。

潘基文秘书长与一百〇一位烈士的亲属，一家一家合影。

悼念厅的大屏幕上，一百〇一位烈士的遗容鲜亮着。每位烈士的生平高度概括、高度浓缩。虽然播的是英语，因有同步翻译，落进耳机的语言，全部都是烈士们的母语。

大厅一片饮泣，一百〇一位烈士、二百〇二位亲属，人们泪眼盈盈，珠泪欲止欲行。当最后一位烈士钟荐勤生平介绍收语时，大厅再次爆发了喷泻而出的哭泣。泪水冲破了阴阳之隔，将死亡筑成了历史的丰碑。

2010 年 5 月 7 日，中国第八支赴海地维和警察防暴队班师凯旋，来到昆明西山金宝山烈士陵园，为他们的战友李钦、钟荐勤、和志虹烈士扫墓。

三尊英雄雕像，李钦居中，他的右臂紧挨钟荐勤，左臂紧挨和志虹，一如他们生前最后一次执行国际维和出征队伍的队列。

英雄已去，浩气长存。

全体壮丽归来的维和队员高唱《中国维和之歌》。

一排排汉子跪下了；一排排巾帼女英豪跪下了；一个个响头掷地有声。有人大声呼唤，声音是沙哑的："李政委，我们回来了，九十七人一个也没少！老钟，我们回来了，我们回来看你！志虹姐，我们永远是你的兄弟姐妹！"

泪雨滂沱，哭声震天。

男人的哭声竟是这样地有穿透力，这还是笔者平生第一次见到。我接受不了这种男人泪，还集体哭个死去活来无节制，悄悄走去一个石岩边。那儿有一老人在给和志虹“送路费”，她说和志虹曾经和她一起去海南，一路给她背包包，是个好人。

六十五岁的刘化兰是第二次为和志虹“送钱”，第一次是在1月21日。老人臂戴黑纱，不胜素钗的发髻别着一朵小白花，使她整个人看上去就像在做一堂佛事。我帮她看着纸火，她将“钱”多多地添。

墓地回旋着英雄们的长歌。他们用香烟代替着纸火，每人三支点燃的香烟摆满了墓地，女兵们也如是。袅袅轻烟中，烈士们刚毅的面孔布上了一层温婉，他们在笑！

这是一批全部荣获“维和功臣奖”的威武军人，一条条斜挎的绶带配上维和戎装，他们具象成国家的英雄。此刻，他们不约而同全部解下无上荣光的绶带，一条条结成圈，绕灵三匝，全部献给了三位烈士。

阳光正好。亮堂堂一团一簇鲜红金黄，如“玛尼堆”一样神圣、高贵、吉祥，灿若西山不落的彩霞，美极了。

那年的滇池水清澈了许多，暮春似秋水，几乎与长天一个颜色。最后一批红嘴鸥也已经北归，它们一定会再来的。

海鸟在天，水鸭子在岸，一点儿也不孤单。

三只小熊

刘化兰焚的是“钱”，徐宏焚的是诗。

徐宏是一个人来的。这一次送别，她必须做，必须一个人去做。

钟荐勤非常热爱柳丝轻扬，鲜花常开的昆明，尤爱疏落美丽大气的西山、大智若愚的滇池水。他不止一次对徐宏说：“没有满城青翠满城花，春城将名不副实；没有烟波浩渺的滇池水和西山的朦胧，就没有了昆明的个性。”

钟荐勤的营地，就在西山对面的滇池边。他常于闲暇时，在滇池边农家小院或茶或酒相伴，一坐就是半天。神思美妙，幽洞玄天，帮助他打开工作思路，做出来的“活”比别人多了几分优雅。

钟荐勤说：“山水相望两不厌，看来看去西山真好。睡美人的身姿清晰可人，山寺的隐隐现现一岭直落，错落的翩翩总不至于让山沉睡，灵动而活泛极佳。”

明知是丈夫在卖弄他的文才，听多了，徐宏也认为丈夫说的未必不是她想说的。

金宝山烈士陵园在西山和滇池的怀抱里，真的宿命难违，还是灵山有意酬知己，在此等候他？

那一天徐宏是有备而来的，她抄好汉朝苏武留胡守节时的《留别妻》，这诗是钟荐勤先爱了再转赠徐宏的。这诗平白如画，以前是丈夫念给她听，今日，徐宏当悼词念给丈夫听：

结发为夫妻，恩爱两不疑。
欢娱在今夕，嬿婉及良时。
征夫怀往路，起视夜何其。
参辰皆已没，去去从此辞。
行役在战场，相见未有期。
握手一长叹，泪为生别滋。
努力爱春华，莫忘欢乐时。
生当复来归，死当长相思。

那一天细雨蒙蒙。

凝望着雕像上的丈夫模糊又清晰的面容，觉得丈夫是那么遥远，又那么真切。她用白毛巾揩去丈夫脸上的雨水，将自己的脸贴上去。凉凉的一丝寒意漫过全身，她知道，无论她多么热血沸腾，也温暖不了丈夫的肌肤了。

徐宏将《留别妻》焚烧于墓前。一时，素笺化作几片蝶状，恋恋地飘忽在徐宏眼前。丈夫不远的英魂，感受到了，一定是感受到妻子看他来了。

痛定思痛，徐宏回忆起她与丈夫相见的最后一面：

八宝山革命烈士追悼会结束，是她和二姐（钟荐勤的）送他进的火化场。整过容的丈夫似乎熟睡着，眼睛是闭着的。看着看着，她一下子扑上去抱着他，不让，不让推进火化炉。二姐死死抱住了她说：“你让荐勤放心走安心去，你的眼泪会让他走得牵肠挂肚，到天堂也不得安生。”

徐宏和二姐眼睁睁看着荐勤羽化升天。那过程很残酷：送进去的是“人”，出来的是分离了的一股冲天而上的青烟，一堆骨灰……

后事，属于公事的那部分告一段落，属于徐宏的却永远“四更眉月窥窗久，不觉思人坐到明”。

家，一丝一毫都没改变，只是比往时多了丈夫的一张军服照。这照片是经得起岁月打磨的，丈夫将永远年轻、永远威武、永远雄姿英发。

丈夫用过的一切，都原样摆放着。衣服挂得整整齐齐，拖鞋放在门口，剃须刀也擦得银光闪闪。

倦鸟归来，总会寻找旧时的窝。

徐宏想找一张全家福陪着丈夫，这才想起他们没有等到“全家福”，可以当全家福看待的，是在机场送丈夫第二次维和时，不知是哪个战友抓拍的：徐宏依偎着丈夫，孩子在她腹内拳打脚踢。

真后悔，提前剖腹几天，他们父女俩好歹也能见上一面。

白天，忙上班忙孩子，倒也容易打发。夜晚可就受罪了，翻来覆去尽是丈夫的影子，她失眠了。徐宏盼望的结果不是这样的，另一番情景不是这样的。

生育过后，徐宏体形变了许多。为迎接丈夫归来，她想还丈夫一个娇小美丽的妻子，开始“修身”锻炼，还剪了个时尚的发型，新装也买了几套，都是丈夫喜爱的款式和颜色。眼角多起来的几丝鱼尾纹去不掉了，就当它们是悄然刻下的相思诗行，留待丈夫细细去品读。

迎接钟荐勤胜利归来，到底给女儿暄暄穿什么样的衣服，让她伤透脑筋。这是父女第一次相见，草率不得。记得荐勤说过，等暄暄满周岁的时候，他要戴上所有的功勋章，穿上维和警察的全部行头，抱着女儿，去影楼拍一张最“牛”的合影，让一个维和英雄的后代，在她人生懵懂之时，就感受到父爱的分量。为此，荐勤提前为女儿定做了小迷彩服。明知周岁孩子是一个肉球，撑不出个样，那又怎样，意思到了就齐了。好，那就让小迷彩服先亮相，给父亲一个惊喜。

钟荐勤对女儿的盼顾很有些夸张镜头。

徐宏一有身孕，他喜欢得忘乎所以，向所有的亲人宣布：钟家传承血脉的信息明朗了。向所有的朋友报喜：我要当爸爸了！他什么都不让徐宏干，怕徐宏上下班劳累，算算银子不够买辆新车，就凑合着买了辆二手货，天天开车送接徐宏。钟荐勤在军校学的是“后勤”，做得一手好菜，天天变着花样办伙食，大厨似的摆谱。瓶瓶罐罐锅锅碟碟摆满整个灶台，害得婆母像个食馆的洗碗工，比“大厨”更忙、更累。人间烟火味的无限情致，也就在这些细枝末节中变得很居家。那一段，是徐宏最幸福的时光，只要她的衣襟一闪动，丈夫必须耳朵贴上去听，还自夸自讲："我钟荐勤的孩子就是不一样，特别能折腾，像个军人之后，错不了。"

想着这些，徐宏的失眠症越来越重。

这样下去不是办法。与其此情绵绵无绝期，不如好好回忆一番，打个结。这一想，徐宏还真的有所感悟。他们的夫妻细末，好像真的没有梳理过。

徐宏先做军人的女儿，然后做军人，再后做军人的妻子，从小在军营中长大。十八岁高中毕业应征入伍，社交圈子很小，就是初入伍时在昆明边防检查站工作，也是通关检查工作，非常严肃、规范。人是会被环境影响的，无论何等身份的人，一到海关检查站，都会变得一本正经，囿于定型的面孔，好像都在等待着判定，与平时的身份、谈吐、行事判若冰火，总之是极无个性。

天天见着不同的人，概无一丝新鲜，亦无一丝诧异。即使考上军校，她也如往常一样，周末回家帮母亲干点家务，与父亲聊聊天，希望一身正气的父亲用他在部队一辈子的经历点拨一二。

属于徐宏的闺房，有女孩子喜爱的小摆件，有陪伴她多年的布娃娃，小人人们的穿戴是徐宏自制的。她特别喜爱买书、读书，尤喜张爱玲。张爱玲作为民国女子的一腔愁怨、半世姻缘、杯水情爱、镣铐般的金锁、精致的高贵、自卫式的傲气，都在徐宏心中涌动无端的感动，她认为自己很懂张爱玲。

若论文学修养和要求进步，徐宏都优于钟荐勤。

这天返校，徐宏发现女生宿舍的案头多了一瓶鲜花，听说是钟荐勤送的，她毫不惊奇。同室女生是钟荐勤的江西同乡，平时又不大爱出门，有同乡男生送束花，很正常。

此后数周，同样的游戏重复着，女同乡有点纳闷，这不大像钟荐勤的作风。这人平时大大咧咧，没有他不敢说的话，没有他不敢做的事，似这般处心积虑，他是不是想表示什么？军校纪律严，不许在学习期间谈恋爱。

徐宏“审”女同学：“老实交代谁是送花人，姐们儿替你打掩护，到时候别忘了请我当你的伴娘。”

女同学有些坐不住了，找钟荐勤去问个明白，路上遇着另一男同乡肖卫平。肖卫平是这一批江西兵的“大哥”，比较含蓄地对女同乡说：“名花另有主，你别去找没趣。”

这花，钟荐勤送得好苦。

军校这儿无花店，为了这一束束的花，他死乞白赖帮炊事班买菜，爬上小货车当义务采购员兼搬运工。

这花，送得钟荐勤好拮据。

冬日花贵，品种好的康乃馨价格高得离谱，那点学员津贴还不够三五同乡一周一次的 AA 制，他开始向老娘告急。编个理由说要买学习参考资料，要下连队实习……

钟家就这棵独苗，娘疼儿、姐疼弟，都舍得“施肥”，明知有诈也满足。反正在军校，你也干不了多么出格的事。

这花，送得钟荐勤好忐忑。

徐宏比他出色，都是共产党员了，自觉差了一截……怎么办？

钟情于徐宏的男生，钟荐勤就知道三位。伟人说过，抓而不紧等于不抓。他得下手快一点，找个牵线人。那天，几个江西老乡在一起烤太阳，钟荐勤猛一拍头：主意有了。同乡郑小鹏当新兵时与徐宏同在昆明边防检查站工作，他们原来就熟，关系又处得不错，岂不是一位现成的牵线人？

钟荐勤很鬼，相当霸道地布置着：“小鹏，你准备好这个周末过生日。”

“老兄，我生日早过了。你还表演过独唱《爱拼才会赢》，牛头不对马嘴还闽南语，笑得大伙满地找牙。”

“你就不能为我再过一回生日？”钟荐勤顺手一指操场上的徐宏，抿嘴一笑，两道剑眉刀似地往上挑。

郑小鹏什么都明白了。

周末生日聚会，除江西籍外，只有徐宏傻傻地提着个大蛋糕赴宴。大伙一愣一笑，差点让生日宴会穿了帮。

一周以后，郑小鹏当了今生唯一一次男冰媒，向徐宏挑明了这层意思。

12 月 4 日，钟荐勤二十二岁生日，徐宏应邀出席。全是一伙江西老乡，差不多像一次同乡会，乐翻了天。

散场太晚，钟荐勤提出送徐宏回城里，徐宏默许。

路探着了，门倒没认下，绕了大半个昆明城哟。

穷追不舍的钟荐勤竭力寻找两个人单独接触的机会，瞅准徐宏每周必回家。可爱的姐姐们寄来恋爱经费，够他摆个谱了。他花两千元买了辆快不起来的小面包车，在操场上找人教练了三天，就邀徐宏上车，他要当护花使者。徐宏鬼使神差，上了“贼船”。

这个寒假，钟荐勤不打算回江西。恋爱问题、分配问题、毕业考试问题，全都是些必须考虑的问题。特别是与徐宏的关系，如果等到各奔前程，云南边防一撇八千里，黄花菜早凉了。

寒假留校的学员不多。钟荐勤清清冷冷守着大本营，很不是滋味，他有些想家了。他这人的性格宜于交友，连校园执勤的人他都混了个脸熟。几个人闲来无事拿钟荐勤开涮，他与徐宏的事不再是秘密，说说找个乐子。他们说：“钟同学，亲娘是命，恋人是敌人，你小子是见了敌人连命都不要了，怎么不回家？”

年的气氛一天天浓起来，临近大年三十，这个年钟荐勤不好受。

徐宏正式禀明双亲：有这么个人，有这么件事，他连江西老家都不回，是不是请他来家里一起过年？父母勉强同意。钟荐勤不同意。他要面子，他要徐宏的父母心甘情愿接受他，而不是施舍一顿年饭。

送完徐宏回家，他不知这个大年夜怎么过？执勤的人都知道他送“对象”回家过年，单身只影回学校，讨来定是一场奚落，何苦来！他开着车在街上瞎转。

人稀车少，大道一路绿灯，商店也关门打烊。几次开车到徐宏窗下，希望那扇窗户落下一朵玫瑰来。窗户里黑洞洞，人家一家子在边看春晚边守岁，年夜饭的酒大约要喝到子夜，听说徐宏的父亲好这一口。

夜凉如水，面包车里怎么躺都不舒服。钟荐勤干脆坐来驾驶位，拿方向盘当书桌，写下他生平第一封情书：

寒风刺骨，灯影恍惚。看银河余波渺渺，虽无拂岸垂柳，丝丝缕缕的细雨如你的秀发搓摩。记不清是几更几鼓，我来得兴奋去得失落。突然有鞭炮声传来耳际，呵，大年夜！火药味随一股妖风，为我吹开一个诅咒的天堂，我已经听到玉宇的晨钟。

今夜我像一只野狗，无家可归，无法消磨。等待着，等待着牵你一双小手，走进属于自己的狗窝。

这些文字，分开来写就是诗，却全然不是钟荐勤的风格。也不知道这一夜他是怎么绞尽脑汁嫁接出来的。而那情绪，倒也很符合这个大年三十。

徐宏一律照单全收，她深深被感动。莽撞人也有细腻处，难得他那份执着。此生就是你了！

转眼，毕业分配，女警官徐宏被分配到河口县边防口岸，钟荐勤被分派到离河口一百多公里外的金平县边防。

钟荐勤第一次到河口看望徐宏，身份不明确。“朋友”“战友”有些暧昧，怎么理解都行，范围太大。

钟荐勤第二次来河口看望徐宏，他亲自下厨好好办了一桌，该请的人都请到了。举杯敬宾客，他轻挽徐宏当陪敬，自己公开宣布身份：“我是徐宏的男朋友。”

钟荐勤第三次来河口看望徐宏，拉来半车玫瑰，清一色的红。他连枝带杆一捆一捆扛去徐宏住的三楼。扔下玫瑰，他没事人一样，找朋友喝酒去了。

为了这车玫瑰，钟荐勤租了辆农用车，往返几百里。那车又老又丑，在回去的路上又是爆胎又是熄火，浑身都是毛病，一路走一路修。车开到一个叫“阿得博”的荒山头上，彻底报废。那地方前不挨村后不着店，只有一间往来马帮歇脚的草棚，里边有个三坨石头垒的灶，火燎过的痕迹也老了。这是一片原始森林地，山头与山头之间，凸出一片茂盛的树木，有时会露出小段小段的羊肠道。路边大树扯了幅醒目的横标：

电影《山间铃响马帮来》拍摄地。

钟荐勤苦笑着。公路上见不着一辆车，此去他的边防站，剩下的五十公里路怎么办？看来今天得演“山间又响马帮来”。天已向晚，他去哪儿找匹马呢？

徐宏与女警官高丽萍住一屋，两人亲如姐妹，什么话都可以说。钟荐勤的一举一动，高丽萍都看在眼里，觉得一个男人爱一个女人爱到这份儿上，实在难得。高丽萍劝徐宏说："你就让他安分下来吧，他对你这么上心，我们都羡慕，早嫁迟嫁都是个嫁。结了婚，争取把他调过来河口，省得他对河口一草一木都有仇似的，句句话都带刺儿。"

徐宏扑哧一笑而言它："这花扔了可惜，转送人也不妥，摆又没个摆处，咱们将花瓣摘下来熬玫瑰糖。"

一锅玫瑰糖，熬煳了。

过不多久，河口县边防检查站迎来了一对新婚夫妻。

钟荐勤的老家在江西，是大戏剧家汤显祖的故乡，这位与莎士比亚齐名的世界级大师，很会发掘民间文化，将一直戴面具的傩戏调理成经久不衰的民间艺术。新娘戴上面具与"傩"共舞。钟荐勤幸灾乐祸地对徐宏说："娘子，报复你让我露天守岁的时候到了。"徐宏，有你的洋相出了。

徐宏热爱她的工作。

河口瑶族自治县有一百九十三公里国境线，与越南老街市隔河相望。

自改革开放以来，全县政治、经济、文化全面发展，区位优势显著，是云南众多边防口岸中极为繁忙的一个。其发展速度可以用日新月异来概括：边境开放城市、国家级口岸、国际商贸城、国际旅游中心……每一个头衔都像一张请柬，促使它人气直线攀升。

边境人来人往，给边防检查站带来的任务既光荣又严峻。任何一桩事件处理不当，所带来的负面影响，动不动就是“外交的”“国际的”。

这是一道国门。

一座横跨红河的水泥大桥一桥连两岸，两岸各自飘扬各自的国旗，领土就在国旗下。桥的两端都有荷枪实弹的卫士，戍边的形象在这里非常庄严。他们的奕奕神采是祖国赋予的，人民赋予的，历史赋予的。

桥上走人走车，看上去通行无阻，其实关卡很严厉。河口关有个广场样宽敞的大厅，不锈钢栅栏一弯一直，再一弯一直，如一只回形针，每天出境的人先得在“回形针”中排队，黑压压的人众襟三江而带五湖，他们接受各种程序的检查，非常安静。在徐宏看来，河口海关比昆明海关还更像关隘，因为它立在国门之上，气氛更国际化。

一层层的通道，一层层的机关，所有的钥匙全在徐宏手上，那又是一层层的保险，一层层的机密。

徐宏做得一丝不苟。

口岸进进出出的生面孔，那是一些看不出国籍的外国人。人不分肤色，国不分大小，对每一张过境表的登记、验证，她都慎之又慎。

那时，边检人手少，徐宏做内勤是个大分类，相当于办公室又不全是：统计、会计，各种报表她都得做，尤以统计工作烦人。外国人的出入境数据，是分国籍做。徐宏揽下这烦人事，她不待月底突击统计，天天记着流水账，一个个的“正”字，只有她自己知道在算计着什么。月底出统计报表，她又准确又及时，口碑很好，多次被评为标兵，她的戎装照始终在光荣榜上，很养人眼。

徐宏当这口岸半个家，很有作为，很有成就感。

幸福的婚姻使人得劲，钟荐勤的进步让人吃惊。

钟荐勤最崇拜的职业，是军旅作家。古人总结人生三大精神境界：立德、立功、立言。如果能做个称职的军旅作家，这三种境界全都涵盖，多好！他开始练笔，就因为那些散见于报端的豆腐块文章，他被总队破格选用，调去边防总队政治部宣传处。

云南边防八千里，都是他的现场。

徐宏不舍河口，又不得不离开河口，助夫一臂之力，她得为钟荐勤搭建个稳定的家。徐宏不舍部队又不得不离开部队，边防部队在昆明驻防机构不多，她不得不转业到地方。

这几年，夫妻俩都发展不错，可以说事业有成。尤其是钟荐勤，在部队宣传这条战线上，走得风生水起，很顺。

天妒英才，钟荐勤走了！

在海地，钟荐勤仅仅买了一枚戒指和三只小熊。戒指是给妻子的，弥补求婚时的遗憾；小熊是他为幸福生活编织的童话：熊爸爸带着熊妈妈和小熊熊，一家三口幸福地生活着、快乐着。

女儿暄暄开口很早，成天看着墙上钟荐勤的戎装像叫：“爸爸，下来，下来吃饭饭！”叫得徐宏心酸。女儿还不满 3 岁时，徐宏第一次带着女儿去扫墓，女儿摸着那一组英雄雕像，一溜儿将三位英雄都叫“爸爸”，还自鸣得意地说：“我有三个爸爸！”

女儿尚小，还无生死概念。她会一天天长大，到她知道父亲永远地离开了她，那种缺失父亲的伤害会造成她成长的障碍。

孩子很好哄的。

不少人遇到这种事，老少两头瞒：

出差去了！

出国去了！

学习去了！

徐宏不想这样做，但应该怎样做才对孩子无伤害呢？

三只小熊摆在家中最显眼的位置，弥补着不可能再生的“全家福”，暄暄早就“熟悉”——一个大的熊熊是爸爸，小一点的是妈妈，最小的熊熊是她。女儿一次次指着叫着，叫得徐宏血淋淋的伤痕永远不能愈合。这样下去，娘儿俩的日子不会正常，这可不是钟荐勤所希望的。徐宏在钟梓暄 3 岁那天，慎重地告诉女儿：爸爸死了。

还女儿一个英雄父亲

在告诉暄暄“爸爸死了”之前，徐宏觉得还有个重要程序，得想办法让孩子知道爸爸是英雄。怎样才能让一个不满 3 岁的孩子明白英雄是怎么回事，难坏了徐宏。

从表面上看，徐宏纤巧、弱质，常被人归为需要壮夫扶一把的女人类。其实她外柔内刚，相当有主见有担当。无论五官的端庄文雅，还是气质的从容大度，都很像影视中常常扮演周恩来夫人邓颖超的央视主持人黄薇，只是个头比黄薇矮那么一点，年纪也轻一点，没有黄薇练达而已。自从有了要向女儿暄暄早一点讲清爸爸死了的想法，她开始盘点钟荐勤人生要紧的几步：怎么立功，为什么立功；怎么死的，为什么死的……然后，她将家中有关的照片装订成小人书似的，让暄暄“预习”着。

暄暄很爱看这些照片，它们几乎成了她的玩具，她每天都会翻翻看看。

有一天，暄暄觉得有个问题得问妈妈，这些照片上那么多人，为什么唯独没有她，一张也没有。暄暄不高兴了，嘟着个小嘴往徐宏身上靠，头一歪，赖在妈妈怀里撒着娇说：“妈妈不爱暄暄了。”

“宝贝，妈妈怎么不爱你了？”

“这些照片没有我。”

“那时还没有你。”

“我哪儿去了?”

“你还是小蝌蚪在水里游，还没有游到妈妈肚子里，怎么会有你呢?”

“那我什么时候才游到妈妈肚子里的?”

徐宏指着钟荐勤第二次赴海地维和送别时，战友在机场为他们摄下的合影说:“这个时候。”

暄暄把那张照片取出来，正面背面看个仔细，小嘴嘟得更高，甚至有些生气样，大声说:“我还是没找到我。”

徐宏狡然一笑，眼看暄暄更不耐烦要哭了，她忙将照片上自己隆起的大肚子指给暄暄说:“你看，这不就有你了吗，你在妈妈肚子里。”

暄暄高兴地拍着妈妈的腹部，很有把握地说:“知道了，妈妈的肚子是我的床，我在床上睡着了，没出来。”

徐宏一惊一愣，突然有了想法:童话，用通俗易懂、浅显明白的童话，加些想象和夸张，为暄暄召唤回来英雄的爸爸。

第一个童话故事的原版，是钟荐勤因在缉毒大案中表现突出，立了二等功。那次行动代号“11·02”。

写到此，让我们将目光转移片刻，粗略了解一下云南的禁毒历史。

云南紧邻的“金三角”，是个毒品种植、生产、集散地，其臭名远播山水之外而流毒四海。云南曾经是“金三角”毒枭们的财源路、黄金路和逍遥道。中华人民共和国成立以来，云南军民重拳出击，对各种毒品犯罪活动的堵源截流从未间断。八千里边防线上的武警将每一天都当成“6·26”国际禁毒日，战功显赫，功勋卓著。

钟荐勤参与的“11·02”大案，历时十一个月，辗转云南、广东、甘肃、宁夏及缅甸、老挝，抓获包括大毒枭韩永万在内的罪犯数十名，缴获海洛因七百多千克、枪支数十支、手榴弹数十枚、子弹数千发及大量毒资、房产、地产……是三年禁毒人民战争的闪亮序曲。

钟荐勤参加全程跟踪拍摄，钟荐勤用出生入死跟踪获取的目击现场，做成专题片，花开全国：

中央电视台《焦点访谈》“万里追踪擒毒枭”；

《天网》“毒案惊天”；

《东方时空》“追捕1—5”；

中央电视台《法治频道》“‘11·02’专案”；

中央电视台《法制在线》“禁毒最前沿”；

上海东方卫视《万里缉毒》；

重庆电视台《拍案说法》“跨国智擒大毒枭”；

广东、香港南方卫视《柚木毒案》；

云南电视台《今日话题》“毒案惊天”；

昆明电视台《追捕》

……

这么沉重的大案，徐宏要讲给女儿暄暄听，不是件容易的事。

徐宏是这样讲的：

山林里住着好多好多仙女，她们和自己的爸爸妈妈、动物鲜花小草大树们，愉快地生活在一起。花园，是他们每天必到的地方。这花园里，有一种鲜花，妖精似的鲜艳，可是它们很霸道，好凶好凶，将毛孔张得很大很大，将园子里所有好吃的都抢回去一家子吃独食，让才懂得害羞的宝宝们吃得像些大头宝宝，满头长出比他们的爸爸妈妈还要漂亮的花朵。这些花朵有妖气，会结出些害人的果实，流出奶似的口水。乌鸦可不是什么好鸟，专叼这些果子去做花糖。这花糖颜色丑，像巧克力。可是这花糖会发出香甜的味道还会催眠。乌鸦把这花糖卖给那些不爱劳动光爱发脾气的人吃。吃了这种花糖的人很快就睡着了，满脑子开出梦幻的彩云。彩云会飞，梦中人就去追，追着追着，梦中人就死了。

你爸爸很恨这些花朵，更痛恨那些乌鸦。于是，你爸爸和森林勇士一起，拔掉那些有毒的鲜花，把制花糖的乌鸦一个个打死。仙女一家对你爸爸崇拜极了，也感动极了，采来无毒的鲜花做成花冠、花环，给你爸爸戴上。还为你爸爸开了庆功会，山林里的一切成员都到齐了，它们又跳又唱，为你爸爸鼓掌！

大人们也表扬了你爸爸，给他授了勋章。可是，当宣布领奖人发言的时候，你爸爸没有到现场。他悄悄地离开，又去剿杀更多的害人幽灵去了。

这则童话，徐宏边编边讲，整整讲了一个月，真的似的。

暄暄很爱听故事，讲的又是关于爸爸的，她很兴奋，有时甚至会复述。当然，复述时暄暄会加进一些自己的内容，总是想在其中扮演一个角色。

我们可别低估了孩子的想象力，在他们的眼里，所有的事物都有生命；在他们的脑子里，万物都是苏醒的、美丽的、有故事的。

这以后，徐宏将钟荐勤的生平编织成许多童话。事件可以不同，时间也可以随意，有一点却是千篇一律：善恶相斗，爸爸钟荐勤始终都是英雄。

关于海地维和这一段，徐宏却编不下去。感情上，她受不了；情节上，她也创作不了，怎么办？

时至今日，徐宏的手机号仍然是钟荐勤生前用的那个号。她每天仍然用钟荐勤的QQ号登录，等待丈夫那“钟Sir”的昵称和那“Miss bear”的签名出现，她不时地装点一下丈夫的空间，再反复读一读丈夫留下的文字，这等于在和丈夫一起交谈那些曾经拥有的幸福时光，似乎丈夫不曾“走”。

暄暄听妈妈讲故事很上瘾，天天都要有新鲜故事当枕边小语，才肯睡觉。转眼，暄暄三岁生日快到了，按徐宏原来的计划，到那一天，她将对孩子说：爸爸死了。

爸爸怎样“死”才能让女儿接受？必须要一个惊心动魄的故事。这样的故事，钟荐勤在两次维和中遇到不少。太政治性，暄暄理解不了；太成人化，暄暄产生不了共鸣。选来筛去，这个故事比较能让暄暄听懂。故事的原版是：

维和防暴队接到一道命令——解救人质。

这一家人有大人、小孩共五口。这家人的大人有正义感，常帮助“联海团”做事。部分极端思想的当地人把他们当成“内奸”“叛徒”，决定教训他们，于是绑架了一家子。

他们的居住地离营地远，具体位置不确定。

钟荐勤他们赶到时，天渐渐黑下来，给解救行动增加了难度。情报只提供了大致方向，指南针就指定了那个方向。摸索前进，道路不熟、地形不熟，黑夜又给行动带来许多限制，能见到的，永远是装甲车前边车灯刷亮的那个范围。

钟荐勤说：“咱们下去弄出一些响动，鸡鸣犬吠声会告诉我们哪儿有人，只要有人，事情就好办。”

战友调侃了他一句：“海地的鸡鸡狗狗不归你管，你以为你是国际警察呀！”

“你还真说对了，大方向说，我们还真是国际警察。”

这样一折腾，有了反响，他们听到细微的、一个女人近乎绝望的声音。

钟荐勤很有把握，有女人呼救，说明这家人就在附近。

当找到这对受难夫妻时，队员们的心都碎了。垃圾堆中深埋着这对黑人夫妻，他们被绑成两只“粽子”，惊恐的眼神已失去判断能力，露出两口白牙，嘴大张着。被绑架的过程给他们留下太多的恐惧，他们害怕的就是人。

翻译又是安抚又是询问，他们大约听懂了。妻子胡乱比画着，丈夫迟钝叙述着，大概意思是：他们做着联合国的事，知道随时都有危险，三个孩子都不敢带在身边，孩子们是在另一个地方被绑架的，孩子们一定是不愿意说出父母在何处才遭罪的。

钟荐勤的摄像机一路开着，在他的镜头里，首先出现一对冲天鬏，一个身穿蓝底白花连衣裙的女孩从洞中爬了出来，女孩不过四五岁。紧跟着，又冒出一对冲天鬏，一个穿粉红色连衣裙的女孩又从洞中爬了出来，她看着比刚才那女孩还要小。

还有一个呢？

红衣男孩显然是哥哥，他在判断清楚父母已脱离危险后才决定离开藏身地。

贫困、动荡，使孩子早熟。

将这一家子带进装甲车，返回营地的路上又遭到袭击，黑打黑摸，只听见枪声，咱们的，武装分子的，分不清敌我的枪声，听起来像极了中国的鞭炮“二踢脚”。驾驶座前的窗口衔一片火红，这一路还有得交火，三个孩子紧紧围着父母，吓得直抖。

获救的人质，希望一家五口能与救命恩人们合张影。这当然是不能推脱的。镜头中全部人都在笑，那笑，梦境一般神秘。

徐宏找出这一张照片，决定让钟荐勤在这次英勇解救人质中“死去”，一想还是觉得哪儿不对——照片中有钟荐勤，只能让他暂时离开，处理一下。

故事也不能照搬，重新组合，徐宏讲出来的故事是这样的：

海地在很远很远的地方，原来也像花园一样美丽。林子一大什么怪物都有，他们很嫉妒生活在花园里的一家五口，总想把他们赶出去，怪物们动手了。他们谁也不让谁，谁也不怕谁，自己先斗起来。他们大的吃小的，小的吃弱的，弱的吃草草，草草吃花花，吃来吃去，眼看着就要吃到这家人了。孩子们跑去寻找到一个带翅膀的勇敢猎人来帮助他们。这猎人手中有两支枪，双枪一扫，打死大怪物，赶走小怪物，教训弱怪物。花园一下子静下来，这一家人又过上了好日子。

孩子们对猎人说了好多好多感谢的话，发现猎人在空中笑着向他们挥手说：“再见了，孩子！”猎人那双翅膀突然变成了两支枪，血淋淋地掉到地上。之后，猎人也掉在地上，他受了很重很重的伤。孩子们这一下都不知道怎么办，跑回家去叫爸爸妈妈，一家子赶到时，猎人已在血泊中死去。这一家人采来好多好多鲜花就地埋葬了猎人。奇迹就在这时发生了——花坟中突然长出一棵高大的花树，鲜红鲜红的花朵开满枝头，可惜没有一片树叶。

这种树，人们叫它英雄树，别名木棉花。

钟梓暄小朋友似乎听懂了这个故事，很有把握地说："那位英雄猎人是爸爸，可是英雄死了，爸爸也死了。"

当晚，钟梓暄小朋友做了一个梦，她梦见爸爸低头亲她吻她，还说："小狗熊，爸爸将要离开你，你得替爸爸好好活着。"

醒来，暄暄发现妈妈在做早点，她的床头放着三只小熊和一张明信片，明信片上写着：

小狗熊：

过节了，爸爸更想你了！

爸爸于海地勤务

2009 年 10 月 2 日

天使在成长

"我爸爸叫钟荐勤，他以前是英雄，现在是烈士。"

三岁，钟梓暄上幼儿园时，这样对老师和全班小朋友介绍自己的父亲。

徐宏很吃惊，她没有教过女儿这些话。

老师也很吃惊，这孩子怎么才开口就说大人话？老师又很放心，她教过的幼儿无数，幼儿口无遮拦，失亲的孩子易受伤害。可听钟梓暄讲话口齿清楚，有一份自豪感。对于幼儿，自豪感是一种自我保护的力量，难得！

钟荐勤常说：男孩子要糙着养，女孩子要娇着养。这话他说的次数一多，全家人都明白，他希望男孩子从小有点野性，放开手让其淘气，长大后才有汉子气。女孩子这个“娇”，恐怕含有文静、雅趣、贤德和六艺皆精的才情，多少带点古典式的淑女范儿。淑女不是先天可造，而是后天修炼出来的，这功夫耗时费劲，还得有足够的经济实力。

而今，斯人已去，这话倒成了钟荐勤对女儿成长的希望，一家人都奉为“圣旨”，含有对斯人的尊重、怀念，也含有他们对暄暄共同关爱的责任。怎么样培养才能让暄暄接近父亲的希望，为时尚早，不让暄暄有失去父亲之憾，倒是全家人都在努力，尤以外公外婆付出最多。

徐宏的父母都是湖北恩施人，论祖籍，徐宏也是巴尾楚头大三峡人。那地方，归顺了九州最野性的长江水，密集了华夏最多的文人咏赞，美化了民族最原始的巫山云雨，吼叫着高亢悠长的纤夫曲，敲响着历史最壮烈的黄钟大吕，成就了政治舞台上众多的英雄豪杰……

徐宏的父亲母亲对这一切都不敏感，他们都是平常农家子女。

1962 年，十七岁的父亲徐邦才参军入伍，当的是工程兵。为支援大三线建设保驾护航，徐邦才辗转西南四省，从巴峰楚韵到黔岭滇山，一个没读过多少书的农家子弟升到军队的后勤部长，可以说一生戎马倥偬壮心不已。徐邦才有着巴山汉子吃苦耐劳的本质，有着巴山人眉清目秀的精致形象，也有着巴山人过日子的精打细算，天生是个干后勤的料。从军几十年，得过的奖可以裱糊一面墙。

徐宏的母亲苏尚珍，当年是百货公司的一枝花，是徐邦才的大姐看上做弟媳妇的人选，她俩是同事兼好姐妹，盼着苏尚珍快点长醒，好说给兄弟做妻子。

军人在那时候，好威风哟，不由苏尚珍不动心。他们的结合，当年有个民间口头调侃叫“拥军”，并无恶意，还含些敬重，很是令人羡慕就是了。恩爱夫妻育有三个女儿，徐宏之前有姐，之后有妹。

恩爱夫妻的烦恼，是长期两地分居，一年一次鹊桥会还得随战备机动，保证不了。他们居无定所，军人嘛，处处无家处处家，长年转战，多数是在山沟沟。

徐宏生的不是时候，1975 年，正是中国人民物资严重匮乏之时。随军做后勤的母亲苏尚珍腆着个大肚子，跟丈夫在贵州山区转圈圈。父亲廉洁，不取随手可得的给养，又不敢去市场买黑市物品。母亲又累又饿又担心丈夫，患上黄疸性肝炎，生小孩时，奶水挤出来呈金黄色，不能给徐宏吃。这种病有传染性，要隔离治疗。不得已，徐宏才离娘胎就被送回恩施老家。

外婆很心疼这个瘦瘦小小的外孙女，奶粉有钱也买不来，何况外婆没多少钱；讨口奶吃也找不到主，无可奈何外婆只能用代乳粉和米汤。那时的代乳粉营养成分没有现在的科学，调出来稀里糊涂如糨糊一般，口感远不及现在的婴幼儿食品好。外婆说，也许感觉不大爽口，每每她拿小勺喂，徐宏总用小嘴往外吐，喂进去多少，吐出来多少。

长到七岁，徐宏才重新回到父母身边。

看着体弱瘦小的女儿，母亲苏尚珍满眼都是泪水。

父母都觉得很对不起二女儿，想宠宠她。徐宏不接受也不习惯这份迟来的爱，常常是父母的手才伸过来，徐宏的脸已转朝门外，伤伤心心叫着要外婆。

离娘早的孩子独立性强。虽说外婆也是幺儿狗狗心肝宝贝地疼爱她，性质却不同。徐宏来到父母身边，倒有客居之感，小小年纪，她乖得使人心酸。

徐宏对父亲母亲，有种说不出的生分。父母都明白，那种生分，来自她从小没在父母身边长大。父母的这份“欠债”，是该弥补的时候了，对象却转移成了外孙女钟梓暄。

徐邦才一生在军队，光彩几十年，要说遗憾还真有那么一点。他当了一辈子的兵，却远离战火。秣马厉兵，他走在大队人马的前头；补充给养，他走在一切前沿的后方，一辈子“押送粮草”，没见识过真正的战场。

钟荐勤相当会来事，与岳父大人从不置可否到投缘，没费多大劲。翁婿之间小酌几口，那是徐邦才的一大享受，仿佛他没经历过的，女婿都代他经历过了。

后勤部长徐邦才“到站了”，一点架子都不摆，难得他一个漂亮转身，自己给自己找了个终身职务：家庭后勤部长。天天买菜，油盐柴米酱醋茶，他成了“徐采购”。每到周日，他大操大办一桌好饭菜，女儿女婿外孙，人都还没到齐，菜就被抓吃了不少，炖的鸡也缺心少肝，那是他最快乐的时候。

钟荐勤的“走”，让这种聚会少了一个重要人物，好在有了外孙女暄暄，这才真是一个要人疼爱的小心肝。

老夫妻俩决定，对暄暄实行“全陪”。

有了一家子的拉扯，钟梓暄一不缺人爱，二不缺人带，徐宏能安心工作，并做得相当出色。她的能干，她的敬业，很是得到同事们的认可和嘉许，谁也不知道这位淡定从容总是微笑着的女子，是一位了不起的烈士遗孀。

暄暄越长越像钟荐勤，连钟荐勤耳朵后边那两个胎记似的小眼儿，女儿也没少长一个。暄暄的性格也像父亲——血脉，这就是血脉。

每年，徐宏都会带女儿来西山金宝山忠诚卫士广场看望几次丈夫。

小暄暄懂事了，再也不会说“我有三个爸爸”那样的稚气话。谁也没有教过她，她却会说：“李钦伯伯、志虹阿姨，暄暄来看你们了，你们听见我说话了吗?”然后，小鸟啄食一样头点个不停——那是她的鞠躬。

在爸爸的塑像前，暄暄会难过，却不哭。她会像妈妈一样，给爸爸擦去脸上、身上的灰尘，再吻吻爸爸的脸，然后说上一段话：“爸爸，我很乖，我家的三只小熊熊也很乖。我会听妈妈、奶奶、公公、婆婆、姑姑、姨妈们的话，还有哥哥姐姐们的话。在幼儿园和小朋友们玩，我们不打架……”

一种相思，天人两愁。

看着暄暄的懂事，听着女儿奶声奶气的表白，徐宏自然是泪眼不干。

最让徐宏操心的事，是孩子的培养。现在的孩子，幼教抓得紧，什么样的兴趣班都遍地开花，门庭若市。让暄暄学什么，使徐宏犯难，她得先看看女儿自己喜爱什么。她知道。每个孩子都有可塑性，什么最适合暄暄，还要观察。

一家家送进去，又一家家接出来。

徐宏看见父母有时是棋童，有时是书童，暄暄学到哪儿，他们跟到哪儿，满城跑来跑去非常辛苦，她很过意不去。一圈下来，徐宏发现女儿辨音能力强，发音洪亮，手也灵巧，节奏感不错，电视里的插曲才听过几遍，她居然又唱又跳，字正腔圆落板落调，这就太像他父亲钟荐勤了。从暄暄五岁开始，徐宏决定让孩子学古筝。这一次，外公外婆又当上了琴童。女儿识谱能力强，很快在这个班就显示出了她的天资，老师鼓励徐宏："你们千万别跟潮流走，古筝最挑人，这孩子有这方面的潜质，让她学下去，这对陶冶一个女孩子的气质是最好不过，你们相信我的眼睛。"

徐宏的父亲一直身体很好，很少进医院。2015 年秋突发疾病，一个月以后，牵肠挂肚地走了。才六十九岁，不算老啊！一个大家庭失去顶梁柱，徐宏再一次陷入困境。思父、痛母、疼女，徐宏不知道顾哪一头。她上班的单位离主城区十五公里还要多，人多车堵，每天在路上花费的时间得三个小时以上，白天她无法照顾女儿，而暄暄又是离不了人的幼童。

这一次，是钟荐勤的二姐出马，从江西南丰退休过来昆明，在暄暄学古筝的小区安了个家。

二十五根琴弦在暄暄手中，逐步变出动听的旋律，古韵悠长。

钟荐勤希望女儿能歌善舞多才艺，徐宏替丈夫做到了。目前，暄暄小唐装一穿，坐在琴凳上双手弄弦，已经会了不少古典曲目，那份雅致让人赏心悦目，给了徐宏不少安慰。

父亲走后，母亲彻底住进了徐宏家中，两代军嫂、三辈女人相依为命。

今年（2017 年）清明节前五天，暄暄给我来电话说，她和妈妈、外婆去给爸爸扫墓了。我说："暄暄好乖好懂事。奶奶正要写你爸爸的故事，你能给爸爸写几句话吗？”

“奶奶，我得好好想想。”

一年级小学生钟梓暄会给爸爸钟荐勤写些什么呢？

我在等待，我们都在等待，一个七岁女孩，一个“维和宝宝”发往天堂的家书。

我爱祖国的蓝天

小 引

在中华人民共和国的国防建设中，空军比较年幼，一般人知之不深，特别是“战斗机”这个词，旧时饱受凌辱的中国人，接受它总带着恐怖、惊慌、怨恨。那怪物在空中的声音相当霸道，鬼哭狼嚎呼啦啦一阵过去，划得人们的心都碎了。虽然那份记忆已经远去七十年开外，那个时段我也还没出生，但于我和所有的重庆人，空难的摧残性，一点都不陌生。一是来自祖辈父辈的口头描述，二是来自说书艺人绘声绘色的独角戏（太了不起，一人一桌一扇一惊堂木，他们却有本事将一次次轰炸现场演绎得触目惊心，听众仿佛置身现场，闻得着火药味，看得见血肉横飞的一个个弹坑，摸得着那灼手的焦土）。“躲警报”这个词，抗日战争中在重庆传得神乎其神。那个年代出生的孩子，成为父母的累赘，生辰年月也难记周全，被父母糊里糊涂说成“躲警报那年生在乡坝头的”。当我能舞文弄墨了，从长辈们的零星龙门阵中寻找细节，写成一部《重庆雾》，得出这样的一己之见——似乎是有组织地在抵抗日本侵略者，却造成重庆半岛无序混乱和逃生惶恐。无辜死亡造成市区人口锐减，南山坟头累累，国民党空军力量难御外敌，这是不争的事实。空难给重庆带来的场景，是那一排排钻进地下的防空洞，一处处令人心痛的重庆大轰炸遗址。

有一个时刻中国人绝对忘不了——1949 年 10 月 1 日下午 2 时 55 分，毛泽东主席用浓重的乡音庄严宣告："中华人民共和国，中央人民政府，今天成立了！"

毛主席宣读完《中华人民共和国中央人民政府公告》后，阅兵开始。那时还没有如今这样强大的人民空军部队，人们第一次以兴奋的目光看着人民空军的战斗机以一种扬国威的姿态从头上的天空飞过，而且还是在天安门广场上空。人们欢呼雀跃热血沸腾时，空军勇士们苦练秒米，空中"雄鹰"很让中国人长志气。

六十年之后，费东同样驾着战斗机参加新中国成立六十周年国庆大阅兵，感觉出深深的骄傲。

费东的成长

费东出生得正是时候。1977 年 10 月 9 日，天气不冷不热，江南人称"十月小阳春"，太阳暖而不烈。

费东出生很会选择环境。

长江下游的江阴一马平川，肥田沃土水网密布，旱涝皆有好收成，虽然出生农家，温饱却不成问题。那地方城乡距离短，社会资源交流快，虽说就学乡里，教育质量与城市不相上下。费东自小话少，还不惹事，一般大的村童总想着法子淘气，嬉笑打杀弄个头破血流，常常找不到苦主。娘们、奶奶们站在村子中间双手叉腰，口水四溅转着圈叫骂着：“有种的出来和老娘交手，欺负侬家毛毛，你算哪路货色，有本事你打去上海滩哦！”

没人搭理也下不了台。于是，一只手伸出去，身姿造型像个茶壶。“茶”是倾不出来的，那“茶”变成了更多的唾沫，乱抛乱洒。更有那口齿伶俐者，似骂似唱如锡剧中的剁板，滚滚溜溜一串串，外人是听不懂的。

费家没遭际过这种难堪，他们的小东从不“参战”，是个不声不响的小看客。从没挂过“彩”，这倒为他今后的事业留下一身好皮质，光溜。男孩太文静也让父母头疼，父母怕他日后没个帮手受人欺辱，为费东添了个小妹妹。如父母所盼，妹妹性格比哥哥野，倒是个拿得起放得下的主。

费东少年时节唯一的乐趣是读书，最爱数学。同学们都普遍头疼数学，特别讨厌数字在眼前跳来跳去，而他一见数字就兴奋。这门课给他带来不少荣誉，至于后来会给他操纵仪表的精准度打下基础，费东当时并无先知先觉的预感。

1996 年，费东高中毕业，破天荒来了一群征兵者，军事院校优先选良材，响应的人也不是太多。那时，长江三角洲得改革开放之先，农村人开始往外闯，从打工到做小老板，进而当大老板，对人们诱惑力最大的是市场经济，成效最看得见的是一幢幢小洋房拔地而起。当兵那几文钱发不了家，致不了富。

费东倒是上了心，可那上军事院校的条件，唯有他最心仪的空军最苛刻，他却步了。费东想着，分数已上线，好歹有大学上，也算对得起父母和先人，他家还没出过大学生哩。一位偏爱费东的老师知识面广，信息量大又古道热肠，知道空军院校有个特殊兵种——空军飞行员，觉得费东比较靠谱。

费东性格稳重，思维缜密，个头不高不矮，结实有劲儿，五官端正，数理化又那么好，很适合搞高科技。

老师找费东来，横的竖的大讲一通，费东只是摇头。他说："老师的心意学生领了，这道理我也多少懂一点，可我怕不是那块料。"

费东的顾虑也有道理，初选时差不多进去多少出来多少，费东为人低调，觉得参加初选的人都比他优秀，自叹弗如。

见费东犹豫，老师鼓励他说："你要对自己有信心，挑选空军飞行员的机会可遇不可求，试都不去试一下，怎么就能轻言不行。现在去报名还来得及，材料准备我可以帮助你，快去吧！"

这一试，最后报名的费东脱颖而出，整个地区就他一人合适。"新科状元"，很让家人和他自己得意了一阵子。

费东相当珍惜这难得的机会，自觉刻苦，文化科目差不多让费东成为半个军事理论迷。他即将从事的是保卫祖国领空的神圣事业。战斗机就是针对战争的，虽然费东懂得战争结束不了战争，只有和平才能结束战争，而要实现人类和平，没有对战争的必要准备和实力威慑，奢谈和平那是神话。

学员费东的文化课在班上小有名气，素质训练他却不那么轻松。摸爬滚打他没叫过一声苦，但旋转平衡挺不住。五脏六腑翻来倒去越了位，“哇”的一声，他喷了教官一身的汤汤水水，怪不好意思正想说声“对不起”，曾经沧海的教官毫不留情的一声“再上”，一张苍白的脸还挂着残渣的费东再次上器械，恶口恶心还带着一股酸臭，又一次次开始将自己往狠里整。

有学员因为这一关过不了，转了专业。

南北温差也考验着费东。南方人零度以下的天气都受不了，他在北方训练，零下都三十度了，还让他站直了别趴下。冰天雪地的训练场，踩一脚滑一跤，跌倒了你还得快点爬起来，否则冻成夹心冰砖，硬得你再也别想站起来。好样的费东，经历了九九八十一难，终于成为一名合格的空军战斗机飞行员。

从此，费东天上人间，乡愁无乡。

银河有渡

营地不错。

万亩军营空阔无边，离县城不远，交通也还方便。在山多地少的祖国边疆，让出这么宽的熟田熟土支持国防建设，地方的襟怀可敬可赞。一晃，费东真正来到军营已有五个年头，一个比较棘手的问题摆在面前，小妹已名花有主，正待佳期，父母催着要儿媳妇也在情理之中。再说，费东也奔而立之年，青年男儿的心，都有热度，别暗淡了它爱的阳光。

父母所瞩，自然是家乡女子。

但是，这媳妇由不得他。他们的婚姻颠覆着相识、相知、相爱，又退回到媒妁之言的时代。原因很简单，只有“媒人”了解双方的政治背景、家庭情况，基本能衡量出这桩亲事的红线系得紧不紧。

政审这一关是不好过的。他驾的是战斗机，天马行空绝对需要对祖国忠诚。当年入学，先调查过他的八辈祖宗和社会关系，好在他家经得起政审。特殊兵种的配偶，政审这一关也比一般军婚严，他去什么地方寻这种女子。费东的飞行空间很大，巡天遥看无涯，落地万亩无际；社会空间却小，仔细想想，近在咫尺的县城他还弄不清东南西北。

费东触目最多的是天空，白天的云朵，夜航的星汉。云朵看多了像棉絮，软而无力，没骨感。倒是那星汉，美目似的闪亮，有导航的作用，也有排解寂寞的作用。看久了，它们如是朋友、熟人。特别是那条银河，小粒小粒的星宿聚成一带光灿灿的河，成就了几对天上人间的神仙伴侣。

他的“仙女”在哪里？

他的引渡人又在哪里？

费东基本不考虑家乡女子，他的职业以服从命令为天职，二十四小时处于待命状态。给父母推一大堆亲戚，那么老实本分的父母摆不平众多社会关系，难免有失周全。

费东是单位的骨干，部队培养能挑大梁的好苗子，解决个人问题也是培养要素。一个好的妻子对于战斗机飞行员意味着后方安稳，首长们为费东的婚姻问题操心了。

一位首长是山东烟台人，有一故交在烟台兵工厂工作，家有独女刘娜，小时候首长是见过的。记忆中小刘娜甚是可爱，算算年龄差不多也做得人妻了。这家人的底细首长大致知道一些，政治背景是可靠的。

刘娜出生就是城里人，又是兵工厂子女，还是独生女，别人不宠她，她也会自己宠自己。大学毕业分配在银行，很有些小公主范儿，讨人喜欢。刘娜秀发瀑布般浓厚，眼睛明亮而明媚，嘴角微微上翘，几分调皮带出浅浅微笑，配上瓜子脸，相当悦人；小骨架、小蛮腰，肩削脖子长，倒像了江南女子，生来就该被男人捧在心上的小娇娇。

刘娜第一次在照片上见到身着空军正装的费东，差不多就爱上了那身戎装，或者说是爱上了她因涉世不深又被美化了、放大了的梦。

照片拿起来又放下，放下了又拿起来。胡思乱想着这么帅气的军人驰骋于蓝天之上，是何等潇洒威武，有这等人物做丈夫，怎么猜想那份壮丽，都不过分。

2004 年春节，千里姻缘中的两位主角见面了。这之前，费东手上也有刘娜的一张照片，相当符合费东的审美标准。还等什么哩，现在就出发。

初次登门，费东在“相亲”时表现得不怎么样：生涩、别扭、拘束，显得手足无措，有点傻。恰恰是这种半生不熟的表现，让刘娜的父母看出了费东的诚实朴素，将女儿交在这样的男人手上，他们放心。父母还怕女儿相不中他的不善表达，递给女儿一句垫底的话：“男人沉默是金。”

好不容易有个单独对眼的时候，费东大着胆子抚摸了一下刘娜的柔发。刘娜的心跳加速，想着接下来费东可能会将她揽入怀里，还想些该想又不敢想的，比如……想不到，真想不到那一丝温情才一瞬间就在费东手上漏了气，他转身面对刘娜，严肃得像个政治工作者，硬邦邦就扔过来一句：“结了婚，你就是军嫂了。军嫂可不是那么好当的，你要有思想准备。”

没心没肺的刘娜概不知这句话的分量，幸福已经爬上心尖，容不得她多想什么、说点什么，头点得很爽快。

刘娜与东哥

刘娜的东哥确实优秀。

费东所在的单位，是我国第一支装备“歼-10”的部队，战训任务非常繁重，一年大部分时间都要随部队到各地执行驻训任务。费东先后参加过国产某型战斗机的改装、参加过“红剑”系列演习、西藏高原驻训、中巴联训和重庆极端气候的飞行突破，并成功参与完成了战斗机空中加油等尖端项目，还光荣地完成了新中国成立六十周年国庆大阅兵的战斗机空中检阅队列……

一次次首长接见；

一张张获奖证书；

一幅幅雄姿英发的大国空军展示照片；

一座座神圣无比的指挥台；

费东的身影一次也没少。

这一切的实际内容，刘娜不懂或者不会懂，而空军职业的神圣，刘娜是懂的。初婚来军营，人家叫她“嫂子”时，刘娜脸红，极不习惯这一声“嫂子”。两年间被费东教育得相当“国防”，也主动配合。信仰、崇高等词听上去很抽象，费东以服从命令为天职，刘娜以服从生活为妇道，于是一切都具体化和细化。这时候再听见人家叫她“嫂子”，倍觉亲切，很受用。

费东的确家国难两全，留给小军嫂的难题，全方位改造着娇娇女。2006 年，组织关怀特招刘娜入伍，而今她也是一名军人。二十五岁的刘娜舍弃多少人羡慕的银行工作，远离那开放多年，融合中西文化，富饶、精致，海风轻轻吹的烟台，来到高原边地，生活反差太大。

费东和她的单位虽然同在一个大围子里，一条林荫道分出楚河汉界，见一面也难。他们分别住在部队公寓，别说同吃一锅饭、同睡一张床，发个短信也得瞅准时候，费东的短信像单词，一般是“知道”“明白”“好的”“再说”……

费东是独子，妹妹出嫁之后，父母理所当然来跟儿子。刘娜爱费东，当然也知道怎样尊敬费东的父母。开口闭口“咱爸咱妈”，闺女似的。磨合中国家庭自古以来最难处理的婆媳关系，刘娜的绝招是少说话，多做事。她开始学习买菜、煮饭、料理家务，娇娇女迅速变成管家媳妇。她是军嫂，也是军人，部队教育使她懂得怎样兼顾家与国，再苦再累从没在公婆和丈夫面前表露过。

他们的孩子来得不是时候，费东正在担负战斗值班任务。他的工作属于“三高”：高精尖、高科技、高危险，注意力得放在仪表、数据、信号上，容不得一丝分心走神，当然也不可能陪妻子。

刘娜的妊娠反应特别严重。拣嘴挑食，想起一出是一出，等不得熟就送进嘴去，食物的味道都没尝出来，一阵恶心上来，吐出来的食物颜色都没来得及变。为了孩子，她吐了又吃，吃了再吐，吐来吐去脸色苍白，浑身乏力，走路打偏偏。

女儿不到半岁时，费东接到参加六十周年国庆阅兵任务。万里挑一的荣光，党和国家的重托，直接展现中国空军风采的使命，多么难得。可是，这一去首都得封闭训练五个月，其间不能回家，甚至不能轻易打电话。

看着身旁的妻子和女儿，费东绕不过去，他不知怎样开口。这事除了组织，只有他本人知道轻重。

其实，刘娜已经知道这件事，一去小半年，家里的实际问题会很多，她还是安慰丈夫："女儿你就交给我吧，能参加国庆阅兵，是组织对你的信任和肯定，更是我和女儿的骄傲。你全身心去执行任务，我和女儿期待着国庆节能在电视上看到'歼－10'飞机从天安门上空秒米不差地飞过。尽管我不知道哪一架'歼－10'是你驾驶的，同样能够感受到崇高、神圣。"

一天晚上，女儿发高烧到四十二度，上吐下泻，情况危急。刘娜没有惊动公婆，将女儿捆在胸前的军大衣里，形单影只走在空旷的军营大道，如一只无助的袋鼠……望着医院的灯光，她加快了脚步。

刘娜的父母心疼独生女，有时也来军营住一段。四个老人处在一个屋檐下，都很客气，都很谦让，却让刘娜看着心酸。礼仪太重不像个居家样，这时她做了个大胆的决定：让女儿断奶后随公婆回江阴，让父母回烟台。从此，费东是天上的雄鹰，刘娜是地上的骆驼，从南到北，从春到冬，背负着两个家庭的期盼和骄傲。

费东总是忙，他的忙说不清道不明，还排斥一切牵挂。刘娜食不甘味、夜不成寝，直到看见“平安落地”的信息，她心里那块石头才算落地。

刘娜常常仰视蓝天。他们的军营处在南北气流的通道上，旋头风刮得树多歪脖子，倒是鸟儿快活，辗转于流动的气场，悲喜总是一路歌。鸟儿的幸福在歪脖子树上，有枝可栖便是生儿育女的乐园。而他们的乐园却常常是“空巢”。

刘娜也知道在蓝天上她很难追寻到费东的战斗机身影，可她还是穷目不舍。长期的牵挂，神经受不了，分泌系统严重失调，总觉得心烦气躁，身体哪儿不对劲。

2010 年 11 月，费东又一次执行任务，刘娜想到用这个时段回家探望老人孩子。路过北京，她想顺便检查一下身体，那时，她右侧腋下阵阵疼痛。检查的结果，她得了恶性肿瘤，乳腺癌中期。刘娜那一刻觉得天旋地转，她才三十岁，女儿还不到两岁，她该怎么办？

刘娜决定手术。

飞行是一项高风险的职业，充满各种不确定性，飞行员被誉为“刀尖上的舞者”。那时，费东正在紧锣密鼓地训练另一种飞行方式，刘娜苦苦哀求医生、家人，不要告诉费东，不能让费东在关键时刻两头分心。

那一天，是刘娜三十年生命中最无助、最孤独、最生死两茫茫的一天。

刘娜挺过了十二个小时的“挨刀”；

刘娜挺过了六次化疗……

刘娜却挺不过一头秀发变成光头的形象。秀发，是费东的最爱，东哥第一次给她的温暖，便是抚摸她的秀发。女为悦己者容，她怎么可以失去东哥喜爱的风景?

费东从来不在妻子面前提及部队的事，这样做既是严守纪律，也是不忍心让刘娜为他悬着一颗心。这个家总是多灾多难，妻子“癌”了之后，父亲也“癌”了。费东却没因为这些影响工作。费东妥善地处理好家国事，他认为在人生这部交响曲里，顺境与逆境，鲜花和小草，都是它的音符，他得与乐章合拍。

费东没减少飞行时间和训练难度，每年的飞行时间他都超过全团飞行员的平均数，并杜绝了飞行中的“错、忘、漏”，出色地完成了各项任务，进步很快，多次立功受奖，已晋升为某团副参谋长。

如果说费东的成功属于男儿当自强，刘娜的业绩却属于无花果的花一般独特的舞姿，无声无迹，在无人注目中找到了存在的价值。

拖着带病之躯，刘娜被评为“好军嫂”“戍边西南感动军营十大人物”，一家子还被全军表彰为“优秀家庭”……做到这一切，坚强的刘娜靠的是想象着丈夫在空中向她招手。

刘娜是没有吃过苦的人。童年里不知童年，时光飘远了，她才深深地体会到做父母乖孩子的时光多么美好，无忧无虑的单纯多么幸福。做了军人妻，她得适应身份的转变。

刘娜是一名军人，从事的工作又与大众观念下的军人不搭界，工作单位与岗位变换频繁，属于后勤类工作，与居委会差不多同行。几年前，固定到计生干事。计划生育工作，在那时相当考验从业者，军队也一样。她手不离卷学习有关政策，心不离营了解每个军人家庭的生育情况，谦虚谨慎、热情周到，积极为官兵家属服务，干的是娘儿们的活又不全是娘儿们的事，有时还得当当调解员。她送医送药送温暖，官兵及家属都把她当亲人，亲切地称她为“知心大姐”，有了什么事都喜欢向她倾诉，找她帮忙，其实“大姐”自己才三十挂零。

一次，一名临时来队家属找她咨询做流产术的相关问题，细心的刘娜发现对方情绪低落，头胎子都舍得弃之不要。这个家庭显然出现了裂痕。是哪儿不对劲了？

对方哭着告诉刘娜，她与丈夫吵架，想把孩子做掉。

问题看来大了，如果做妻子的此时负气，后果不堪设想。

那妻子哭得一派委屈：“你不知道，他不拿我当个活物，丢在家中只忙他的，如果将来他对孩子也那样，有我娘俩的苦吃，不如现在就解脱。”

刘娜明白是怎么回事，感同身受，她也有委屈，那就先说说自己家那些鸡毛蒜皮。她是这样开场的：军人家庭都有一架天平，一边是理性的砝码，一边是感性的砝码，说不上谁轻谁重。但需要取得一个平衡，才有一个军人家庭的稳定、安好……

整整一天，刘娜都在和那位家属促膝谈心，并将对方请到家里，共同煮了一顿饭吃。刘娜还请家属的丈夫来接妻子回家，讲清了道理，给足了面子，双方都“就坡下驴”。

再说了，面对这样一位身患癌症还努力工作的小军嫂，他们那点小矛盾也放不到台面上。

后来，那名军人妻生了个白胖小子，家里公婆知道此事后，专门打电话感谢刘娜，称她是小孙子的救命恩人。

人生有三样东西是绕不过去的：成功、挫折、疾病。她经历过那次恶疾，知道生命的脆弱。恶疾控制得不错，她可以从容地想一想还有哪些该做的事情没有做。

搞好军民关系，一向是部队的光荣传统。她主动走出军营去与地方沟通协调，走村串寨做家访，结交了许多地方上的朋友。刘娜发现这个农业县看上去很富裕，其实眼皮底下的困难户仍然很多，大事她做不了，那就从小事做起。在刘娜的倡议下，全站官兵捐款四万多元，为驻地两个乡七十八名家庭贫困的小学女生解决读书费用的困难。

七十八名贫困小学女生，是她从众多困难家庭中量化出来的结果。实地走访过多少农户、做过多少过细的工作，我们无法知晓，刘娜自己也没往“功德簿”上记。

手术之后的刘娜怕沐浴，常常对着镜子发呆、流泪。女人的

“那儿”空了一块，心也被掏空了一块，总觉得对不起费东，总觉得还有一件重要的事她得为东哥做：计划生育政策放宽，她身体状况也很稳定，人生苦短，是该做那件事的时候了。

一封家书

爱情和家庭，这两个概念相融相通，都离不了倾诉。爱情有些像宗教，经营一种精神满足，敬奉的不一定是神灵，有些虚幻成分。想一想又全是情调，“痴”是它的生长素，痴是病字旁，自然需要病态的瞎哼哼来抒发情感。家庭就实际很多，它经营一种生活的琐细，很平庸，却也有欢愉、惆怅、痛楚，如果有人来分担，这些琐细很能提供给每个家庭务实的享受。

这对夫妻对待上述两个概念，用的是默契。他们没有时间和环境来说些应该说的事，就连短信也无多余的话。

刘娜总觉得缺点什么。

缺什么呢？想来想去缺的是用文字梳理十二年的心像和感慨，再不写下来，恐怕会成昙花一朵，悄悄开放在夜里，阳光都见不着一面就美丽地凋谢，岂不可惜。再说，目前她正想做一件发于心的重要事、高危的事，需要给费东留点什么，万一……

久不提笔，刘娜感到每个字词都特别陌生，想得眉飞色舞，写起来却杂乱无章。那又怎样？又不是拿去发表，她的读者只有一个费东，那就想到哪儿写到哪儿，一吐为快，对于他们也很珍贵。

一封家书写了整整半个月，像夫妻小传，像情感流水账。

东哥：

我们又快一个月没有见面了。每次接到你的电话，简单地寒暄后，却觉得很多话涌上心头，欲言又止。

第一次在照片上看到穿着飞行服的你是如此帅气、自信，纵然经历了岁月的洗礼，至今也不曾忘怀。从那以后，我的心里就有了一个兄长、一个朋友和一份牵挂。

2005年5月，你请了3天假跑到山东，咱们领了证。本来计划国庆期间去江阴你家办婚礼的，在你的江南家乡，相当看重婚礼，父母操办这次大婚，忙了几个月，一切准备就绪，就等着我们去敬喜酒。结果8月你被抽调去改装国产某型三代战机，这是无比的荣耀，也是重大的责任。虽然婚期一再推迟，但我能理解。

一别整一年。这一年是崇拜和爱让我支撑下来，每次想到我的丈夫开着祖国最先进的战斗机在天空翱翔，我的心就特别敞亮。所以，虽然我们刚结婚就分开，我也从来没有半句怨言和牢骚。

在有情的日子，深情地活着，在最幸福的爱恋里，等你。

2006 年五一，我终于可以去看你了。那天飞机延误，半夜 12 点才落地。你来接我，拉着我的手一直没有松开，抚摸着我长发的那只手也没松开。我记得那天晚上的星星好亮，仿佛都在开心地笑着。

那段时间，日子过得清苦，可是每天都很开心，因为你离我很近。虽然不能每天见面，但你每次飞行训练回来，只要看到我在做饭，来不及换下身上的飞行服，就把我赶出厨房，亲自动手。也许是因为你的溺爱，直到现在我都不怎么会做菜。说实话，江南男人精致会享受，烧的小菜就是好吃。

也是从那时开始，我养成了一种习惯，不管你飞行到什么时间，训练到多晚，只有确定你平安落地后，我才能安心入睡。

2008 年，咱们的女儿琬迪出生，看着襁褓里那粉嫩的小家伙，享受着生命延续的美妙，真希望咱一家三口天天能在一起。可是新任务来了，这次你要去北京参加 60 周年国庆大阅兵，驾战机接受祖国和人民的检阅，我只好抱着宝宝回到山东老家。分别的时候琬迪还不大会翻身，等你圆满完成任务回来时，小家伙都快会走路了。似乎琬迪还不太习惯爸爸的拥抱，在你怀里大哭起来。看着你狼狈而内疚的表情，我差点没忍住泪水。

想想结婚以来，好像从来没有哪年你能陪我和孩子两个月以上的时间。分别、团聚，相聚、分开……原本，特招入伍的我想离你近点儿，能多陪陪你，你也能多陪陪孩子。可是，你和你的战友却常年在外执行任务。渐渐地，我适应了这种生活，习惯了为你等候。

在北京治疗恶疾的日子，我多么希望你在我身边，又怕影响你的工作。“挨刀”和那些化疗、放疗让我痛不欲生，什么结果都会出现，我真怕从此失去你，倏然撒手，留给你无限的痛苦和一个不到两岁的女儿。这样不打声招呼就阴阳两隔，不甘！又怕你毫无心理准备面对那不堪忍受的结果，我拒绝父母与医生的劝说，我自作主张独自挺着。

你真的来了。

感谢组织的关怀，得知我的病情后，师长、政委指示你回来护理我。我又欣喜又不安，你还在执行任务，我怎么能扯你的后腿。部队培养一位合格的战斗机飞行员，是多么的不容易，你的事业如日中天，我怎么能影响你的事业。你前途无量，我已经只剩半条命，怕成为你的累赘。我想还你自由，这也是我爱你敬你的做人底线。一想到那结果，我自己就忍不住眼睛的泪如高山流水常不断，始终没把这打算说出口，反而拼命寻医找药，希望奇迹出现，还我健康，多陪你几年。

生病的日子很难捱，可你从来没有对我不耐烦，从来没有说过一句重话。如果说有什么变化，就是你给我打电话的次数更多、聊的时间更长。你从来不在我面前、不在其他人面前提我的病，将我的尊严悉心保护，心领了！多谢了！

我跟你发脾气，七分是娇三分是怨地说：“你从来没有把我当一个病人对待。”

你板着一张政委似的脸回答我："还真让你说对了。你是病人吗？不要老是想着自己是病人，你跟正常人一样，人吃五谷生百病，谁没有病？天还有病哩。"

那一刻我才知道你是多么爱我、懂我、尊重我。

你从不渲染你的高风险职业，轻松的口吻叙述一个"飞"字，可我知道这"飞"不是一般的飞。当我晓得一点皮毛之后，我从你身上学会了坚强与敬业。

你总是把什么都放在心里，扛在肩上。2013 年我父亲确诊为肺癌，需要动手术。我自己是罹患过癌症的，那种手术难受得说不清道不明，你为了不让我担心，一直瞒着，怕正在康复的我受不了这样的打击，自己一个人去处理。回想那两年，你一边要飞行，一边要操心咱爸，一边还要在我面前装作没事，你是怎么挺过来的呢？你并没有因为家庭的事情影响工作，一路挑战一路攀升，对得起组织对得起家。

每次你回来，从不说不开心的事，家里的一切事情你都揽过来，这种感觉真好，东哥。不光是我，琬迪也乐得不成样子，骑在你脖子上，叽叽喳喳说个不停。我静静地坐在一旁，看着你们，感觉特别幸福。我常想，老天对我足够眷顾，将世界上最好的男人恩赐给我，陪我慢慢变老，我真的特知足。

自从我生病以来，我们一直享受着组织的温暖。刚做完手术，时任军区空军政治部主任的张卫兵带着慰问金来看望我。师团站领导也都过来了，还有你的飞行员兄弟们自愿捐款筹款，给我们送来了 2 万元。对于危重病人来说，每一笔款项都是及时雨，没有这些关心，我们寸步难行。

要说有什么遗憾，那就是对孩子了。女儿琬迪一直像个流动儿童，爷爷奶奶家、外公外婆家，扔在谁家就是谁家的孩子，她不缺爱，缺的是父母陪伴着成长。有时假期我们会接她来营地住一阵，白天她还是留守儿童，童年不知童年的滋味，下班后吵着我带她去喊月亮。我很胆小，女儿胆大，躲在黑影里让我去找，大影子跑去找小影子，找到后一阵欢喜一阵清冽，女儿满足我心酸。

特招入伍，我当上了助理工程师。是你的从业态度，鼓舞我干一行学一行爱一行，居然也得到单位的认可，年年优秀，还被评为“好军嫂”“戍边西南感动军营十大人物”，我们一家子还被全军表彰为“优秀家庭”……

今天你打电话过来，提到改隶的事欲言又止。其实，我也隐约听到我们单位也面临着转隶的消息，我知道你想说什么。东哥，你在哪里，哪里就是我们的家，你就安安心心地飞行，踏踏实实完成好每次任务吧。我也想告诉你一件事，就算是我任性一回，我这样做自然有我的道理……算了，还是暂时别说。

爱你的妻　娜

2017 年 1 月 8 日

费东也“酸”了一回

电话联系的人先给我们打招呼，说他们的营地未经批准不允许外人进入，是个保密性很强的单位；还说要采访的对象只给我们两个小时的采访时间，而且此人不大说话，基本不接受采访，恐怕交流起来不顺畅，要我事先有些准备。于是我先拟好了采访提纲。

来长途汽车站接我的人，又如是强调一回，搞得我思想很是紧张。

我说那就见机行事，找找感觉也好。心里却不大服气，人是有感情的，我就不信费东是油盐不进的铜豌豆。

车上观花，我虽只是遥看，却也被那训练场的威武折服。没有一个军人，也不闻马嘶，我却仿佛看到千军万马在厮杀；没有一兜野草，也不见任何器械，我却仿佛看见神秘的绿火、烽烟和那设防中的一座座雄关。

费东的公寓，除了办公桌上有一张女儿的照片，别无长物。

这个人我是见过的：荣誉室、走廊、大厅，凡是讲述红鹰团光荣历史的地方，都有他的身影。照片上的他没有笑容，甚至没有表情，一身空军服代替着看不透的表情，那表情就很职业化。

接受采访的费东穿了一件绿色空军夹克，干练、沉着，还是没有表情。要撬开这种人的嘴，绝对需要心力渗透，千万别拿腔拿调自以为是。

我在之前做的“功课”没用上。

交谈开来，我发现此人善于概括、点评，一片长空、一个家庭，都在这些短评中演绎令人扼腕的变化。除了不笑，也没那么铁板，两个小时听下来，完全是不动神色的情话。他给我看了妻子刘娜的照片和信。

“你为什么不回一封？”

“不习惯。”

“今天就破个例，如何？”

他点头，我整理，于是就有了这封可能不走邮局的家书。

娜娜：

我不善于表达感情，特别是用文字表达，思之再三，这封信必须写，也算是读了你写于1月8日那封信的回复。

今天是3月8日，是属于你的节日，我胡思乱想好几天，今天信手涂鸦，就当一次节日的问候吧！

自你随父母回老家待产，我无时无刻不牵挂在江阴的你。这次送你回家，我们没有多余的话。古人说：“执手相看泪眼，竟无语凝噎。”这种意境此时无声胜有声。你们走了，面对空落落的家，我觉得有许多话该说又没说。当着你的面，我说不出口。

12年夫妻，我从来不习惯秀恩爱。不多的几次军营散步，概无挽臂的亲昵。我要么快你两步，做你的开路者，要么慢几步，做你的“跟班”，其实你那只温柔的小手，揪住我的心整整12年。行话说，一个成功军人的背后，都有一个敢于担当的妻子。我不算成功，你却一样有那份担当，而且担当得那么吃力、忘我，你几乎彻底改变着自己来适应一个严肃而又崇高的角色。

了解一个男人很艰难，了解一个空军飞行员却很容易。我们没什么社会交往，心随着蓝天白云一起飞翔。在我们的心中，五光十色的世界不比蓝天更美丽，从业开始心无旁骛。

你自小有军人情结，一身空军服就让你托付终身，不惜抛弃优越的环境来随军。我从你的一举一动中体会到你对我的“崇拜”，而崇拜是需要距离的，12年生活在一起你还崇拜，我只能认为这是你涉世不深的美好心灵对我这个人的认可。感谢你的信任。这算不算爱情我说不准，而我，在偷瞄你的第一眼，就认定你这小女子需要我这样的汉子来保护。你那一头秀发，鸡毛掸子一样搅得我浑身发痒，爽如春风，润如细雨。自从嫁给我，你却没有享受到新嫁娘的花前月下和黄昏后的浪漫。军人的家庭也相当军事化，留给我们缠绵的空间和时间都不多，何况我的职业在彩云之上，留给你最多的担心是“平安”。12年来，我们的日子过得很平凡，但不平庸，各自在自己的工作岗位都有些作为，我还有那么几次可以终身无憾的经历，可我总觉得欠你太多。

2010年11月，当你被查出已是中期乳腺癌，这消息对你无疑是个致命打击。你竟然独自硬扛着，去北京做手术，还瞒着我说去北京找同学玩几天。你，你就是在玩命。要不是组织通知我，你要瞒我多久？

我真佩服你的坚强，面对生死那么从容淡定，要不是事关重大得请假，你恐怕连那句对领导说的话也不会留下：“千万不要把我的病情告诉费东，也不要通知他回来，不要让他分心。”

那时，我确实在外地执行联合轮战任务。当我匆匆赶到医院，如遭五雷轰顶，万箭穿心，头都要炸了。

离别不过一月，我恍如隔世。

你那满头的黑发全部掉光；你那双美丽的眼睛看不清楚人。众多的医疗措施使你的病情得到控制，想到部队还在执行轮战任务，病情稍一稳定，你就催促我回轮战一线，以工作为重。

这些，我都能理解。

最让我生气的，是你居然有离婚的想法，你也太不了解我了。我明白，你怕成为我今后的拖累，你怕你那份形象刺激我心痛，你怕我后半生生活在煎熬中。告诉你，娜娜，没有了你，这个家不算完整，离婚的念头，你今后再也不要有。我还得掏心掏肺告诉你，我爱你的秀发，也爱你的光头，还爱你的残缺。听别人说，手术之后你怕沐浴，你怕照镜子，常常对着镜子发呆、流泪。娜娜，你大可不必那样折磨自己，让我们一起面对美丽的残缺。

夫妻牵手12年，我们的情感中多了一份亲情，我们是亲人，何况还有共同的血脉，女儿琬迪很乖。

那次风险，你到底挺过来了，我佩服你的坚强。按理，好好过日子才是我们应该有的平常心。不曾想，一个念头在你心中隐隐地上升，着了魔似的，摁都摁不住。你是在部队兼做计划生育工作的，国家政策放宽能生第二胎时，你竟然背着我做了全身体检。关于癌症病人一切正常之后能否再生育的书，你不知读过多少；关于再孕的药物，你不知吃过多少。这一切，我竟然不知道。

小女人霸道起来，大男人也无奈其何。你的一个伟大的决定让我胆战心惊，你要为我再生一个孩子。

我坚决反对。

你那点小心眼儿瞒不过我。你想让我多一份牵挂而努力奋进，你想让我的父母儿孙满堂人丁兴旺，你想让女儿琬迪有一个小弟弟做伴。在我们老家，这几年悄然兴起另一种攀比，不比谁家财富多少，只看重谁家儿女成群。

当你告诉我怀孕的消息，我一头雾水，这怎么可以？这怎么可能？

女人对一件事一旦动了心，什么险都敢冒，你这是在拿生命当赌注。种子已经发芽，劝阻无济于事，流产风险更大，对你的选择的尊重使我只能默默揪心每一天。你这次弄的响动太大，个人怀孕的事情惊动了组织，大老爷们儿共同担心，因为你曾经是癌症患者。组织上法外开恩，才怀孕 3 个月，就让你回江阴老家保胎待产，这情义我们欠下了。

送你归去，我脚如灌铅，那份沉重，那份不舍，为平生少有。娜娜，三月的江阴天气多变，你要注意添减衣服，你要保重。别舍不得花钱，咱们不缺钱。

回想结婚以来，我陪你的时间太少，基本没有陪你出去旅游过。好在我们都年轻，来日方长，待到解甲归田时，我会大方地牵着你的手走过每一天。我这半生几乎风尘万里，而祖国的大好河山，实在看得不多，走过得更少。到那时，我将与你同行，去游览祖国的大好河山。到那时，我希望你尽情使上点小性子，发点小脾气，让我也享受享受恋爱的滋味。老实说，人近四十，我还真没弄明白恋爱的属性，老来再补起，别让我错过今生这道美丽的风景。

娜娜，我还从来没有向你说过那句酸溜溜的、女人都爱听的话，今日借一纸挡脸，我就大声向你表白一次：娜娜，我爱你！

费　东

2017 年 3 月 8 日

两个小时变成了两个时辰，想说的话还很多。再不起身，天黑之前就赶不回家了。淘神，好在后会有期。

费东握别我的手很有力度，冷冽地笑了一回，毫无虚假。费东将悲喜皆藏在那冷冽间。

博士军嫂的幸福维度

缘 起

雷达站在一般人眼里就像电视差转站，属高科技。它们永远独立于寒暑中，昼夜不息地占山为王。一座座铁塔孤标傲世，白天很难纳入人们的视线。夜深沉了之后，铁塔上的顶灯落入星海，一枚亮晶晶的小宿点醒着城市的方位，铁塔反而成了炊烟喷聚而成的芸芸众生的灵魂，在安抚着一个个好梦。

还有一种雷达属于军事范畴，是空军的“眼睛”，是现代化国防建设中的重要组成部分。我们以前对此知之甚少，至少我不知道它属于何种兵种。

年前，接到一大堆优秀军嫂的先进材料，其中一位叫顾文娟的女博士很出色。整理这份材料的作者相当有文采，很像一位知情人向有关单位讲述一位军人妻子的感人故事。内中有两个词，常常在“感人故事”里跳出来抢风头，一个词是“悍妻”，一个词是“镇宅之宝”，都是不好用在先进人物身上的个性化词汇，加之主人公是山东人，很容易被误认为《水浒》中的“一丈青”之类的女豪杰。我们是带着几分惊奇、几分猜测走向军营的。

这是四月的一个阴天。素以生产旋头风闻名的边疆大坝子，在这一天风不起，太阳也不见尾首，脾气好得像一位老农，伴随我们一路赏深春景致，一路聊着这个“悍妻”，非常愉快。采访的时间充足，聊家常似的听两位主人公讲他们的成长故事。本书策划者吕君说，这两人是“双优”。我的任务是将这“双优”写得准确、丰满，还得兼顾神和形。

某雷达营副营长胡宝府与某理工大学机电工程学院包装工程系教师顾文娟的故事，是一对有志青年的成长史。他们的故事将传统文化与崇高信仰演绎成了传奇，很像词牌“如梦令”，“梦”使传奇抒发着向往的真实，“令”将传奇逐步推向人生的维度，使这个真实的故事多了些时代风采。但是，有了“军人夫妻”这个大背景，境界明朗而阳光。

他们都相当较劲着、努力着去接近自己的职业和角色，沉着镇静地平凡着，嘻嘻哈哈斗几句小嘴，幸福的日子便拉开了序幕……他们是典型的知识型小夫妻，可关于“恋爱”的一切套话又一律拿不下这对事业型男女。《诗经》所说“生死契阔，与子成说，执子之手，与子偕老”，用在他们身上比较中肯。当然，这句古诗也属于写恩爱夫妻的老调，我总觉得让后人用熟了难免牵强：胸无点墨的想不起来用；半罐水们受用不起；唯腹有诗书气自华者，方配这份古意的美好与高贵。

军人妻军人妻，我先写军人后写妻。

同学会

副营长胡宝府，1984 年出生于山东临沂一户农民家庭。山东人历来很牛，介绍家乡时不必多用词汇，简约到“一山一水一圣人”，七个字概括全了自然、地理、人文。没有千年修炼，总结不出这七个字。

胡家的人全不把这句话挂在嘴上，倒是拿农耕说事。老实本分无更多欲望，养下两个儿子，胡宝府是兄。无论兄还是弟，胡家人一律粗放，地气接得扎实，长得就结实，小哥俩大事不犯小错不断。父亲是个少言寡语的庄稼把式，想教训儿子，他说不过俩小子，干脆懒得说教，种懒庄稼似地由他们去。母亲有些性子急，眼里又揉不得沙子，一遇到龌龊事，老的小的拖泥带水一起骂。打人的事倒不曾有过，她忙着干活手不得闲，顶多扭过头边骂边往前走，头昂得老高老高，舌尖上的功夫极佳。骂来骂去胡宝府也没听进几句，就是听进去他也理解不了，俚语骂人的学问大着呢。此人从小比较独立，常常无拘无束往大路边一站就是一阵子，傻乎乎想些不着边际的事。他仿佛看见南边的《水浒》人物扬鞭催马飞奔而来；北边的沂蒙山壮士滚着风雷，扛着战旗而来。无论他们是宋朝的好汉，还是抗日战争、解放战争时期的壮士，往大平原一站，就站成一种天地精神，想起来就特别受用。

长大后，胡宝府将这种精神归结为男子汉气概，具体的奋斗方向大抵是不管此生混得如何，男子汉气概不能丢，而且还真为这种气概找到了个依托——军营。

母亲不解儿子干吗老往路口站，一个人一站就是老半天，常对丈夫嘀咕：“这孩儿呆着哩，心野着哩，那路口车多人多，当心别出事，快去叫回来。”

父亲说：“他什么时候听过俺的。”

母亲白了父亲一眼，用手扶着大门口扯开嗓子喊：“宝！宝！路口风大，回来喝碗粥暖和暖和。”

人是回来了，心却还在路口。

小学到中学，胡宝府别的成绩在中上，体育却特别出众。什么竞技项目他都敢碰，什么球类他都敢上，还都是核心人物。输赢他没太当回事，过程中的拼搏很锻炼人的意志力。在他后来的成长道路上，也找得着少年胡宝府的影子。

2002 年，是胡宝府人生第一搏时段，高中毕业参加高考，他落榜了。这个结果连老师都不能接受，按平常摸底考试的情况来看，胡宝府上线是没问题的。问题出在哪里？胡宝府也在想，他已经到了会思考的年龄。思来想去，发现一向被他忽视了的父亲才是家庭的主舵。

父亲为给儿子挣几个上大学的钱，外出打工去了。一向不声不响的父亲认定儿子是上大学的料，大小伙子上学拮据是很没面子的事，地里的庄稼收成只够过平常的日子，一下子跳出个大学生，这要多大的开销。父亲挣没挣到钱不好说，没有了父亲的家空了一半，连母亲的话也少了许多，骂人吵嘴没有了对象，她说给谁听？再往深处想，胡宝府发现这个家庭的秩序，是父亲用沉默安排的，走了父亲，母亲都显得手忙脚乱。

鬼使神差，高考那几天胡宝府老是想着父亲劳累的背影，心理压力增大，越想考得好一点，就越干扰了临场发挥。

落榜，让胡宝府成熟。他一不复读二不打工，小打小闹接触些社会常识，一心等待着征兵。什么兵种都可以，他将军营作为男子汉的起点。天从人愿，家乡来人招空军，他那体魄不就是专门为军队准备的后备力量吗？从军的第一站，他倒真没想过会走这么远，远在西藏，对于家乡山东，已经是天涯。

新兵胡宝府爱读书，在他们那群人中小有名气。驻地离城远，精神空间比较单一，读书可解多少寂寞。进一次城买书也不方便，那时也无网上购书、快递送书一说，他就买一套中国古诗词反复读。高中生本来就有些古文底子，读起来也不费劲，读来读去他读出了古诗词的诸般美妙，渐渐能走进书里去。气度恢宏囊括四海之志的，他奉献给了军营；含蓄蕴藉婉约细腻的，他奉献给了后来的妻子。真得感谢那个时段业余阅读岁月的斩获，让他有了终生受用的文学修养。

我在阅读胡宝府写的材料时，突然会冒出这样的想法：此人若是当时有行家指导，很可能会长成一位军旅作家。他思维的敏捷跳跃，简笔勾勒的环境描写，生动形象的人物对话，都是个当作家的苗子。

西藏神奇美丽的自然，让胡宝府大开眼界。西藏人过日子简单实在，所求不多，如果谁要放弃唱歌跳舞的快乐日子去积累更多的物质财富，基本就是不合群。这种生存观念，还是会影响军营的。不到一年，这样的氛围又让胡宝府不安了。

他当的是空军地勤，守着天宽地阔，连空军的门都没摸着。他知道地勤也是一种重要责任，但就这样混两年退伍，不配人民空军这个光荣称号，得有点作为兵的特殊价值。他决定报考军校。拣起一套课本，胡宝府三更灯火五更鸡，准备着。没有辅导老师，没有备考时间，自学加拼命，他进入了一种忘我疯狂状。2004 年 8 月，真是个“不负如来不负卿”的好年月，胡宝府考上某空军院校，学的是雷达专业，开始了当好“空军眼睛”的修炼。

军校虽然在武汉，入学以来的两年，他概不知武汉三镇的码头谁是谁，谁归谁，当然也不知道“龟蛇锁大江”。他将一切时间都用来补缺，丢了两年课本再拾起来，应届考生的知识结构竟比他这“老江湖”强，很不拿老兵当“大师兄”。他不服输倒不是只想证明他的存在，而是要证明给“他们”看，曾经当过两年空军，他配得上“老兵”二字。

2006 年的秋季，武汉酷热正在减退，胡宝府的青春温度却直线上升。他的一位高中同桌来武汉旅游，想起了他们那个年级的女学霸顾文娟也在武汉，邀几位同乡学友聚聚，顺便也叫了在上军校的胡宝府。

而今的同学聚会已经不太单求追忆，拿少年时节的淘气开涮，更讲究情调、格调、品味。当然，心照不宣，“整成一对是一对”也是美谈。一群“快活鸟”操着方言又回到中学时代，胡天海地地侃了一夜，顾文娟被最不靠谱的胡宝府逮了个正着。

寒门 “女状元”

1985 年出生于山东临沂的农村女孩顾文娟，当年只有 21 岁。21 岁的女孩到处宣扬她的独身主义理论，是智慧地给自己找了个“这事免谈”的理由，或者说给自己上了一层保护色。对于她，春风尚在东海潮上，渡来女孩心中还有段距离，土地都没吹醒，百花还没孕育，她又怎么知道春色的魅力。

顾文娟的成长，是个传奇。

顾家虽是农家，在顾文娟出生以前，在当地也算得上好人家户，温饱有余。这个家有位既传统又霸道的奶奶，几年间就把这个家折腾得差不多了。

出生于 1923 年的奶奶，在当地是个人物，能干、泼辣、大胆，是那种“胳膊上跑得马”的女强人。奶奶冒着炮火为抗日前线将士送过寒衣；为解放战争时期的前方将士送过小米、背过伤病员、掩护过革命者。一双大脚走路如风，还死爱面子在腰间扎个红带子，大脚一扬一扬，红带子一飘一飘，竟然是“大秧歌”的范儿，形散神不散做着她的支前模范。按说，奶奶是个当妇女主任的料，坏就坏在奶奶嘴不饶人，什么场面、什么人物她都爱喧宾夺主，生生错过了“吃公家饭”的好年华。奶奶是个话匣子，也是个故事大王：一不说《聊斋》，二不讲童话，三不编神话，她讲的全是沂蒙山上听来的故事。战斗故事被奶奶添油加醋修修改改，“狼牙山五壮士”有时是六个，有时是八个，兴致头上人数还在往上加。奶奶一生没有去过孟良崮，竟将那场战斗演绎成话本连台。儿女们早就不要听的“歪扯瞎说”，好在有孙子辈接着听，炕桌边一坐，双腿一盘，故事会开始，熬过了许多寂寞而漫长的冬夜。

奶奶不大佩服“红嫂”类，说人家官兵们为咱老百姓命都搭上，女人舍口奶算什么？奶奶崇拜当兵的人，崇拜大英雄，大约为顾文娟做个军人妻埋下了伏笔。

从小在革命故事中泡大的孩子，心地单纯有正义感，比起同龄人懂事也早些。奶奶的霸道体现在生儿育女上，就不好评说，她相当固执，相当传统。顾文娟是这家人的长孙女，那时农村的计划生育政策，头胎若是女，可放松一码生第二胎，奶奶还高兴地说：“先开花，后结果，好事。”到媳妇第二胎还是生个女儿，奶奶没有了笑容，发誓把房子卖了，把老命拿去换个指标（好天真好可爱），顾家也必须有个孩儿是男的。可怜顾文娟的娘，几年肚子没空过。

这个家吃口重，劳动力少，顾文娟四岁开始就不得闲，妹妹弟弟她都背过、喂过，稍大一点还得帮娘亲经营菜地和庄稼，按理她不具备读书和读好书的家庭条件。

山东历来文脉重，教育质量高，有送子女上学鼓励成器的优良传统，在上学问题上倒也男女儿童一般齐。顾文娟得风气之先，提前一年入学。她生来具备读书天赋，那么多的家务活要干，居然奖状得了一排排，学习用具也奖得一大堆。从小到大，顾文娟都是学习魁首，后来人称的“学霸”那种，这“桂冠”也给顾文娟带来些实惠，比如奖学金。供四个孩子上学，这个家庭的负担可想而知。顾家人要强，一不向政府伸手，二不向亲戚哭穷，他们有四个成器的孩子，这就是安慰。

本科即将毕业，顾文娟报考本校（武汉大学）研究生，不曾想一考又考出了“女状元”。学校爱其才又看重她的学习态度，让她硕博连读，当然也有拿她的求学背景鼓励其他学生的意思。

家境艰难，好在有书为伴。知识的吸引，在顾文娟看来远胜于校园外的花花世界。这么大个校园也够她探索：教室、实验室、图书馆，一泡就是一天。老大的东湖就在校园内，她也常去湖边走走，看花蕾怎样风雨兼程去迎接秋天的收获，听秋叶怎样鼓掌欢迎冬季的驾到……

2006 年秋的那次同乡同窗聚会，是她极少参加过的“社会活动”，直到她的初中同班同学（本次聚会组织者）向她介绍高中同桌胡宝府时，她概不知高中同年级隔壁那个班里有这位胡同学。

大家调侃她学历高，眼睛向上。

她忙说：“不不不，眼镜度数太高，小眼不识人。”

七嘴八舌说到兴头上，顾文娟突然爽朗一笑，说：“想起来了，你是那个在篮球场上满场飞的大个子，我好像还为你一个漂亮的三分球尖叫过。”

胡宝府再也忘不了顾文娟那明媚灿烂的笑容；再也忘不了顾文娟走路像跳舞一样动静有致，说话像唱歌一样悦耳好听；再也忘不了顾文娟明目洁齿幼树一样婀娜的身影。这样优秀的女孩子说什么独身主义孤芳自赏，老天都不答应。

浓眉大眼的白面书生胡宝府，是那种看上去不怎么勇敢的大男孩，其实心里的小九九不少。向一个女博士表达爱意不能太明白，又不能太自卑，酝酿了好些日子，来了个心理暗示，无头无尾发给对方两句诗：

君住长江头，我住长江尾……

顾文娟那几天正好心烦。刚回了一次老家，霸王奶奶又弹起了别调，成天跟着孙女转，总是那几句话：“娟娟，该嫁人了。人家说女孩子书读得越多越嫁不出去。人家要的是媳妇，又不是要个女先生来供起。你不赶紧抓个好的，到时候捡个歪瓜裂枣回来，奶奶可会心疼死的。”奶奶概不管什么博士不博士，是姑娘总得嫁人，这是庄户人家的真理。

顾文娟何等聪明，胡宝府这没头没脑的两句诗，是个试探性的信号，是长江水寄给岸边树的情书。回头想想胡宝府这个人，学历差点，人可不差，一表人才，锦心绣口，做事稳重。当兵的人本身就给人一种信任感，学的还是雷达专业。她不懂雷达，正因为不懂才觉得此人有些神秘，决定处处看。

于是，顾文娟拿起手机回了一条短信，还是无头无尾，她补全了那首诗。

有一种爱是分手

“快活鸟”也有安静的时候。

军校毕业，胡宝府被分配到西南边疆，他这人注定是个远行客。参军到了西藏，当军官被分到西南边疆，老家又在山东，如果将三点连成三角形，差不多圈下半个中国，何止是“八千里路云和月”！

顾文娟坚持着去送站。

“多情自古伤离别。”夜半、雨天，他们都似乎感受到月亮滚出来的冷泪。火车一再晚点，气氛不是太好，胡宝府自顾自地畅想着明天的美好，抒发着自己的雄心壮志。顾文娟一概不接话茬，无语泪先流。通知此班列车进站，她才站起来，微笑着说："我会照顾好自己，你好好工作，等着我。"

胡宝府摸摸衣肩，发现被文娟的泪水打湿了一片，他的眼泪也忍不住流下来。邻座的大姐心有触动，深深感叹："小伙子，你们感情真好，一定要珍惜呵。"

营地在海拔三千米以上，湛蓝色的天，翡翠色的树，"上穷碧落下黄泉"都不遥远。天和地被大山的巨手狠命一握，一切有生命的灵性万物，全在一握中。一条专用公路把胡宝府送到雷达站，越往高处走人烟越少。再往高处走，几乎不见人家户，几点田房孤零零散落高山地带，那是为山民和牲口备的躲雨处，也存放一些来不及归仓的农作物。

雷达站很像是插在云端，其实云上还有山。几十名血性军人守着高山雷达站，没有家属孩子，没有社会交流。胡宝府立刻理解了"戍边"一词的真正分量——白云的另一端，已是另一个国家。同时涌上心头的，是他的恋人。天地闭目与张目时，他那娇小的恋人来探一次亲恐怕都会是一次长征，骨头不散架才怪，他思她想她又怜她，想发条短信都不行，信号不好。这地方怎好与武汉相比，生活环境与物质条件的落差，让他第一次想到"有一种爱是分手"。

认识他们的人，知道他们这段感情的人，都不相信这段感情能修成正果。顾文娟的条件与他，天壤云泥。那时，顾文娟正面对两次出国深造的选择，还公费，一次是到德国，一次是到加拿大。皆因对象是军人这一特殊身份，她都主动放弃了。理工科与世界接轨的机会比文科更多一些，放弃这一次还会有下一次。顾文娟的导师是个标准的高级知识分子，还学究味重，总觉得他的高足不应该做个军人妻，两棵嫁接不对路的树，会结出什么好果来？劝她放弃，并已经给她物色着更相宜者，还保证说无论知识学问还是专业，都优于她那位军人老乡。如果顾文娟听劝，出路就更不是问题，她可以留校，做一个名牌大学的教师，前途无量；她也可以去上海，那儿的天地更广阔，对专业的精进更有帮助。

接到胡宝府的分手信，顾文娟很委屈。她明明知道这不是他的真心话，还是委屈，只是这委屈多了些酸楚和疼痛。恋爱这枚奇果，有的人品出了美，有的人品出了秘，唯她顾文娟品出的是愉快。每一次与胡宝府相处，她心中的“快乐鸟”就飞来她的脸上，笑容总是收不住。还没真正尝到收获后的爱，她和他怎么能分手？她知道，胡宝府是个自尊心很强的人，山东男人一向不喜欢妻子在风头之上，既然爱上了他，得为他换位思考。她放下身段，做出了人生最重要的一次远行。

临时出行来不及等票，站了三十九个小时到驻地省会城市，又坐了十一个小时的汽车到了边地小城，娇弱瘦小的她，脚已经肿得像两个馒头。她一头扑在来接站的恋人肩上，又哭又泼又打：“你怎么可以狠心说出那样的话，是我做得不够好吗？”

胡宝府一下子心软了，这么有主见有担当的恋人，他怎么舍得分手？一切言词在这时候都显得多余，直到恋人返校，他才在手机上给她发了两句秦观的词：

金风玉露一相逢，便胜却人间无数。　　柔情似水，佳期如梦，忍顾鹊桥归路。

顾文娟回到：

两情若是久长时，又岂在朝朝暮暮。

省会城市的理工大学机电学院是顾文娟自己挑选的就业单位，相对武汉大学和上海那些用人单位，这所大学没有可比性。可人家是拿她当人才引进，这份尊重挺让人感动。况且这里与胡宝府的军营缩短了两千公里，同在一个省，似乎同在一片彩云下，这一抹艳丽，更让人动心。没有人为她打点行装，没有人送站，顾文娟用三十七公斤的小身板，拖着七八个箱子只身来到这里。胡宝府一时诗兴大发，比较风雅地吟诵道：

丹桂飘香云路近，玉箫声绕镜台高。

2010 年春，他俩用鲜红的党旗为背景，卡片相机为证，自拍两寸结婚登记照，领取了结婚证。

佳期定在年底，新郎却不得空。

有了娇妻，胡宝府进步很快，提拔到某雷达站担任指导员。

连队驻扎在海拔三千米的原始森林中。刚刚上任，忙于熟悉新岗位，不得不一再推迟婚期。

顾文娟没有感到突然。选择了他，就是选择了服从命令、听从指挥的军规军纪，也从中认识了积极向上、爱国奉献的当代军人。她做了个让丈夫感激不尽的“姿态”，用最后一次领到的八千元奖学金给丈夫买了一部单反相机。丈夫做的是基层连队的政治工作，将单反相机当新婚礼物送给他，意义更深远。

胡宝府总是不放过任何一次表达他是男人、是男子汉的机会，接过相机时文不对题地说：“我将用它记录我的园地，即便是一棵小草，我也要抓拍到它是怎样地努力着，爬满所有季节的额头。”

2012 年 6 月底，好不容易两人都有了假期，商量着怎样办一场婚礼。

省城？不可能！房子是租来的，远亲近邻战友都没一个，这叫什么婚礼。

军营？还是不可能！

他们不要排场，只要双方父母的祝福，于是选择回老家山东临沂，在农村的平房中举办了婚礼。这房子，本来就是胡宝府的出生地，当年的小生命酿成了美酒，也应该敬一杯给他的衣胞地。

没有婚纱照，就把两人仅有的几张生活照冲洗放大，挂在墙上；婚床是父母备下的，在农村还算过得去。来祝贺的几位要好的少年伙伴总觉得失望，有大胆的就直说了：“大博士的婚礼怎么这么简单？也太不把咱们的才女当回事了吧。”有不平者要去找胡宝府“算账”。

这群人都是他们的发小，闹起来胡宝府不是对手，双方亲人也难免尴尬。顾文娟息事宁人，自己找了个台阶说：“这主意是我出的。大道至简，低调中的奢华才是乡土本色，咱们不去赶时尚。”

其实，顾文娟也觉得太简单了些。生命的风景线上，婚礼是标志性景点，粗糙了，会伤心一辈子。为了“雪恨”，当夜她狠狠地咬了胡宝府一口。

第二天，顾文娟指着胡宝府胳膊上两排清晰的牙印，严肃正经地说：“你欠我的，就此翻篇。”

这个春节很有味

胡宝府所在的雷达站，主管首长逢年过节没有放假这一说，参加工作以来，他从没在父母身边过过年，相当愧疚。既然做了军人妻，顾文娟主动承担尽孝的角色，每年寒假都千里走单骑，先回山东陪双方父母过春节，然后带上元宵煎饼大葱回到丈夫身边，准备过元宵节。

看到爱人这么多年来回跑，他非常心疼，劝她一年去一个地方就行了。顾文娟却说：“两边都是亲人，我谁也放不下。平常我们对父母的照看就少，过年一个都不回去，不是让两边老人失望吗？他们都极好面子，这点心意都做不到，还叫儿女吗？”

千里探夫一次，也非易事。

十余个小时的车程，蜿蜒三十公里的盘山路，顾文娟吐个死去活来。对付多变的立体气候，她学会了洋葱式穿戴，一层一层剥下来，又一层一层穿上去，这一身差不多塞满一行李箱。还有她为丈夫和他的战友们准备的礼物，背着扛着，她差不多像个行者。

部队人对军人家属的昵称叫“嫂子”，顾文娟是个例外。他们叫她“顾姐”或者“顾老师”，含敬重和崇拜的成分。

顾老师也没有白叫，她主动为他们介绍大学校园，用知识的魔力把有志青年聚拢；她会为战士主动推荐书籍，交流社会百态，给山居久了的年轻人送去新鲜给养。她也不厌其烦与战士们在微信或 QQ 上聊天，直到胡宝府都已经调离原单位来到新的雷达站两年有余，很多战士仍会主动与她联系，那份不舍是顾文娟用真心换来的。

雷达站里多是不识愁滋味的年轻人，拿青春的萌动无可奈何。无知者无畏的小青年个个都希望做达·芬奇，在他们心里画着自己的蒙娜丽莎。顾文娟觉得他们可爱得不着边际，主动为他们开了一堂婚恋课，归纳为：

自我条件分析——对方实质要求——目标人群提出——实践检测论证——婚姻的确定。

理论一套一套的，好像天下红娘似的。

她还为战士们有选择性的读书分了五个层次，五个步骤……

2017 年 4 月 15 日，现任营长对我们说："小顾的婚恋课理论联系实际，比我们上政治课还受欢迎。我这搭档（副营长胡宝府）好'抓手'，一抓就抓来个极品妻。"

在顾文娟的感召下，很多战士开始了他们自己的"大学"生活，休息时打牌的少了，自觉读书学习的多了；每天无所事事的人少了，积极参加连队兴趣小组的人多了。

胡宝府自叹弗如。有时，他会来一句两句山东汉子式的调侃："你的盲目热情，遮掩了为夫的光芒。"

顾文娟也不饶人："姐是人民教师，传道授业解惑是姐的本职，好为人师是姐的本性，本性难移！"

我们千万别被他俩误导。这唇枪舌剑，是他俩在向对方撒娇，亲着哩！

用心良苦，顾文娟在用她的软实力为胡宝府的工作加把劲儿。2013 年，顾文娟早早给双方父母拜年送过年用度，红包一家一份，天平两边同样重，她打定主意，这个年让雷达站"闹翻天"。提前半个月，她就联络雷达站的家属：尽量能去山上过个团圆年。小女子真能耐，居然让嫂子们带着思念、带着天南海北的年货、带着浑身的女人味，愿意来到全是男人味儿的山头，

“夫妻双双把家还”。

官兵们平日里接触的都是红旗、棕树、蓝天的三种颜色，一下子来了这么多的女红妆，战士们的表情都明媚起来。各家的夫君卖力地忙活起来，刷墙的、锄草的、贴春联的，到处热热闹闹，除旧迎新喜洋洋。连队文书是个小年轻，很懂事，见一下子来了这么多嫂子，又感动又自责。长期没一个女人的雷达站，那女厕所都不知被小动物们糟蹋成什么样子，他想找个适当的时段把女厕所清理清理。

顾文娟对文书挥了挥扫帚，文书闹了个大红脸。原来，顾文娟已经带领“红色娘子军”，把厨房、洗澡房、卫生间、厕所全部打扫完毕，正准备去接受夫君夸奖：“世上有一种精致，叫作女人。”

高山湿度大，照明设施常常短路，一年到头，总不能黑灯瞎火过个年吧。单位的房子不是一批建的，各个时代的灯具也打上时代标签，五花八门。连队又没有相应储备，只有备用的 LED 灯泡和简易灯口，倒也愁坏了副营长胡宝府。顾文娟调侃他：“大老爷们儿还被几盏灯弄得眉眼不开，就这点能耐？”

“就你能耐还不行？”

她还真能耐。利用官兵值班之际，大凳子上摞着小凳子，小凳子上再放个小凳子，耍起“杂技”。她颤颤巍巍地踩上去，把老旧品种全部拆下，换成崭新的 LED 灯，顿时一片明亮的灯光“杀”过来。小文书看得目瞪口呆，惊呼一声“真汉子”。

女博士的平衡术

理想很丰满，现实很骨感。

胡宝府一直在基层，他们虽在一个省份，仍是分居。顾文娟来昆明工作的前三年，一直是租房子住，为节省开支，租金抠得紧，不厌其烦数度“迁居”。略有积蓄后，她提议贷款买房，胡宝府在电话这头为她点赞，除了夸几句表扬表扬，他也帮不了妻子什么忙。看房、洽谈、借款、购房、装修、布置、家具、洁具……顾文娟一手包干。

探亲时看到这敞亮的新家，看着妻子清瘦的脸庞，抚摸着她粗糙干硬的双手，翻阅着厚厚的一本全手工绘制的装修规划、预算结算对照表，他化心痛为幽默：

“夫人，我敬你是条汉子!”

“官人，不必拘于俗礼。”

有了家，自然想有孩子。

聚少离多“播种”难，好不容易有了，却没保住。顾文娟孤单单一个人去做清宫手术，倒也流过几滴酸楚泪。养伤的日子怎一个孤独了得，爱人，你在哪里?

婆婆得到这一消息，概不信儿子媳妇的解说，长房长孙就这么面都没见上一次就去了，老泪纵横。她竟然背着红枣小米，自个儿来到昆明。婆婆是过来人，这农妇，她认定儿媳妇那 37 公斤重的身板养不住胎，娘壮儿才肥，她得先把儿媳妇喂壮了再说，小米红枣粥吃得儿媳妇见着就恶心。

不行，还得小米红枣粥。

顾文娟拿出一对银镯子讨好婆婆，还有一条金项链，那是她去帮企业搞培训得的辛苦费买的。她笑眯眯地说："妈，你还没有过金首饰呢，银子能祛湿……"

"什么金子银子，我只要孙子。"

一边是不识几个字的农村大娘，一边是博士毕业的大学教师；一边是拿经验说事的长辈，一边是拿知识认理的儿媳。婆婆脾气急躁说一不二，儿媳妇性格独立好为人师。小摩擦斗嘴，大摩擦斗智。戍守雷达站的胡宝府小心肝时时发紧，不知道婆媳大战会何时爆发，每天分别与母亲和妻子打数个电话，惹得两个女人不胜其烦。一个爱子，一个爱夫，两个女人为爱和解，基本完成了"领地"划分，达成了统一战线。

双方都有委屈。

双方都在妥协。

顾文娟主动带婆婆到学校去听"和谐家庭好家风"的讲座；

顾文娟潜移默化影响婆婆抠门的购物习惯；

顾文娟间接告诉婆婆：太阳能的水不能喝，晚上不能吃得太饱，要多吃蔬菜水果……

当然，婆婆的小米红枣粥她得喝，吃顺了嘴也没那么难吃，何况还让婆婆有了成就感，常说："娟，你气色好多了。"

婆婆也是极明事理的，承担了一切家务，她仍然抠门，买把小菜得让人家添两棵葱，那也是一种心理满足，与钱无关，只要不让儿媳妇撞着就行。

2016 年 12 月，夫妻俩的宝贝儿子出生，小名"若愚"，大号"胡茗阁"。生孩子时丈夫也没在身边，是婆母签的手术单。孩子胎壮，生起来费劲，顾文娟不吭一声，默默忍受，助产医生很佩服这位坚强的军嫂，婆母心服口服这样的好儿媳。

有此贤妻作为坚强的后盾，胡宝府多次获得先进个人、军区空军优秀基层主管标兵、军区空军党代表等荣誉，带领连队连续四年荣获先进并因此荣立集体三等功一次、个人三等功两次。

我们告别这对恩爱而有作为的夫妻时，小儿若愚在父亲怀里睡得正香。那一刻，胡宝府是很前卫的"奶爸"。

军人家庭的人间烟火

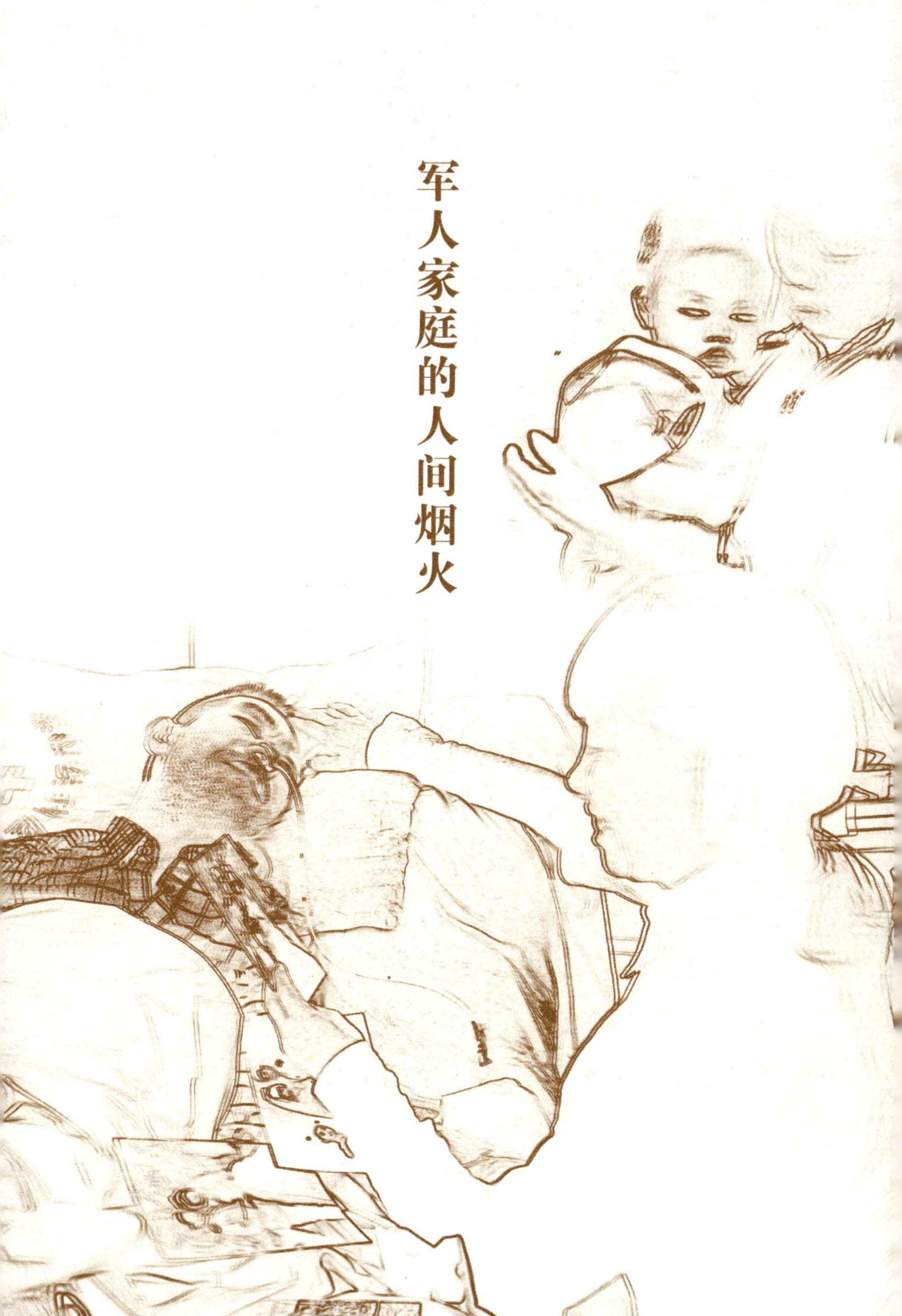

墓地百合

韩加凤这个名字出现在我面前，还不到十天。薄薄的两页纸定语太多，像一份总结材料，或者说是为一位好军嫂写的推荐公文，规范得无可挑剔。而放在大堆可爱军嫂的事迹中，最要命的一环是缺少个性，很容易被忽略，可写的人物真的太多太多。

一个好军嫂的故事，可以是传奇，可以是平淡；即便是一笔笔军营家庭的流水账，也得在生活场景中闪现偶然与必然糅合在一起，彼此衬托出军婚的特色，获取与社会对话的资本。

这人还省略不了，部队隆重推荐。

这人还不好落笔。丈夫王盛灿离开军营十七年，早已不是现役军人，而且王盛灿在一个月前已离世，为什么原部队官兵都忘不了她这个军嫂？

我决定只身去滇西寻找韩加凤，现在就走，不去惊动谁，这人我还吃不准。万一成不了章，不是贻人口实吗？

保山机场离城很近，却没到过。出机场见一军人举着我的名字，应该是来接我的。人——有时候点燃心火只要一个引线，一下子就感到此行不孤，我得好好效命。

我与韩加凤相遇在驻军营地。

碎步走下阶梯迎接我的韩加凤穿着时尚，一袭米色羊毛长裙加同色羊毛外套，半高跟皮靴点缀几许亮片，将中等身材撑起一段。童花头厚黑，刘海一排之下，短发齐耳又一排，很有风度，不像个吃尽苦头的中年妇女。材料中写的，是个受苦人。

我与韩加凤的对话（其实是她一个人在说，如是自言自语，我是她唯一的听众，看来寂寞太久，一肚子苦水找不到人倾诉），絮絮叨叨就一个内容：崇拜丈夫，热爱丈夫，为这份人间至爱，她这军嫂当得无怨无悔。

没有客厅的家，客厅被两张单人床塞满。属于丈夫王盛灿的那一张，被子叠得像军营一样整齐，被头上放着一套洁净的警服，警徽铮亮泛着神圣的光辉，床下还放有一双擦得一尘不染的黑皮鞋，仿佛等待着王盛灿出警归来好着装去出席盛会。

韩加凤的许身对象，我摸不着要领。似这等漫无边际，将无法使这个特殊家庭丰满和完整。

家是什么？

家是亲情融融的团聚。

军婚是什么？

军婚是两个人相互担当撑起的家国情怀。

而这个家，已经残缺了。王盛灿在我到来三十五天前撒手人寰。按我们老家的风俗，“七七”之内皆为热孝。我问韩加凤，王盛灿的墓地在何处，她说不远，出城几公里地。脑子里一个念头闪过，去王盛灿坟头献上一束百合花。从这个家庭的摆设细节中，我已经看出王盛灿生前喜的是百合：遗像前、窗台上、枕头边，无一不是百合花。

我们在长街买了一抱百合花（是那个小花店的所有库存），我扛起就走。韩加凤叫住了我，说这样不行，非得修整好放进营养泥，洒上金粉，在花纸上束上彩带。这一番打扮之后，我手中的百合花犹是新郎手中物——这哪儿像是去扫墓，如是新婚大典，怪不是滋味。看来韩加凤是个唯美主义者，我只好一切由她。

时是三月初，保山坝子平展展一排排方块的田，长条的地，将滇西大粮仓铺陈得很有气势；坝子边浅丘似眉批——绿色的，近村竹疏木朗，清流萦绕，村寨错落，人烟稠密，不时飘来人间烟火味，扫却了“清明时节雨纷纷”的忧郁。

出城一列山桃花灼灼、梨花灿灿，整座陵山像一把大太师椅，前有良田无涯，后又青山不断，实在是个风水宝地。

还不到清明，陵地空寂中送来浅浅梵音。韩加凤拿了扫帚在细心打扫墓地，我在仰望一排排陵墓灰过去，一排排柏树绿过来。

王盛灿墓前摆祭的元宵水气未干，我心有所感。韩加凤突然轻声念道：“阿灿，黄老师和我看你来了。我也没什么准备，就将你 1988 年写给我的一句话念给你听吧：我会幻化成雨，永远陪在你的身边——永远爱你的灿。”

韩加凤什么时候带上的这张粉红色的硬纸片，我没注意。这一天，我俩总是在一起未曾半刻分开呀！我拿过那张纸片算算日子，快二十八年了，粉色犹新，显然是韩加凤珍藏之物。念罢王盛灿的“誓言”，韩加凤长睫毛里那两池“清水”滴滴成珠。

她哭个一塌糊涂。

我哭个稀里哗啦。

两个女人互相为对方揩眼泪，如似姐妹，更像母女。

我的朦胧眼被墓志铭擦亮，边流泪边抄写这段文字。整个陵地，仅此碑有“铭”，一个立体的王盛灿立刻站在我的面前。这段文字出自韩加凤与王盛灿唯一的二十四岁女儿王璐之手。女儿的名字却落在后边，在王璐的前边，还有个“孝男王言杰米”，立碑的时间是2017年2月6日，离今天正好三十五个日子。

墓志铭如下：

家父王盛灿于1962年7月26日生于湖南耒阳，1979年参军。在21年的军旅生涯中，先后考上解放军石家庄军械技术学院，参加自卫反击战。荣立三等功，任职三十一师九十三团装备处长、团党委常委。2000年转业至保山市公安局隆阳分局任治安大队社会中队长等职务，一级警督。曾获云南省公安厅全省公安基层工程标兵，2006年在英勇追捕罪犯时不幸摔伤，2017年2月4日于云南保山与世长辞，享年56（55）岁。

父亲戎马一生，建功无数，鞠躬尽瘁参天厚土，荣耀于列祖列宗，堪为后人之楷模。

孝男　王言杰米

孝女　王璐

2017年2月6日

这段墓志，与百合花堪配。

我们都没有磕头，鞠躬可不止三次。韩加凤再度细语如情话，反复说："家里好好的，你一生太累，好好休息；想去什么地方旅游托个梦来，我给你送'钱'来。"

孝男王言杰米，对我始终是个谜。

苏东坡曾这样说：江山风月，本无常主，闲者便是主人。

盛灿，你灵魂不远，好好做这方佳境的主人，好好享受。

热血男儿

韩加凤问我："你看阿灿像谁？"

在我眼里，穿军装的军人都一个样，我摇头。韩加凤进而言之："你大胆往十大元帅中想。"范围缩小到十大元帅，我不假思索便脱口而出："像贺龙元帅。"

王盛灿出生农家，求学基本在"文化大革命"时期。特定的历史时期和得天独厚的学习环境使他语言特别出众，尤以作文一枝独秀，同样一篇学习《为人民服务》的心得，他总能找出与之相配的几个成语，层次就上去了，很得老师表扬。如果归类，王盛灿基本属于文艺青年。

他爱乐器，学校那几件简单器乐，他吹得出调，弹得出律，是学校毛泽东思想宣传队的核心人物。他会写诗，这倒与一辈古人有关。

唐代大诗人杜甫自喻“天地一沙鸥”，晚年漂泊无依，贫病交加病故于耒阳，其中的一座“杜公祠”，就在王盛灿就读的中学内。当地尊重和崇拜古代诗圣，“文化大革命”中无论怎么大破特破“四旧”，杜甫的坟（不止一个）、祠（也不止一处）却安然无恙。杜甫的诗句，王盛灿差不多都读过，读懂的，他赞叹；没有读懂的，他乱叹，学着写些“五言”“七言”，偷换些当时的政治概念，在学校相当受器重。他一孤傲农家子弟，凭什么要得到青睐？有不服气的官家子弟损了他一回，说：“王同学，知趣点，这不是你的乡坝头，锄头镰刀乱耍一气，当心伤了元气。农家饭都弄不饱了，那就不是农民是难民了。”

王盛灿轻轻一拨：“农民么子？毛主席也是农民；农民么子？没有农民打天下，你个崽崽也当不成干部子弟。”

这一回击，让他在学校穷抖穷抖，很有些人缘。

王盛灿自小崇拜毛泽东和杜甫。前者文韬武略打天下，后者锦心绣口写政治，都是他追求的理想人生。

1979 年，高中生王盛灿应征入伍，他觉得这是天赐的遂志良机，又适逢“那场战争”打响，表现得相当英勇。当三等战功的名单公布下来时，他正抱着一位战死的烈士痛哭着，呼唤着：“醒醒吧，兄弟，我们胜利了。”后来在日记中王盛灿留下这样的诗句：

我从杜甫的《征夫》中走来/你从岳飞的《满江红》中走来/烈火烧不透我们的热血/你死了/我还活着/你不要悲哀，不要/我会为你继续高吟《满江红》/兄弟，光照后世你是一把火……

王盛灿继续参战，战友的血不能白流。部队换防，他只有服从。非常庆幸，他来到的部队声名远播。这支部队的第一位团长是吕正操，这支部队素称“文明之师、威武之师、胜利之师”。通音律的王盛灿，居然能在第一时间哼得出这支部队创作于1937年的战歌，歌名是《人民自卫军军歌》，是当作“团歌”传唱的，歌词相当使人热血沸腾：

神圣的自卫战争，

是民族最后生路。

大家向前！

倭奴逞强权夺我东北，

更无厌蹈进长城关。

寇已深，国将亡，家已破，

我们要起来，

誓收复旧河山！

遵守党的铁纪律，

团结成救亡血战线，

统一意志冲破一切艰难。

为争生存而战！

为复失土而战！

勇敢！前进！到东北去！

这是人民自卫军！

这等人物，基层主官看在眼里。王盛灿处事低调，什么都不争恰恰给他提供着进步的空间。1984 年，王盛灿所在的部队剑指者阴山，他如愿再次参战。这一次十分了得，他所在的部队战功赫赫，被中央军委授予“者阴山英雄连”称号，荣获集体一等功。王盛灿一不怕苦，二不怕死，给官兵留下深刻的印象，被推荐报考军校。他没辜负组织，以优异的成绩入学，以优秀的成绩毕业，开始了他人生最重要的军旅职业——机械修理。

这支部队叫“步兵”，主要是徒步作战，在陆军中相当重要。有仗就打，有灾就救。那几年自然灾害特别多变，旱灾去了洪灾来，水灾去了震灾来……步兵的徒步作战不能理解为“跑步走”“徒手上”，他们需要运输机械、仪器等等，往往“兵马未动，粮草先行”。王盛灿是管机械的，车辆抛锚、机械故障，他既是指挥者又是解难者，说是军官，其实车、钳、电、钻、铆、焊，要的是全活，差不多是个全能工匠。他们有各种车辆、火炮两百余件，王盛灿都经手和修理过。

抢修地点遍及大半个云南。

昼夜晴雨，王盛灿已没有了感觉；

春去秋来，王盛灿也没有了感觉。

泥一身，汗一身，头上顶着盏工作灯……

我手中有几册王盛灿留下的日记，基本属于工作流水账。其中，有我看得懂的千斤顶、扳手、老虎钳、螺丝刀之类，有我看不懂的易耗器材类，还有我看得似懂非懂的账目类。看得出来，王盛灿是个责任心极强的细心人，也看得出来他是个技术拔尖的专业人才。这种人，立功机会少，提升机会也少，能成为处长、团党委常委，是个奇迹。这种日记都当重要“档案”保留，至少在这之前我没见到过。

一帘幽梦

1985 年开始，全军实施精简整编，裁军一百万。

这消息，对王盛灿影响不大。他年轻有为，正在深造，基本不属于“走”的那一类。这消息当时在全国反响却很大，连王盛灿那大字不识的农村老娘，也着急儿子的归属问题，以她最朴素的方式为儿子张罗对象。他写回去的一封封家书就一个内容：请娘别操心，儿子先立业后成家。

1986 年夏季，雨声蛙声一片之际，稻花初绽之时，王盛灿返回部队，见不少昔日战友人去床空，军营显得凝重而宁静。失落感慢慢爬上他的眉尖，他开始考虑母亲的“示儿”。粗粗想来，他是家里最有出息的人；细细算起，他又是这个家中最无用的人。父亲早逝，母亲多病，大把大把吞食有用的和无用的药，图的是个心理安慰。

母亲最大的心愿，是让她最疼爱的儿子陪在身边，这等望尽天涯儿不归，她不称心。母亲最害怕儿子被谁个姑娘绊住，讨个边疆媳妇，忘了故乡的家。

从军八年，王盛灿只回过一次家。那次归家他相当没面子，工资差不多都用去给母亲治病，所剩不多，买了火车票仅剩五分钱，为母亲买了支当时还稀罕的雪糕，他剥好送进她的嘴，她说：“甜!”他空空的两手被母亲抱来怀里，一脸的幸福。

又三年。

娘，你还好吗?

中国人永远也走不出生育他的故土，军人也一样。那些日子，王盛灿做了一番认真考虑，耒阳夜夜入梦。

如果……如果……没有如果，只有结果。当然还是先说如果。如果不是一位保山姑娘的影子绕不开，王盛灿的归属绝对不是边山一抔土。

韩加凤的一位同学说，要给她介绍一位军官。韩加凤有些小资情调，几分天真，几分浪漫，还是个琼瑶迷，哪里容得下一个行伍出身的男朋友，这事也就说说而已。

同学介绍的“男朋友”，就是王盛灿。

军人要迈出军营，除休息这一天，一律免谈。所以，一旦有机会接触外界，必是正装整洁，精神抖擞，容光焕发，一个个都威风得像将军。

韩加凤家境不错，出生在保山城郊，比城里人实惠，又是那个离城五里小镇出来的唯一女大学生。此女温柔如民国女子，羞羞的眼中不时放出些少女情调，很耐人寻味。韩加凤在大学里学的是服装设计，不难想象她在自己身上花的功夫怎样了得。

那天到场的少女与军人不止他们俩。偷眼望去，韩加凤被王盛灿那身戎装闪了一下腰：这人多么像那个谁……

当天晚上，我们的两位主角被折腾了个五迷六道。

文艺青年王盛灿爱读书，什么书都读，人家说读书明理，他却说“读书解忧”。不知从什么地方找来一本地方志，与军营八竿子打不着，他都读得津津有味。

保山在滇西八州市中是汉文化最深厚的一个地区，历史比他的家乡耒阳还古老。他不知道曾经的“哀牢国”是个什么概念，远在汉代以前？好像是，又好像不是，总之是云南政权的开山鼻祖之一，比史书上的南诏国和大理国辈分都要高。

云南历史上，有三位外来人是将八荒六合之地与中央正统政权连在一起的重要人物，听起来像传说，说出来像掌故，遍地痕迹却那么鲜活，不由人不信。

这三位有建树的外来人，他们是三国时的诸葛亮、明代的状元杨升庵、元朝的封疆大吏赛典赤。前两位人物，都与保山有关，而且脉象极深，韩加凤出生的那个小镇离“汉庄”不远，属当时的戍边军营。诸葛亮在保山人心中的位置相当重，敬之为神。武侯祠高高在上受百代香火，诸葛营、汉庄遍城郊，连习俗都酷似蜀川，可见影响之深远。

杨升庵来云南的身份是王朝囚徒。宽厚仁慈的云南人以礼相待，感动得落魄状元设馆兴教，义务教学七年，是云南第一位外来“支教”的高级知识分子。今日，梨花坞书院旧痕虽然不存，那书声倒是挂在了高山流水间，保山人敬杨升庵为“圣”。

至于抗日战争时期挽救国家危亡的滇西战场，王盛灿驾着军车不知路过多少次。有一次小住腾冲，他在抗日纪念馆读到无数资料，有远征军的，有飞虎队的，都是英雄史诗。能够在先烈们抛头颅洒热血的边地永远“戍边”，不也是他王盛灿的荣耀吗？

想着想着，历史的保山令他敬佩，近代的保山令他敬仰。那么，接受一位保山姑娘又有何不可？

想着怎么向韩加凤表白，这事又不能操之过急。王盛灿天天往日记里写“情书”，从韩加凤同志到小韩到加凤再到阿凤，逐步升温，他在等待时机。

韩加凤没那么多心眼。“那人像贺龙”，想着想着，带着怀春的美梦甜甜睡去，她差不多把那一面之交的缘分忘了。

保山城不大，见面的机会还是有的。

1987 年国庆节，几位朋友结伴在连队俱乐部观看国庆阅兵。军人在这一天气概非凡，王盛灿到底没沉住气，当面求婚了。

韩加凤一点心理准备都没有，一时手足无措，转身跑出去。这一跑，整整消失三天。

覆水难收，王盛灿自尊心受不了。

军人嘛，稳准狠才射得中靶子。

王盛灿一不做二不休。

三日之后，韩加凤回到她所供职的服装厂，等待她的是二十四封“鸡毛信”。这些信并非新鲜出炉没头没脑，王盛灿抄录了他半年间的日记，倒也顺溜连贯，情感真挚。

次年国庆节，他们修成正果。

那时，韩加凤被琼瑶电视连续剧迷倒，处处小女人似的乖张，王盛灿一律照单全收，宠得韩加凤幸福无边。周末团聚，他们自办家庭音乐会，王弹韩唱，“一帘幽梦”是压台曲。

1992 年，他们的独生女王璐出生，这个其乐融融的军人家庭让人羡煞，都说他们是神仙伴侣，我们也应该这样认为。

梦醒时分

女人的能量，必须在强刺激中才能焕发。正在这家人顺风顺水之际，韩加凤所在的厂子发生历史性衰败。

那时，深圳、广州乃至港台的时装洪水一般全国漫浸，边关小城的服装市场被他们全面占领，没人再青睐地区服装厂做出的“老八股”。服装技师韩加凤面临下岗。

她还不到三十岁。现成的出路有两条：随军，王盛灿已具备带家属的资格，家属和孩子都有一定补助，生活不成问题。或者她可以重新找一份工作，只要不挑不拣，找一家民营企业还是不成问题的。

韩加凤另有考虑。

她爱这个家，她爱丈夫。王盛灿唯一的心愿是接母亲来安度晚年，他们一直住在军营，老母亲无法安置。她想自己创业，为丈夫营造一个有经济实力的幸福家庭，小女子要强的一面，在血管里面膨胀开来，那时，“下海”一词还正新鲜。

自从结了婚，王盛灿就被韩加凤“琼瑶化”了，她叫他“阿灿”，他叫她“阿凤”。选择经商，韩加凤在闹市区高价租了个门面，专营婚庆用品，店面的招牌——“一帘幽梦”也非常“琼瑶”。韩加凤是学服装设计的，审美眼光不错，又能吃苦耐劳，摸得清市场。她做的是独家买卖，整个保山市场经营婚庆用品仅此一家，别无分店。她千里走单骑去深圳厂家选料定样，把握质量，运回保山的婚庆用品既时尚又实惠，生意想不红火都难。

那时，新出现一个关于幸福指数的界定：经济、健康、家庭，三个条件他们一个都不缺，正是根做着花的梦，花做着果的梦的美好时光。

家有阿凤，王盛灿的军旅生涯顺风顺水，进了团党委班子，当上了后勤处长。王处长把活跃军营生活的业余乐团也组织得有模有样，那个军乐团在滇西很有名气。

天天都是好日子，夫妻俩又浪漫了一回，补照了一张结婚照：军装、婚纱、公主裙——上小学的女儿夺了两位“新人”的彩，他们很骄傲。这天使是他们血脉的延续，而且非常“配合”，五官取了父母最经得起审美的部分，真是天从人愿。

2000 年，从军二十一年的王盛灿面临转业。由于妻子在保山市区，他被安排到保山市公安局工作，仅仅是军服换警服，而且还是中队长、一级警督。很快进入新岗位角色的王盛灿表现得相当优秀，荣获云南省公安系统标兵称号。那时他才 44 岁，正是一个男人展业的好时光。

他们的精彩日子，定格在 2006 年。

保山地处 320 国道，是离边境最近的城市。近年国内炒得火热的腾冲火山地质公园、生物多样性国家级自然保护区高黎贡山、滇西抗战遗址都在境内。何况保山还是通往几个国家级口岸的必经之路，来往人多，社会关系复杂，维护治安的任务很重。

这一天王盛灿出警，是在灯火阑珊处蹲点。有一处不怎么样的住地，总是进进出出一些獐头鼠目的可疑人。

果然不出所料，王盛灿一窝端回十个嫌疑人，准备在派出所夜审。

突然，其中一个嫌疑人跑了。王盛灿夺门追了出去。

此处是闹市，人流如织。

嫌疑人穿梭在人缝间，眼看就要逃出王盛灿的视线。他大声呼喊着：“老乡们截住他，别让坏人逃脱。”

没用。搞不清状况的行人反而让道走。

王盛灿急不择路追着，被一堆汤汤水水的废物绊了一跤，腿和脑壳都在疼。他来不及哼一声，爬起来追得更快。抓住那人之时，王盛灿才发现自己蜂窝煤灰一身，血一身。

派出所的警力，在年关严重不够使，当同事们闻讯赶来时，韩加凤已经为丈夫换上了干净的警服。

“王队，这一回你又立功了，英雄啊！”同事们这样说。

王队不知道，这一天正是厄运的开始。

一个非常致命的手续，我们的主人公忽略了。他们当时最应该做的事是去医院，如果存在一张伤情诊断证明，这家人的日子不会是后来那样。

仗着壮年身体好，头晕乏力、腿有些麻痛麻痛的王盛灿以为挺一挺也就过去了。年底事多，他没时间去医院。

因公受伤和平常病痛，是两个绝对不同的概念，就因为没有那一纸诊断证明，吹灭了星光，暗淡了霞衣。

王盛灿曾经的金刚不坏身，开始肌肉松弛，回家一头倒在沙发上，再也不想起来。他才四十四岁，不该是这样。

考验来了

一边是生病的丈夫，一边是准备高考的女儿，韩加凤忙哪一头？

2009 年初，王盛灿走路不稳，重心平衡不了，开车右脚加不起油，打电话手会抖，吃饭夹不起菜。保山的医院都检查不出病因，韩加凤决定放弃“一帘幽梦”，将全部家产聚拢为丈夫治病。

昆明的医院他们都到了，也住了，仍无好转。2010 年 3 月 4 日，王盛灿住进了昆明很牛的一家医院，从重症监护室拣得半条命，只能迈两三步路。

韩加凤的眼泪似水淌，花销如水流。

3 月 18 日，韩加凤做出一个重要决定：去北京权威的医院。

每往前走一步，韩加凤都不知道有多少问题在等着她。

丈夫不再是伟岸的汉子，韩加凤也不再是小鸟依人。在登机舷梯前，韩加凤却步了：这么多台阶，他们该怎么办？轮椅推不上去，丈夫也爬不上去，心头一急，她对着几个返校的大学生说：“同学们，这位警察是英雄，请你们帮帮忙。”

平生头一次，韩加凤放下架子求人。

同学们伸出援手，放下自己的行李，把王盛灿抬上飞机。这一善良的举动感动着韩加凤，她一下子大声哭起来。机组人员看到此情此景，同样给予帮助，把飞机上吃的、用的给了韩加凤许多，包括一次性口罩，还热心地告诉她，北京有沙尘暴，天很冷，这些东西一下飞机就用得着。

这一下，韩加凤的眼泪不是哭出来的，是从血液里浸出来的，像保山的黄龙玉一样晶莹发亮。

他们终于到了首都机场。

云南的三月已是春光无限好，北京却仍然寒风侵肌，还下着雨，更寒气逼人。他们随身带的只有王盛灿的一套换洗衣服，韩加凤除了脖子上挂着个包，什么也没带，连一条挡风的围巾都没有。

出首都机场才是下午六点左右，天却暗下来。他们的目的地是北京大学第一人民医院，天这么冷这么黑，他们举目无亲，今夜住哪儿？韩加凤次次举手拦出租车，怎么“挨”她都认了，一为带路，二为少受点冻。司机伸出个头，见他们那副狼狈，单是那张轮椅就吓退夜行驾手，踩一脚刹车的人一个都没有。他们只好搭乘公共交通。

行人几尽，黑夜无边，偶然会见风情万种的霓虹灯提醒：酒店到了。这可不是他们享受得起的，何况门边还有一句提醒：衣冠不整恕不接待。这一闷棍让她进去问一问价钱的勇气荡尽，继续推着轮椅往前走。好不容易来到北京大学第一人民医院，绕了两圈，终于找到一家连锁酒店。

没有电梯，王盛灿怎么上去？长途颠簸加寒冷，王盛灿两条腿像朽木，动弹不得，半个小时才挪上四楼。北京的酒店有暖气，不一会儿他们就感受到屋子里的春天，季节又回来了。他们终于在北京有了落脚处。

治病心切，第二天一大早韩加凤就拖着丈夫往医院赶，挂不上号就白来了。韩加凤穿得太少，找不到御寒衣，她就用酒店的毛巾包一块在腰上，披一块在肩上，去寻找他们的希望。早前，夫妻俩做过“功课”，一位叫袁云的专家是他们所盼的救星。

京门求医也不易，袁云的号需要花三天时间来等待。这三天，他们该怎么熬？

背着丈夫，韩加凤给丈夫的老家打了个电话，老母已逝，手足还有，希望有个亲人在身边为丈夫鼓鼓劲。希望落空了，电话没人接，短信无回音，她知道是怎么回事，断了求助亲人的念头。她还想试一试单位，怎么说王盛灿也是优秀民警，能不能派个男警察来帮她一把？这次，她连拨电话的勇气都没有。曾经碰到过的冷遇，想起来就心寒。再往深处想，自己有错在先，当时为什么不去医院，事情都过去四年，她拿什么理由去麻烦单位。再说了，单位职工多，人家也不好开这个头。

听说专家号可以出高价从医托“黄牛”手中拿到，三百五百或者再多些她都认，病人拖不起。可惜，这种机会也没碰到。两个人的心阵阵往下沉，备感凄冷。

韩加凤决定“闯宫”。

当这对夫妻不听任何劝阻，直直地、木木地往前走，引来的骚动被袁云医生听见。京城的医术高手，什么都见过，这等穿戴的家属还是头一遭，袁云粗略地问了些情况，再不网开一面，情何以堪？袁云医生立即安排检查，还派了一名护士全陪。

结果出来了，比他们想象的严重：排除家族遗传的可能性，是脑部神经受损引起的帕金森综合征。

袁云给王盛灿初步做了手术。更进一步的治疗方案，需要住院做全面检查。住院得等五个月才有床位，他们等不起，转而到三〇一医院神经科复查，结论与北京大学第一人民医院的检查结论一个样。

写到此，我已包不住眼泪，立即想到去为王盛灿扫墓的时候，韩加凤沙哑着嗓子的一声呐喊：“阿灿，黄老师是从昆明来的，她是来帮你的。”

这话太重太重，我能够做到的，是将事实经过讲清楚，检查结果写明白，以此告慰王盛灿的在天之灵。

加凤、盛灿，你们当时疏忽了。

按疾病治疗，这个家承担不起。一周门诊消炎处理之后，王盛灿提出不治了，回家找草医。

韩加凤明白，如果当时诊断及时，可以做脑开颅搭桥手术，北京天坛医院、宣武医院及众家医院都可以做。

晚了！晚了！

阿灿提出回家，他们也只能做这样的选择。这一去，恐怕再无到北京的机会了。韩加凤做了一个决定：让王盛灿在北京看看他向往已久的首都。这时的阿灿不能算思维正常的人，这决定只能由她来实现。她为丈夫擦干净身子，还抹了“香香”，为他穿好警服戴上警帽，经过一番打扮，倒也容光焕发。

长安街是那样宏伟，他们如此渺小；

前海后海是那样美丽，他们如此风尘；

鸟巢、水立方是那样威风，他们如此迷惘。

最后一站，是阿灿最盼望的去天安门看升国旗，却让韩加凤为难。去天安门要坐一段地铁，轮椅她扶不住啊。

再难，这心愿一定得满足，她鼓励阿灿：“咱们今晚早早睡，少吃少喝，明天赶个大早，一定去！”

她怕他要解便，想出这一招。

从地面到地铁，要一直下台阶，那种无助与无奈，寸寸钻心。

已经有很多人在等待那庄严时刻到来，一张张热情澎湃的脸中，也有他们夫妻俩的。升旗仪式到来的那一刻，王盛灿突然从轮椅上站起来，高挑着他那酷似贺龙的眉毛，仰望国旗行了个军礼，精神还特别饱满，自顾自地唱起了国歌。

韩加凤用手机拍下那张特别军人气质的照片——她心仪的硬汉又回来了。

湛蓝的天空下，鲜艳的五星红旗猎猎招展，他们久久不愿离去。

往后近8个年头，丈夫再也没有站起来了。

在保山医院治疗期间，这个家已经山穷水尽。

丈夫的病每况愈下，到 2011 年全面瘫痪，俗称“植物人”。奇怪的是丈夫脑子没死过去，这就使痛苦往灾难靠近了。各种管子中，最令人担忧的是那根鼻饲管子。丈夫身体的功能全面衰退，维系生命就靠那口“食”，只能用注射器往他鼻孔里推，一次仅仅推进 5 毫克。

韩加凤的一天是这样度过的：买、洗、煮、打食糊糊、翻身、拍背、按摩、擦洗大小便、打食打汤、打药……

妻子本来就娇小，几年折腾下来，四十挂零的娇妻风韵不再，看得王盛灿肝肠寸断，他很想让妻子解脱出来。

恩爱是什么？恩爱简单起来很通俗：不要成为你呕心沥血爱着的，并巴心巴肺爱着你的那个人的拖累。

王盛灿想自行了断，把阿凤解脱出来。可他连自杀的力气都没有，悲哀。

他始终在寻找机会。

在一个万籁俱寂，鸡鸣荒村的黎明之前，他挺了一下身子，居然翻到地上，他的念头更坚定了。他一寸一寸往前挪去，力气只有蚂蚁大，那道门怎么会那么遥远？他爬到门口，用头将门挤出一条缝。重症室那房门始终没关死过，为抢救争取霎时，一推就开。

他爬出门缝，爬向过道，依稀记得那里有扇通风窗是开着的。

爬到了，终于爬到了……

如果神灵助他最后一把力气，他爬上去，翻过去……

夫妻之间是有心灵感应的。韩加凤分明回家为阿灿做早餐，走着走着，一个寒战让她心慌。离开时她见丈夫熟睡着，别是有什么……韩加凤复往医院走，正好赶上那一幕。她从来都没有想到过丈夫会这样。王盛灿的坚强刚毅，从认识开始就定格在她心中。王盛灿的乐观向上，一直是她称道的，无论多少困难摆在面前，他永不言败。死得这等难看，不应该是王盛灿的风格。

韩加凤惊恐万状拖着丈夫的双腿，将他抱回病床。没有眼泪没有温柔地喊出一声："你这懦夫，别让我永远瞧不起你，也别让女儿永远蒙羞。"

一提到女儿，王盛灿再也绷不住，孩子似的哭得很无节制。

韩加凤哄着丈夫，轻轻地背诵着王盛灿于 1988 年写给她的话：

我会幻化成雨
永远陪在你的身边

阿灿，你给我好好活着，人生还长，你得永远陪我下去。化不成雨，眼泪也行，只要你还有一口气。

韩加凤再不敢让丈夫离开她的视线，决定回家。

韩加凤母亲已逝，就在前几个月。八十岁的父亲悲妻怜婿，疼女痛孙，早就被韩加凤接来同住。父亲身体尚可以，搭个眼睛照看女婿没问题，派点事给父亲，也可以分散一下父亲的丧妻之痛。

客厅里的两张小床并排着，床头放着无数相册，那是他们人生的幸福存照。一有时间，韩加凤就翻给丈夫看，画外音是他们的故事。韩加凤一段一段讲来，目的只有一个，拴住丈夫。

用药过多，病得太久，王盛灿一切机能都在衰竭，韩加凤不再用药物帮他排便。丈夫爱面子，白天不能做那不堪入眼的事，怕刺激丈夫的自尊心。夜深人静，她让丈夫靠在她的肩上，拿枕头垫着他的腹部，一只手为丈夫揉肚子，一只手为丈夫抠大便。王盛灿会轻轻哼两声，那个信息只有韩加凤知道，丈夫在享受妻子的爱，舒服多了。

这哪里是人之秽物，她抠出来的，是一粒粒“羊粪豆”。

墙上，是一张丈夫形似贺龙的大照片；

床头柜，定期摆放着一枝新鲜的百合花。

两个孩子

王盛灿墓碑上那个叫王言杰米的孝男，小名毛毛。

毛毛原来是没有户口的。韩加凤近几年都在为毛毛奔走，找过的单位无数，见过的人无数，谁都同情毛毛，谁都无法给毛毛一个正经名分。有关政策中，没有一条适合毛毛的条条款款，哪怕“类似”之类也没有，备注条款和补充条款也没有。2016 年底，韩加凤“纠缠”得人家不耐烦，才网开一面给毛毛报上户口，算是有这么一个孩子，取个什么名，让这一家人伤透脑子。

韩加凤与王盛灿的独生女叫王璐，笔画太多，女儿小时候常常将其写成四个字——王王足各，闹过些笑话。论毛毛的智商，笔画太多不宜。韩加凤说叫“王言”，笔画少又无弯弯拐拐，好写。

女儿王璐说：“王言太霸道，智障孩子受不起，叫杰米吧，叫起来上口调皮，还有些童话味儿，多好。”

两厢的意思都有道理，那就叫王言杰米。毛毛的身世不明不白，能活下来却明明白白；毛毛从何处来不明不白，到何处去却明明白白。

近两年，央视推出一档很感人的栏目《等着我》。主持人很能控制场面，要不然会让人情绪失控进行不下去。倪萍从容大气，收放有度，我坐在电视机前泪流满面，演播厅里早已哭声一片。亲情一屋子，感谢声一串串，诘问声一浪浪。嘉宾和志愿者，无一不是好人、善人、品格高尚的人。

若论遭遇，毛毛比他们中的大多数人惨，惨就惨在他这一辈子都不可能有机会“为缘寻找，为爱坚守”。

2010 年盛夏，韩加凤安排好丈夫就和几个朋友去街上买生活用品，见垃圾桶旁边有个鲜艳的布捆捆，掀开一角，露出一张婴儿脸。明知是谁的弃婴，朋友劝韩加凤少管闲事，别去惹一身的麻烦。

这时，弃婴猫似的叫了一声。

韩加凤说：“这么大的太阳，他会晒死。”

我去韩加凤家，初识人语的毛毛主动告诉我：“我是妈妈从垃圾堆捡来的。”

韩加凤也带我去看过那地儿，仍然是垃圾堆，在一条背街上，属于城中村的死角。

韩加凤想得很单纯，抱去给医生洗洗，再送去福利院。筷子长的弃婴只有三斤重，脐带都还没落，想来出生不到一周。弃婴身上有一张粗皮纸，上有四个黑痕，大约是字，谁也辨认不出是什么。

韩加凤去福利院观察过，可还是于心不忍。她想着，将弃婴养大一点再送进来吧，有旁证，她是脱得了干系的。她一边咒骂孩子的亲生爹娘丧尽天良，做出这等绝灭人伦的事，一边节衣缩食给孩子买奶粉、尿不湿。到后来她已买不起奶粉、尿不湿，就熬米浆给孩子吃，讨亲戚朋友的旧衣物旧被单做尿布，洗勤点就是了。

弃婴是在韩加凤背上背大的。

一边是重病的丈夫，一边是需要人照顾的孩子，忙、累、穷，一起向韩加凤逼来，她快撑不住了。

丈夫说：“阿凤，把孩子送走吧。”

韩加凤不忍，孩子抓住韩加凤傻笑。

孩子该迈步的时候不会迈步，站都站不稳，也不会自己进食，要人喂。韩加凤一边给丈夫“打食”，一边给孩子喂饭，医生都看不下去，给孩子做了身体检查，结果是：先天性脑瘫，二级残疾。偏偏这孩子出声早，爬去病床上叫王盛灿“爸爸”，吊在韩加凤脖子上叫“妈妈爱！”

母性无边，人性无涯，善良的韩加凤知道，这孩子她是再也送不出去了。

这个家仅有王盛灿一人有工资，病得太久，干工资不够养一家五口。韩加凤就在房前屋后种点菜，菜心丈夫和孩子吃，菜的边叶她和父亲吃。好心人看不下去，还是劝她把孩子送走。韩加凤相当一根筋：“脑瘫也是一条生命，是生命就需要尊重，他本来就被亲生父母抛弃过一次，不该再次被抛弃。他是弱者，这不是孩子的错，同情弱者是美德，蒲公英都会开花，你们就断定他这辈子不会有自食其力的一天？”

人家有来言，韩加凤有去语，理论还一套一套的。

有人说韩加凤脑子进水；

有人说韩加凤“二百五”……

韩加凤走自己的路，让旁人说去。

孩子在韩加凤背上五年，在医院和家庭之间跑着马拉松，背来跑去的这对母子成了保山市的明星。人们赞扬韩加凤是“最美保山人”，这只是民间表扬而已，没有实惠。

昨天（2017 年 5 月 8 日），韩加凤在电话里欣喜地告诉我家人说，毛毛的领养证办下来了。从下半年开始，每月可领两百元补助。

我兴奋不起来。以现在的物价水平，两百元能做什么？我猜想，韩加凤是要与我分享好不容易盼来的社会认可，毛毛不再是“黑人”，是她和王盛灿的“养子”，也是社会的孩子。

毛毛特别亲人，叫谁谁心酸。

我去他们家，毛毛先递给我一杯热茶，还让我吃水果。路都迈不出去三步，站也站不稳，屎尿都常拉在裤子里，他还挺牛气地对我说：“阿姨，我现在是家里唯一的男子汉，会听妈妈的话，做妈妈的好孩子，长大后保护妈妈，保护姐姐。”

毛毛也特别懂礼貌。

保山市文联主席听说我在保山采访韩加凤一家子，决定见见韩加凤。关于她的感人事迹，主席早就听说过，见面之后再三表达他的一份崇敬，提出吃顿便饭。

我当时心眼很“活”，想着这家人由一个素不相干的单位请餐，那份“规格”会让全家人高兴，提出全家都来，还有军营接待过我的管宣传的周定宏。

军营离城很远，周定宏来迟了。

毛毛早就饿了，见着一桌的饭菜直流口水。主席说让孩子先吃，毛毛坚决要等“哥哥”来了再吃。哥哥就是周定宏，这两天将毛毛背出背进的就是他。

哥哥来了，毛毛用茶先碰了一下哥哥、主席和我的杯子，才动筷子。

王璐是王盛灿与韩加凤的独生女，今年二十四岁。眉清目秀，应归为美女类；写得一手好文章，可归为才女类。

王璐从小在军营长大，父母都是大忙人，没时间娇宠女儿，倒也培养了她的生活自理能力。她从小崇拜爸爸。爸爸给她讲的夜走滇中的抗灾抢险故事，被她丰满成英雄业绩；爸爸的文艺爱好，被她臆想成艺术天赋，都是令人羡慕的“明星”级。只要在家，爸爸从不缺席家长会，那身军服很让她有自豪感，在同学中有面子。

王璐生来就是读书的料，从小学到中学，同学们都称她为“学霸”，同班同学中，王璐若是“第二”，就没人去抢第一名。她兼具父亲的刚毅锐气和母亲的温和善良，是个很让大人省心的懂事孩子。

2008 年，才十六岁的王璐面临她人生的第一次选择。高考，她的分数在保山市排名靠前，到北京上重点大学是一家人的心愿。那时母亲无业，父亲病势已日显严重，这个家很难承担她在外省读书的高昂费用。她毅然走进云南师范大学，不为别的，求个离家近、花费不高，求职也相对容易。为博父母开心，她还一再夸耀此校的前身是西南联大，全国重点高校一担收，多牛！

入学第二年，父亲卧床，母亲又收养了残疾弃婴，她没一句怨言，边当家教边读书，自觉走进半工半读行列。十七岁的王璐与她辅导的学生一般大，他们亲切地叫她“姐姐”而不是“老师”。

而今，王璐已是亭亭玉立的花季少女，在保山市金融系统工作，自身条件没得挑。面临谈婚论嫁，追求者无数。早在学生时代，她自己都没长醒，便成为男生心中的“女神”，对于各种形式的眉目传情，她一律不伤对方的自尊心，处理得相当有分寸。

一位男生与她青梅竹马，二人心照不宣，相互心中早已长成一树驿路桃花，只待春发。双方家长也知根知底，何等美妙。一桩门当户对的好婚姻，在王璐家道西坠之后，男方另有选择。王璐十分大度地送上一句祝福：你若安好，我也会感到幸福。

一年前，父亲原来所在部队的一位国防科技大学毕业的军人对王璐相当看重。一家能出两代军嫂，也是一段佳话。那位军人相当优秀，性格很像王盛灿，可惜家远在湖北黄石，又是家中独子，有些举棋不定。

王璐给对方留足了空间。她希望两个人的婚姻在双方父母的祝福中结善果，任性和叛逆不符合她的做人底线。

那位青年军官我见过，真的是个标准军人，还很帅。他给我写下姓名籍贯出生年月，我也猜不透是个什么意思。

韩加凤托我找两人谈话，表明态度说，毛毛绝对不会成为他们的负担。才认识他们三天，这种话我不好启齿。谁都看重王璐，而她身后的那份沉重，有人怕背不起，有人怕背不动。

我和王璐有过交谈。时间紧，无废话。王璐是个相当成熟稳重有孝心的孩子，越是这样越让人心疼。

王璐不认为弟弟是个负担。她疼爱她的智残弟弟，晚上搂着弟弟睡觉，该尿该拉她全管，包括枕边小故事和催眠曲。弟弟也离不开姐姐，叫着搂着撒娇着。王璐不求大富大贵，只求人生有味。她离不开这个家，这个家也离不开她，如果谁拿她的家庭拖累说事，她基本不谈婚嫁。王璐说，正因为有这智残的弃婴弟弟，她才懂得了任性是什么、道德的标准是什么。

父母的义举是面旗帜，这个时代不缺物质，缺的是精神力量，她爱这个充满人间温暖的家。王璐说家庭不是她的压力，太大的压力来自社会。

我崇敬和尊重这一家子。

临行，我对韩加凤说有因缘认识你们，我对佛家的“求缺”意识有了一些体会，我们会成为朋友。加凤，我们都是过来人，给女儿空间，别让女儿角色错位；给毛毛找个关爱学校送去学一门技术，王言杰米总是要自立的。

仁义之师

“军队和老百姓，咱们是一家人，嘿嘿，咱们是一家人……”这首深入人心的歌再次印证一个事实，印证一段可歌可颂的感动。

铁打的营盘流水的兵。

2000年王盛灿转业，按理他与原来所在部队已没有了任何关系，可当这个家庭遭遇特殊变故后，支撑韩加凤解决繁难之忧的坚强后盾，依然还是王盛灿原来的部队。

王盛灿从军的部队组建至今，已有七十余年历史。这支部队能征善战功勋卓著，爱党忠诚，丹心为民，谱写过一曲曲英雄壮歌。爱兵如子，是各种力量中最基本的凝聚力。时至今日，凡来部队探亲的家属，都非常感谢部队的有接有送，有吃有住。如果条件允许，还让官兵带着探队的家属去周边看看，对这份细致周到，许多官兵家属都感激不尽，韩加凤感受最深。韩加凤说："部队的大恩大德，我们一家记下了也欠下了，无力回报，惭愧！"

韩加凤一家，原来住在部队家属院。王盛灿转业之时，无力实现自己有个窝的愿望，仍然住在原部队的家属院。按说，人已不在军营，公寓房是要退出来的，多少人在等着搬进军营，人们看着呢、盼着呢。可问题是他们没条件搬出去，那就先住着再说。

再往下说的事，前边已写到，困难明摆着，不说了。

自从收养了毛毛，那个两小居再也无法放进一张床，部队就在家属院再给了他们一套两小居。那房，原是方便部队子女进城读书的公寓房，就在他们原居室的隔壁，还是一楼——王盛灿早已爬不动楼了。

这个家庭的灾难一个接一个，韩加凤的年纪找工作太难，而没有一点收入，生活质量在温饱线之下，谁个看到都心疼。部队领导考虑再三，为改善这家人的生活条件，还是在军营给韩加凤安排了一份绿化园林的工作，每月有工资四千多元，很够意思。

韩加凤相当看重这份照顾，工作很卖力。军营离城十八公里，韩加凤每天背着脑瘫儿来，将他放在地上、靠在树下，干一会儿活，叫一声“毛毛乖，妈妈忙完了活儿做饭给你吃”。

进出的官兵都叫韩加凤“阿嫂”，阿嫂一律笑脸相迎，从不叫苦。这样下去也不是个事，他们得有个遮风避雨处。领导们再次研究想办法，腾出一套功能齐全的周转房，让这母子有个落脚处。

我想到老子道德经中一句话：上善若水。王盛灿是部队的老兵，老兵在十六年前已离营。十六年，军营领导换过多少届，还记得曾经有个老兵叫王盛灿，并拉着他和妻儿一起走，恩深似海。

2017 年 2 月 4 日，王盛灿离世，是这个部队为缺少男人的家庭安排后事。灵场就设在部队家属院，到场的官兵多数没见过活着的王盛灿。他们还准备了军乐队，不要悲伤，只要悲壮，一曲曲军歌响起。

人们都想不到，脑瘫儿那时会哭着叫着仰望着苍天，大声喊着：“爸爸，你在哪里？爸爸快回家！”

满场官兵无不动容，尽情抛洒男儿泪。

我是一个兵 我是兵王妻

最尴尬的一次采访

一个兵的架子比将军还大，当时我是这样想的。

我女儿谭添刚从北京“两会”宣传组服务回来，这是她自做宣传工作以来，见识过的最大场面，参加过的规格最高的会议，一时难免露出说不出来的欣喜，成天有说不完的“两会”盛况，讲不尽的一个个感人的细节。那种氛围，让家里充满讲政治、关心国家大事的浓浓参政议政正能量，兴奋还很励志，连我和她爸爸都想再老骥一把干点什么，很沉不住气。

我正遇着一件采访全国人大代表王忠心却屡遭他本人拒绝的事，心里不大痛快，想走一条侧面路子。就问女儿，整理过关于王忠心的小组发言简报没有？当时这个组只有两位穿军装的第十二届全国人大代表，要记住他们并非难事。

女儿在那种场合最是小心谨慎，眼不乱看脚不乱行，大约是没留心过，脸一红回答我：没注意。

有关领导让我找王忠心本人谈谈，我们就主动联系，却一而再、再而三地遭拒，个人行为和组织安排王忠心本人都拒绝采访，我有点儿不耐烦或者说没了信心。

本书的策划人吕君不死心，说这人很重要，我们先不要放弃，想办法，再想想办法……

王忠心确实很重要，他身上既有代表性又有特殊性：

连续十六年“全国模范家庭”；

“全国敬业奉献道德模范”；

火箭军“践行强军目标模范士官”；

第十二届全国人大代表；

首批“八一勋章”获得者。

光以上几项，就让我们心仪、崇拜、喝彩。人家还多次受到习近平主席接见，何等了得。

是的，这人不可替代，那就再努力一把，见见“真神”。就这次采访中的几次经历，已经足够让我有信心那样做，努力是应该的：军营真是处处有感动、人人可入书，先进人物多得写都写不过来，常常让我兴奋莫名，一个都不忍放弃。像王忠心这样身份的军人，我还真没遇到过，他的真实身份归于“兵”，小排长都没当过，他为什么那么辉煌？

一周的多种方式联系，相当为难辛苦的吕君，发短信左一个“王老师”右一个“王老师”地求情，直接打电话总是有位女声在代替王忠心说：“你好，你拨打的电话暂时无法接通，请稍后再拨。”

凭着吕君的执着，加上我的“厚脸皮”，最后还是见到了他本人。

现在的社会相当现实，文学已不是精神享受的主要渠道。网络媒体的信息又快又无孔不入，不少优秀作家都在文学的淡季中休眠或者另谋出路。再说，我们能给采访对象带来什么？想想自己都底气不足。但是，既然要写，我就不想写些只博人眼球而无“营养”的东西。只要能获得好故事，我这脸皮算个什么？死乞白赖，我像个讨债鬼。

王忠心确实名声大。我们才在家属区向门卫打听，就有人自觉带路。王忠心可是整个家属区的“老大”，谁对他都有得说。

我们相当小心，一行四人只进去两个女的。采访经历教会了我，成功与失败仅仅隔着一扇心门，细心问路，小心叩门。

第一印象，王忠心不像是个会端架子的人。中等个儿，偏瘦，有点黑。板寸头已花白，钢丝一样一根根栽在头上，很硬气，但说话细声细气，性格也温和，是个看不出身上有众多光环的人。从军三十一年他还没改乡音，那徽腔似黄梅调中的咏叹段子（是黄梅老调，不是我们现在见到的舞台黄梅戏），听起来有些“语言障碍”。不得已，要紧的几句我请王忠心写在我的笔记本上，短语，加起来不超过五十个字。

我们的到来，的确让王忠心为难。

人家夫妻俩正在闹不愉快，说吵架更通俗一些，而且吵了很有些日子。妻子杨洪苗不愿见人，特别像我等这样的陌生人，妻子太敏感，非常时期避之犹恐不及，惹我们这些人有时会有副作用，她关门倒头睡去。

妻子杨洪苗很是个人物，曾经不止一次在优秀军嫂会议上侃侃而谈，比丈夫会说能说也说得更有故事性，很能掏心掏肺。这些事，是王忠心的战友、同乡告诉我的——那是一月之后的素材补充。

举目看来，这个家没有“荣誉们”的一块地盘，至少我们没有看见一张王忠心与党和国家领导人的合影或者一纸获奖证书，唯一一幅大鹏展翅的普通大路货镜框，与主人公身份有些接近。

客厅饭厅都是它。

小饭桌上的纱罩下，放有几碟菜：油炸小鱼、梅干菜烧肉、臭豆腐……很徽派，应该说恋乡情结很重。

这个家相当朴素，是个平常百姓家。

脸皮厚是我这行当要操练的基本功。左套右套，王忠心就与我搭上了思路，而且相当走心，无大话套话，全部实话实说，可以说不虚此行。

妻子杨洪苗正在生病，而且是很不好稳定和控制情绪的病——甲亢。医生说这种病人砸东西、动手打人都是病情表现，与这个人的性格和修养无关。

夫妻俩口角的原因，不是病，是命运。

他们处在人生的转折点。

按政策，2016 年底，王忠心就达到士兵最高服役年限，可以功成身退了。对于去处夫妻俩产生分歧，王忠心想回老家安徽，七十岁的高堂老母很孤单，也应该回去尽尽孝道；杨洪苗想留在云南，具体地方是他们现在的营房，女儿生在云南长在云南，对云南很有感情，他们又何尝不是。王忠心具备就地安置条件，只需个积极态度，自己主动提出来。

谁的坚持都有道理；谁也没有说服谁的本事。

僵局。

听来听去，我听出了弦外音：他们都不想离开军营。杨洪苗不想让王忠心退休；王忠心才四十八岁，也不想退休。军装一旦穿上了身就再也脱不下，是军人的共同感受，他尤其割舍不了自己为之奋斗了三十年的导弹事业，他还想继续服役。只是，军人的天职是服从，一个士官，三十年已到头，一级军士长再往上走没有去处。

杨洪苗说，虽然服役年限达到了，但还有争取的空间。按有关政策规定，如果工作需要，是可以超期服役的，写个申请就那么难?

这事在王忠心这儿，还真难。

王忠心老实、本分，不善言说。服从组织三十年，他已经习惯一切行动听指挥，党叫干啥就干啥，又是荣誉中人，他得带好头。

杨洪苗是全职军嫂、家属，她即便想去为丈夫表表心愿，也找不到门路。正在人家夫妻僵着的时候，我们让人家谈谈三十年从军路、二十二年夫妻情，实在不是时候，有失厚道，弄得大家都尴尬，有些不好收场。

王忠心从手机里刷出两张全家福，一张摄于妻子生病前，一张摄于生病后。照片上的杨洪苗生病前是个丰满少妇，衣着讲究，五官清秀，微笑甜腻，依着丈夫搂着女儿很幸福；生病后的那一张衣着同前，姿态也同前，还是很幸福的微笑着，只是那微笑带着些无奈，人也是弱不胜衣，有些让人心疼的憔悴，像是前一张照片中人的姐姐。据王忠心说，两张照片前后不到一年时间，差别那么大，我们还忍心去追问什么？

就这样打道回程，我心不甘，大着胆子很不礼貌地去推开杨洪苗的卧室。我推开的，不只是一扇门……

王忠心送我们到大院门外，握手告别，连声说“对不起”。握着他那双被习近平主席握过的手，我感到无比温暖，也感到一份责任。有一种无形的压力将随我而归，如何写好这对夫妻，我需要继续深入和学习的东西很多，从何入手？

那就再走一程。

最可敬的军人

我不知道王忠心为什么“牛”，靠什么来“牛”，倒是知道多个军事评论员都讲过同样的理论：火箭的战略威慑力和实战能力越强，国家受到战争威胁的程度越低，国家安全和发展越有保障。

王忠心，就是火箭军中兵，而且，是这支队伍中的高级专业人才。

火箭军是一支高科技部队，王忠心说："要想成为一名合格的操作炮手，就必须做到稳、准、严、细、实，决不能在操作过程中报错一个口令、一个现象、一个参数。"一谈到工作，王忠心语言流利，思维缜密，心域开阔，滔滔不绝，让我记不下来。

直接书写王忠心的专业，我不能，也写不了。而写他如何努力成为一名优秀的火箭射手，这条路子我应该走得进去。

凭王忠心这个名字，我们大致知道他是出生于"文化大革命"期间。一问果然。

1968 年，王忠心出生于徽州。

那个地方的男子，历来有少小离家闯荡天下的传统。民谚说：前世不修，生在徽州。十三四岁，往外一丢。

历史上很有名气的徽商，就是这样迈出他们人生第一步的。

王忠心十九岁入伍，比起他的先人们，不算太小。何况他是去参军，无漂泊之苦，起点还高又光荣，甚幸！只是方向与先人们逆行。徽商走的是经济发达的富庶地、交通方便的商业大码头；王忠心这一走，就走进了历代文人用不同文字表达过的相同感受：漠漠大荒路尽头。

徽州是个大概念，更是个地域文化现象。王忠心的出生地在徽州的休宁县，这个地方的名气不在商，而在文脉。

休宁抱住黄山的气岚，襟掩屯溪的秀水，怀温徽州的大宅门。好山好水都是人家的，休宁一概沾不上边，显得很贫瘠，水冷地寡，大户人家少。但田园本色的农家味，晴耕雨读的传统，略胜邻县一筹。古意斑斓书院多，一根老藤都会拴住几个秀才，宋朝以来这里出过十九位状元。

王忠心家却只是老老实实的庄稼人，祖宗八代都读书不多，没出过一个名人。人们渐渐把这户王家淡忘，却不料出了个王忠心，一下子祖宗也沾了光。王忠心是“兵王”，就是“武状元”，进了宗谱，列上方志，载入青史。一下子寒门生辉，来来往往的人多了，父母忙得茶都烧不过来。

初中生王忠心拿下这顶桂冠，努力了半个“甲子”，比起那些文状元感叹的“板凳坐了十年冷”，长了许多。

我想寻找王忠心成功之路的捷径，试探性问过主人公。他没正面回答我，只是说：“技术活没有近路走，得像老父亲挖‘老板田’一样，一锄一锄挖。”

1986 年，王忠心被分配到边疆一个小山坳子当新兵。当地人只知道那里是个军营，干什么活不知道。听不见枪声，看不见拼搏，也没有耀武扬威的车辚辚、马萧萧，安静得像一所保密性很强的军事科研机构。

王忠心就在那里接受了两年的封闭训练，学的是导弹测控。初中生要掌握这门技术，很吃力，还枯燥。当然，如果仅仅是想在人生履历上添补些阳刚气，或者走曲线就业之路，也可以轻松。跑跑龙套，敲敲边鼓，锻炼出些军人气质，两年时间也好混。问题是王忠心是个信念笃定的人，进了这道门，他就想多走几步。首长们说，往前走，要过关，风景还在关那边。

王忠心白天话少，夜里话多，梦话全是数字，梦中他都在演算试题。

训练基地管理严格，新兵蛋子洗个澡都一人端个脸盆，操正步进澡堂。时有女兵在营地出现，新兵们怕犯“纪律”，绝对不会多看她们一眼，像些自觉修行的僧人。老兵们就没那么老实，回头偷眼看着军营花，挤眉弄眼也很调皮可爱。

王忠心朴实本分，守得住六根。领导看重他心静、刻苦，选入深造梯队送去报考士官学校，初中学历的他比高中生还考得好。从此，他的军旅生涯定了性：士官。

毕业回营，人却很少落窝。

从此，处处无家处处家，他多数时间是帐篷营垒常客。这倒更接近戎马生涯——营帐，不就是中国历史上最早出现的军人之家么？

从南疆到北国，王忠心的疆场始终在偏僻的荒野。

中国西部，曾经的小小驿站突然间就变成了航天、导弹、火箭的起点。时代变了，送别的曲调再无杨柳轻拂的伤感，只有那一声声惊天动地的呐喊。驿站的古时灵魂们没想到，今人又何曾想到？

关于这个转变，我曾经在无意间读到过一段背景材料：二十世纪五十年代，在中国共产党的领导下，祖国走上和平建设的道路。但国外敌对势力不愿看到社会主义新中国走向繁荣富强，加紧对我国实施政治打压、经济封锁和军事包围，特别是依仗手中的核武器进行肆无忌惮的威胁和讹诈。于是党中央、中央军委果断下令研制原子弹、导弹，创造我国战略核力量，打破了中国无核力量的历史。

王忠心就是执行这重要决策中的一员。

从军三十一年，他奔波于基地与基地、荒漠与荒漠之间，先后执行了重大任务二十八次，操作和指挥发射多种型号导弹；培养和帮带出两百多名技术骨干；成功处置技术故障一百三十多起，大家都称他为“兵王”。没有精神享受，没有物质保证，这些，王忠心都能够克服，因为天边的地平线，总是有曙光永远向他招手，那是他的追求。但是，技术的高端改进，却是他不好轻言克服的。

他是火箭射手，核心中的核心。

一个导弹就是一条流水线，一个数据库，一个新体系。王忠心深知，每一次发射都不是他一人孤军作战。一系列装备，涉及几十个专业，上千个技术数据，需要众多的保障分队在同一时间实施全面保障。他这一弹放出去，强大的技术支撑，庞大的经济开支，都给他带来无穷无尽的压力。王忠心把责任扛在肩上，把事业装进胸膛，不断刻苦钻研，实装操作训练一千三百多次，从未失手。忠诚和信仰给了他坚不可摧的力量，用不着谁提醒，经过他手中的一切，都会给予他豪情壮志。这种感觉，本身有些抽象，到他这儿，就是一鸣惊人！

王忠心所遇到的最大难题，是知识，是科技。

王忠心手中的武器威力越来越强，精度越来越高，他深感肩上的担子越来越重，不敢有丝毫松懈。深造、测算、钻研、推演、数据、图纸……占满他全部大脑，不早生华发才怪。

他曾经也想转业，那事差不多快成功了，问题也就来了。

家乡十分欢迎一身绝活、载誉归来的“武状元”，在安排工作上，地方政府很犯难。他的技能曲高和寡；他身上带有若干属于国家军事建设的秘密；他多年脱离人群，已经不太适应跟外人打交道……

王忠心心意徘徊。军装才试着脱下几天，百般不适，浑身难受，本来就话少的他，更加沉默。

说来也巧，正在王忠心举棋不定之时，原来的部队一连来了三封电报，召唤干将回营继续服役。他一下子高兴得跳起来，仿佛久旱逢甘露，他乡遇故知，洞房花烛夜，金榜题名时。人生的四大喜事全在那三封电报里，放下又拾起，拾起又放下，他大声地嚷叫着：“我的军装，你们放哪儿啦？”

豪情、勇气、坚韧、决心，一一回到他的灵魂里。马不停蹄归队，与第一次参军时的心境有着质的变化。

他向偏僻的西部走去，不再回头。

这一干，就干出一个兵王，干出那些荣誉来。

我在火箭军某部，即王忠心曾经服役过的部队，读到过一份总结材料，其中有这样一段话可以看出王忠心在这个兵种、这支部队的分量和人生价值：

……50年伟大实践中，广大官兵始终把党和国家利益作为最高追求，扎根山沟、高原、戈壁，艰苦创业，无私奉献，形成了富有战略导弹部队特色的战斗精神和传统作风，积累了宝贵建设经验和精神财富，先后涌现出被中央军委授予“导弹发射先锋营”某部一营、“全国敬业奉献道德模范”王忠心……他们的英雄业绩将永载史册。

这个军种以前叫“第二炮兵”，现在叫“火箭军”。

2015年12月31日，中央军委主席习近平向陆军、火箭军，战略支援部队授予军旗并致训词：

……火箭军是我国战略威慑的核心力量，是我国大国地位的战略支撑，是维护国家安全的重要基石……

我有点儿情不自禁地问了王忠心：“你手中的武器可射多远?”

他笑而不答。

最可爱的军嫂

就我本人的意愿，一向不主张把军功章分为两半，那样做有些犯中国传统之忌。军功章是枚果实，一旦分裂，再生的存活率会减弱。为了王忠心，我心甘情愿分一次，至少那位叫杨洪苗的女子，应该分得一半。

王忠心有多了不起，恐怕妻子杨洪苗也知道得有限。就连王忠心的上级指挥部门的门槛，杨洪苗也进不去。

第一眼看见杨洪苗，我被她那一头金黄色卷发刺了一下，这人怎么不似军营常见的女子类？后来知道了原因，我又心痛难忍。秀发，是女人的半条命，俗语说看人看头脚，男子的鞋子、女子的发饰是最能体现一个人的审美取向的。杨洪苗因一次重病，弄得发疏不胜簪，稀稀的几根盖不住头皮，不如是打理，会荒凉凄清如冬之草地，怎么有勇气出门？何况她天生就爱美，即便是荆钗布裙，她也撑得出女人味的。

杨洪苗也是徽州女子。徽州女子的传统价值，是为男人看好家，是嫁鸡随鸡嫁狗随狗，不大看重自身的光焰。在徽州，男人要走出家门才算有出息，女子尽节孝守门户就是操守。乡规习俗历来如此，你可以叛逆，却也形不成气候，走不进实际生活圈子，况且那种众人都把你当成另类的滋味也不好受。

爱情这个字眼，对徽州女子很奢侈。洞房花烛夜，红烛似乎在人间与天堂绽放，也很有光彩。新婚三天后，男人抽身而去，女人们在漫长的岁月中，一次次点燃残烛，能让春光依旧闪烁的，是那份平常日子。寂寞中的徽州女子都善女红，一针一线绣日子。韶光有福气的留给子女，没福气的留在坊间成佳话，“夫妻双双把家还”是神话。

杨洪苗比王忠心读过的书还多些，知书达理，长得也很徽州范儿，水灵灵的秀气。

王忠心不大懂礼数，经同乡介绍说有这么个女子，上门求亲他空着两只手，伴手物件礼品类全无。他没先去见杨洪苗，而是先向杨洪苗的父亲“报到”，进军营似的。一声“报告”之后开门见山：“我是当兵的，农民的孩子，吃得苦，受得累。”

杨父咳了一声，往后堂叫着：“洪苗，送茶来。”

没有应声。

王忠心悻悻地走了。杨的家境强过王家，虽也是农家，但靠近集镇。杨洪苗在镇上开了个小缝纫店，基本不种田，靠小手艺生活。王忠心的家是彻头彻尾的农家：一双父母，一对弟妹，一间草房。

女儿心中那点小九九，父亲早已看出来，他堂前教女：“这人靠得住。你东挑西挑都挑成了老闺女，再不嫁出去，会耽误终身。部队请假回家一次不容易，你就应了吧。”

杨洪苗已过二十六岁，是个女孩子该嫁的年龄，既然父亲说靠得住，那就嫁吧。

士官在那时收入很低，杨洪苗赚得比丈夫还多。有家庭主妇“主户”，这家人的日子很有起色。想不到一喜一忧两件事，打破了杨洪苗的平衡术，不得已收摊回到夫家，彻底当起了农民。

1997 年，杨洪苗生下女儿王扬，没人带孩子。紧随其后，公公身患胃癌，一查出来就是晚期。那时农村合作医疗还没健全，昂贵的医疗费用王忠心负担不起，得靠杨洪苗土里掏、副业挣，光荣军属成了困难户。不是杨洪苗嘴硬不求人，实际上也没人可求，硬挺过了女儿的哺乳期和公公的守孝期。

王忠心干的是何种兵，她不知道，只知道他干的那活儿相当重要还保密。信件、电报都只能寄到大本营，转到丈夫手中，差不多得几十天之后才有回音。靠不住她就不靠，很想重操旧业再去做小手工业者，但这个家她弃不了。公公一走，她彻底成了当家人，只能安安心心当农民。

这一次狠心，杨洪苗也没吃亏，她赚来丈夫的好名声，也赚来数落丈夫的本钱。据我观察，王忠心有点儿惧内。

2003 年，好不容易熬到可以带家属随军的条件，35 岁的农村妇女没法就业。当个专职军嫂她也很开心，至少一家人在一起，再无长期两地分居的烦恼。

杨洪苗又想错了。

没有工作，生活变得空虚。看看同院自己有份工作的随军家属，她感觉自己变得渺小了，有点自卑感，心眼便如莲藕，多出好多空洞洞。王忠心基本不落家，他的“家”远在旷野荒原，聚在一起的日子与在休宁老家时没有两样。军营家属区的日子静悄悄的，连聊个天的伙伴都找不到一个。

部队驻扎地是个少数民族聚居地，当地人说话像唱歌一样，聊天像吵架一样，一律满宫满调大嗓门。当地人认识的和不认识的，都像是自家亲戚，聊个没完没了，也很喜欢找军嫂款款白话。可惜杨洪苗傻傻地看着人家翻得飞起来的嘴唇犯迷糊，她一句也没听懂。人家还相当热情，送把自家的小菜或者新米给你，不收还不行，人家会说你：“军官太太看不起农民。”

杨洪苗很孤单。

好在女儿一天天长大，该上小学了。

部队不可能什么都周全，家属周转房处的位置也不当道，城乡接合部，只能就地上学。说是“环城小学”，离城八竿子，经过一片菜地又经过一片菜地，再经过一片稻田，差不多环到山脚下。菜地遍地是水塘，比鱼塘小比粪池大，绿汪汪飘着些水葫芦和浮萍。人走在田埂上，一不小心就会掉进去，人是淹不死的，只是两腿烂泥污黑了裤子。杨洪苗被气哭了几次。她不放心孩子一个人上学，从此有事干了。

接孩子送孩子，买菜煮饭，守着孩子做作业，一天天的日子也好打发。最该她守的那个人，气息她都闻不到。

信息倒是有：王忠心的本事越来越大；王忠心所获的荣誉越来越高。

杨洪苗也有收获，一年接一张“全国模范家庭”获奖证书，她不知道该置于什么地方才恰当，一并收来箱子里，让它们“稍息”。

荣誉越多，杨洪苗的负担越重。王忠心的宝贝是女儿。对女儿的成长来说，王忠心是不称职的爹。教育孩子，得从娃娃抓起。

杨洪苗怕女儿往低处看齐，严防死守，生拉活扯剥夺了女儿的自由度，可怜孩子记不实一个童年伙伴，和母亲一样孤单。杨洪苗的安慰，是女儿在她的“教导”下，品学兼优，每一次家长会上，女儿都给母亲挣面子。

部队需要流动，杨洪苗只能跟着丈夫走。

换防的地方，比原来的少数民族地区先进一步，却让杨洪苗的日子更难过。

那地方人多地广还牛气，经济效益好的企业不仅为国家纳税多，职工的钱包也比别人的鼓。一个地级市的消费水平，比省城还高。人一钱多就“抖”，买菜买水果买副食品，一律不讨价还价，瞧得上眼，拎起就走，毛票之类零钞都不要找补。玩的那份“派”，说是大方，也让人觉得或许是被钱烧得心慌，难免找些小节处显上一显，忘记了曾经过的苦日子，或者说要报复一下过去的苦日子，拧着来。

学生也讲排场，前十年就玩得起家长专车接送——我说的是十年前。

王忠心的待遇不算低。但是，一个人的工资再高，维持一家三口固然可以，别忘了夫妻俩都来自农村，就王忠心一人出息大，家里其他人他们不管谁管。何况王忠心的待遇与工资没多大关系，那是政治待遇。

一个上中学的孩子的花费，包括什么课外辅导、假期辅导、全方位专属设计、兴趣培养……人家的孩子都在开小灶，杨洪苗的孩子也得跟上。这一笔费用算下来，每年没个两三万打不住。

古人云：养儿莫算盐米钱。

现在是：养儿别疼教育费。

杨洪苗有些扛不住了。精打细算过日子，她只能劳累自己，绝对不能委屈孩子。王忠心是国家的宝贝，女儿是王忠心的宝贝，她得捧着。好在过日子不需要多大的智慧，买小菜不挤早市，拣下市之后，挑品种不值几个钱的秋瓜和处理品，人面前还要装出一副小康之家的派头，死要面子活受罪。

她很想从头拾起手工活，摆个缝补摊。一来怕损丈夫的面子，二来这个地方的人不爱缝补，只有穿厌了的，没有穿破了的，这条路也走不通。

所有的难她不会对丈夫说，王忠心干的那份事业，分不得半点心。

女儿一天天走近青春期，杨洪苗就一天比一天不放心。压不住女儿的时候，她就玩点小计谋："扬扬，今天你爸爸来电话说……"

搬出那尊“神”来，与其说是鞭策孩子，不如说是给自己壮胆。

女儿很听妈妈的话，也非常有军人子女本色，一心读书，不逆反，不娇气，不任性，也不去攀比同学的新潮时尚，性格偏向她的军人父亲。

说来这夫妻俩很对不起女儿。很多人家的孩子一到假期满世界去周游，他们一家最远去了一趟几百里外的旅游城市。还以城门为背景拍了张照片，立此存照似的。那张照片，就是王忠心给我看到的“幸福之家”。

女儿在妈妈的精心照料下，成长顺利，成绩也好。眼看着高考临近，杨洪苗为全方位给女儿创造最后的冲刺条件，压力太大，生活失于调理，病倒了。

最圆满的结局

杨洪苗最大的遗憾，是至今都没有见过丈夫的疆场，她也知道那些地方她进不去，孩子也不能进。总想找个适当的时候，带着女儿去看看离丈夫近一点的大漠外围：住住帐篷，吃些奶茶和手抓羊肉，烧烧牛肉，跨跨马背，见识一下套马杆……据说，这种“牧家乐”逐渐发展，大漠荒原都有，又新鲜又刺激，人气越来越旺。杨洪苗想，如果能多少获得一些感受，到夫妻老了的时候，也多一点聊天的内容，因为女儿总是会长大，会有离家那一天。

这一病，杨洪苗心冷了。

得的什么病，杨洪苗不知道。先是全身乏力、双手颤抖、心慌心悸、出汗怕热、无法入睡，一夜夜在床上折腾如翻烧饼，人也一天天消瘦。

这病来得也不是时候，去看病也抽不出时间，哪怕只剩下一口气，也得等女儿高考完了再说。

她不能对王忠心说。

那时，王忠心所在的部队正面临着调整，王忠心是技术骨干，哪能让家事分他的心？

杨洪苗死撑着。

饥饿感时时来袭，一天吃五顿还挨不到天黑，她以为是“癌”了，听说癌症最消耗体能。可就算“癌”了，自己也得挺着，一旦进了医院，女儿的生活节奏会乱套，女儿从生下来，一天也没离开过娘。杨洪苗暗暗祈告上苍：“给我三分力量，让我能陪着女儿迈过她人生的又一次考验，我给你们烧九炷高香！”

女儿，可爱的女儿王扬真给父母争气，以高分被中国人民解放军国际关系学院提前录取，还是军校，多大的荣耀。

杨洪苗的病却更加严重。

一双眼睛凸得快要挂不住了，头发如秋叶一般掉得满地都是，洗一次头更是惨不忍睹：盆里飘满一层落发，似一盆发菜汤。她不得不走进医院。医生让她手背朝上平伸双臂，在手背上放了张处方签。那纸签抖得如进了筛子，跳动得极有节奏还亢奋。

医生见惯不惊吐出两个字：甲亢。

这个病要不了命也让人活得不自在，用的是进口药，贵得离谱还不属于医保范畴，三年治疗期间无反复，才能说是控制住了。这种病使人烦躁，脾气变得异常古怪，爱发无名火，摔东西泄愤减压。在女儿王扬面前，杨洪苗尚能克制，但丈夫成了苦主，有得气受。

王忠心自知亏欠妻子太多，一律忍让。忍是一种“还债”态度，让是一种修养。仔细想想，凭妻子自身条件，嫁给谁都比嫁给他要轻松，妻子嫁给他没过过一天好日子：

让人家从手艺人变成农民；

让人家为他的父母养老送终；

让人家背井离乡；

让人家独个抚养女儿……

最近这段时间，他们争吵的内容发生着根本变化，集中在去和留的问题上，很具体，很现实。

王忠心也给我们讲了他自己的顾虑，走有走的难处，留有留的压力。孩子读的那个专业，就业不是大问题，女儿学的是英语，随着国防建设的强大，部队也很需要这类外语人才。留下来，对他自己的考验更大。火箭军武器装备更新得快，临近五十岁，要他再往前迈一步，很吃力。

王忠心谦虚了。

就凭他在参加全国“两会”上的几次重要会议上的发言：关于推动强军目标向基层拓展延伸的几点建议，关于完善军人医疗保障的建议，关于保留士官人才方面的建议……就凭他做人的底线：“不管我获了什么荣誉，我还是一个兵，一个普普通通的班长。”王忠心往前再走一程的实力足够强大。

本文还没有成篇，我们得到相关消息：

王忠心是技术骨干，是全国人大代表，是“全国敬业奉献道德模范”，是首届“八一勋章”获得者，他得继续为中国的火箭军做表率，继续服役。

这个连续十六年被党和人民奉为“全国模范家庭”的军人之家，必将继续模范。

据悉，杨洪苗的甲亢已得到明显控制。

王忠心，你仍然是一个兵。

杨洪苗，你永远是兵王的妻。

焦点在军营之外

纯属偶然

采访接近尾声，翻翻手中素材，总觉得离主题有些欠缺，缺点什么？我也一时找不到头绪。大片大片的国防绿有的是树，有的是林，养眼带来的审美疲劳一时排解不开，不待编者向我发问，我先就向自己发问，缺的是什么？再次翻淘那些三五百字的简介，看看是否能有所发现。

正在这时，一个叫郭翠兰的中学女教师让我眼前一亮。关于她，文字和事迹都不多，而那所她从业的学校我熟悉，就在曾经的家门口，她那职业的艰苦我也不陌生：在一个少数民族地区的重点中学教英语，弄不好会左右为难，非常难堪。我这样说不需要去哗众取宠虚构细节。我家四口人中有两位就是英语教师，他们父女俩的“假洋鬼子”语境，常常搅得我头疼。在少数民族地区生活了五十年，我拿少数民族语言当外语，至今不识不懂不会讲，再来一串串英语，真要命，我是英语的二十六个字母也念不下来的。

久等必有好故事，这不就来了。郭翠兰老师，先谢了！

没有一纸通行证，没有一张介绍函，没有一个熟人。我就这样孤身一人去闯某部队的营房，很荒唐。

我准备了一本才出版不久的随笔《永远在走》做敲门砖，有自报家门的意思，至少能证明我不是来搞促销的。本书勒口有我一张照片，可以证实这人是我；还有几句作者简介，能说明我的职业。

就这样，在部队会议室，我就坐在了团政治工作处副主任李树平的对面。知道他叫李树平，我还先玩了点心眼，请他在我的笔记本上留下了联系方式。随手递过去那本书说："我想了解一下你们团的一位优秀军嫂郭翠兰。"

"郭翠兰在学校。罗婷，你带黄老师去那儿找去。"

罗婷是位女干部，是李树平的下属。

这是准备"送客"了。

就这样不着一兵一将就出军营，不甘心，面子也下不来，再怎么落伍我也是个吃文字饭的人。忙说："我还要见见郭翠兰的丈夫。"

"我就是。恐怕会让你白跑一趟，我太一般，没得写头。"

此人进进出出，确乎很忙。

我观此人才貌出众，声音洪亮，仪表堂堂，既有军人的干练，又有才子的精明敏捷，看他在这么个严肃的办公楼里走的那几步，如似闲庭信步，是个狠角儿。

虽有"缝"，我却无从插针。

正在僵着。

有人又来找副主任签发什么文件。这当口，我装着去找洗手间，走进了他的办公室。不大的独立一间，是有点身份的。能堆书的地方都码着书，其中的一本是莫言的《四十一炮》，看来是个爱读文学作品的人。灵机一动我似乎找到了突破口：行，咱们顾左右而言他，就从莫言入手。

当他再度走进会议室，我就跟他谈起了莫言。我没有拿莫言来抬高身份的意思，找个话题而已。莫言确实早在1985年就和我一起参加过《人民文学》为期一周的笔会，他以《透明的红萝卜》被请，我以《山狗吠月》被邀，大家都在起步阶段，很和谐很谦虚，又都属于写得很庄稼味的苕货，比较亲切。后来，我和莫言都在一所学院进修，算来我还应当是“师姐”。皇帝还有草鞋亲戚，诺贝尔又不是中国的皇帝，怕他何来？我就放开了和李树平说起莫言，渲染一下我们怎么在“宫廷宴”上出洋相，怎么在长城上大喊大叫，都不是斯文态，俏皮而可爱，很草根。

这一聊倒把话题聊开了，半句话都与我要了解的内容无关宏旨，如此聊下去恐怕都会扫兴。我没话找话说：“你是大忙人，不必通读莫言，选一本莫言写的《生死疲劳》读读，也就够了解他了。”

眼看又要冷场，我趁他的情绪还饱满，话锋一转，请他在我的笔记本上总结性写几句，关于他们这个军种的特点。他也不推辞，顺手写来：

不战而屈人之兵，是战略威慑的最高境界。近年来，战略导弹部队核常兼备力量发展迅猛，导弹射程不断增加，核心地位更加突出。

火箭军是我国战略威慑的核心力量，是我国大国地位的战略支撑，是维护国家安全的重要基石。

我草草读过去，正要想夸他有水平，一想又觉得还是话到口边留三分的好些。这段文字，我好像在哪儿见过。

政治干部，你厉害，你就这样打发我？

穷追不舍，我让他谈谈自己的从军经历。这一次他处理得更高明，拿出一张履历表，有关机密那些内容叠下去，复印给了我一份简历。再不走，我会自讨烦恼。

写这样一部书，我是有压力的。主题出版色彩太重，鲜活不了人物。无论我怎么敬仰军人，人物动不起来，题材再有价值，读者面也会很有限的。那不是一个写作者所期待的，也不是有关领导所希望的。人物要动起来，必须靠真实而生动的故事，讲好故事要有故事，这故事还苛刻到拒绝虚构，所以闭门造车是不行的。

现在的人都很忙，谁有闲时坐下来和我聊天？这份李树平的简历让我研究了半天，看出一些信息：此人从军十九年，读书十九年，在基层工作九年；从大西北到大西南；从小连队到部队机关；从技术工种到特殊岗位，轮换得很勤，属于组织多岗位锻炼有意栽培的人才类。粗看平淡无奇，用心去看又无限风光：

立过两次三等功；

省军区、省国家安全局“军地隐蔽斗争协作工作先进个人”；

“双拥”工作先进个人；

拥政爱民先进个人；

优秀机关干部；

优秀共产党员。

原来是从事过保卫工作的，怪不得口风那么紧。

这军营，我再没进去过。

这军营，前几年几乎天天路过。

我们也曾经和这军营的官兵打过些交道，一个个牛气冲天。他们顶着“国字头”，他们不牛就体现不出军队的威风。

军营初建于城郊，紧靠一个风景区，倒也幽深。城市越长越大，就将军营扩进了城区，那条道却不怎么辉煌，长出些横街竖巷，活动空间都小，拥挤得翻不了身。巷里住着过去的菜农和现在的打工族，横街两排新兴行业卖旧家具，当然也兼营收旧家具，我在那条街上见到我家扔出去的，也买过别人家扔出来的，周转流通很快，为临时居家者解决些临时所需，很亲民。这条街有两里长，还有个雅号叫“淘宝街”，宝是淘不着的，历史渊薮不够，古董从何来？

一个解放军有名头的机关窝在如此环境，委屈了，让我想起一个俗语：大隐隐朝市。

应该说，老百姓对部队相当尊重，这条街的社会秩序相当好，军民鱼水一家亲。

接下来的一周，我很不安宁，那个主人公在哪里？

父亲的遗憾

采访一次比一次艰难。

是我不上路，还是这条路本不该由我来横冲直撞？这问题没细想过，现在去细想，又怕“气”落掉收不回来。总的感觉还是有一点：被人捧着的时代已经过去，别拿自己太当回事。

正在我对本书的进展信心脆弱到临界点时，李树平的求学路给了我一些启示。细细排列下来，这人全日制学历只是大专，如今是军事硕士。专业跨度也大：工程机械、行政管理、政治工作学。一路走下来如是“火箭飞，我去追”。是一股什么力量推着他往前走？

刹那间，我决定穷追不舍，赖着你李树平，让你甩不脱。我先去找你妻。

临近高考，老师们都在舍命陪学生们“赶考”。就在那大门边的光荣榜上，郭翠兰老师佩戴着大红花在对我友好地微笑着：模范军嫂很醒目。

我正想问一下英语教研室在哪里，下课铃声吓了我一跳。

奔跑着的学生，快步行走的老师，与这一天的骄阳很是协调。

正经事谈不成，那就先吃饭。

郭翠兰并不知道我从何处来，来意如何，见李树平的下属罗婷跟着我，猜测大约是公干。本来还可以借饭间谈点什么，走在学校外拐角处等放行的绿灯，巧遇李树平的父亲李义元接孙女李思齐放学归来，正好一路就餐。

我的如意算盘打错了。

一个中午，李义元包圆了说家史，我和郭翠兰话都插不上。这餐饭我几乎没有进食，倒是从李义元满肚子的文章中，收获了一段非常意外的关于农民、关于当兵的故事。我好像一下子就找到了李树平一路走来都“好好学习，天天向上”的动力泉流，太兴奋了。

主人公换成了李义元，只好与郭翠兰另约时间。郭老师向丈夫“请示”，有这么一个人想采访她。丈夫仅回了五个字：“她文笔不错”。

承蒙鼓励了，李主任。

李树平那种玉树临风的帅，已让我过目不忘；比起父亲李义元，儿子的帅却差父亲一个档次。算来李义元已六十七岁，鼻眼带些混血似的俊俏鲜明，双眉上挑，有股逼人的男子汉气质，要风度有风度，要个头有个头，哪一点像农民，哪一点像文盲？

山东人是不是《水浒》《聊斋》听多了，都会讲故事？用不着怎么整理，李义元给我讲的就是一个好听还有意思的故事。

李义元出生在山东潍坊，从地理位置上看，应该是个农业发达地区，吃穿不成问题。问题出在家门不幸，一夜间家就穷了，这一穷就到了二十世纪七十年代。

1952 年，李义元死了娘，父亲养不活三个孩子，留下才两岁的李义元和一个小女孩，大的一个女孩送去给别人当养女。那家人对养女也还过得去，却怎么也养不暖养女的心，那孩子整天哭着吵着要“俺爹”，“俺爹”自然不是养父而是李义元的爹。他们那地方有句古而就有的民间语言：“隔股纱，件件差”，李义元那送给别人的小姐姐总有寄人篱下的感觉，自己跑回来抱着父亲的腿，哭着叫着求着：“爹，俺不去那家，俺要回自己的家。”

一个鳏夫，拖着三个孩子，这日子怎么也好不了。他们那地方的人，日子一旦过不下去就闯关东。前赴后继自古关东一条路，好像东三省是专门为山东人留下的生活空间，虽然一路多劫，盲流却浩浩荡荡。李义元的父亲太老实，不敢去捡别人的逃生脚印，老实巴交守着乡土过日子。鳏夫一生未再娶，爹怕后娘拿无娘儿女当“小白菜”，委屈了孩子，单凭这一点，姐弟们就很满意这个爹。

李义元一天书都没读过，姐姐们也一样，这在孔孟之乡，有些说不过去。李家的条件就那样摆着，别人怎么讥讽他们不管，大人过一天孩子也过一天，到孩子们长大了，总有盼头，李义元的爹就这么镇静地想着。

农村孩子盼出路有两条：考学、当兵。

前一条路李义元走不通。

后一条路，家贫还帮了他的大忙。

“文化大革命”初期，他光荣入伍。临走时，父亲对儿子说：“出了家门你就别再回来，拼死命你也要挣个城镇户口，让我们李家也出个城里人。”

李义元也很争气，在部队表现出色，正好又有得仗打（参加的是哪一仗，他没表述清楚，我也不好瞎写）。他当的是炮兵，弹无虚发，命中率很高。“李大炮”是战友们为他取的诨名，既求实又恭维，李义元很受用。首长（他给我讲的最高首长是个指导员，还没他儿子现在的职位高）非常看重李义元，想提拔他当军官，第一阶段就受阻：解放军的基层干部是个文盲，怎么也说不过去。这事就搁下了。

李义元给我讲到这一段，眼睛是红的。我真怕奔七十的大爷在我面前哭出声来，拿话去干扰他的思路，说：“别难受，儿子出息大，他为你争了气。”

“可不是吗——”

李义元不跟我的话题来，仍然在说他的当年事，他说，只要他当年进过学校门，方方面面都会网开一面。

领导们又找理由让他在部队多服役了几年，目的还是等提干机会。这一等就等了八年，机会越来越渺茫，年龄也一年年大了，不得已而退伍，退伍时他还是一个兵，一个回到农村的退伍兵。

这人的军人情结相当重。小本本随身带，身份证似的。小本本上仅有的几个手机号，分别是他当年的班长、排长、连长和指导员的。我看那些字都写得不错，还恭维他自学成效显著，能写了。

老先生惨淡一笑：“除了自己和儿子的名字，什么都写不下来，是他们自己写的。”

手机号上的战友，居然现在还在跨省相聚，一个省一个省转下来，越老越舍不下那份战友情谊，形成一次次古怪的聚会路线，大概是战友情谊最纯洁的佐证。

关于八年军史的故事，李树平从小就听得不少，那些叔叔伯伯他也记下了。一粒当兵的种子，似乎也在李树平心里埋下，等待时机生根发芽。

李树平长成，李义元期待儿子为他圆自己的军官梦。

这梦，儿子为他圆了，而且圆得很满。

一顿饭，李义元为我讲了这么多，形象而生动，条理也清晰，我不知道老先生为什么这么信任我，突然问他一句：“本地人讲话，您听得懂吗？”

他摇头。

这就是了。

人在他乡话不多，好容易来了个能让他痛痛快快倾吐一番的“闲人”，比喝酒吃饭都更过瘾。

披星戴月 “黄泉路”

李树平与郭翠兰这对夫妻很“另类”。

他们都在韶光年岁，两人间没有一句温柔发腻的昵称，都习惯叫对方的名字，三个字一个也不省略，叫得很顺口，如是叫同学一般。

说他们不恩爱，没有道理；

说他们不懂得秀恩爱，也没有道理。

这两人，从穿开裆裤到高中毕业，同行同止，同乡同学，比青梅还有味，比竹马还悠长，老天注定这两人一辈子都是一家人。玩伴、同学、夫妻，他们太熟悉，仿佛人和自己的影子，拖上了就是一辈子。

我们和我们的孩子称呼同学，谁不是冲口而出连名带姓，那份纯洁天真童趣，自然中体现可爱，一旦成熟了世故了，要想找回那种自然的亲切，很难。

他们，缺少情窦初开那份轰轰烈烈的沸腾，煮不熟“亲爱的”“老公”“老婆”那些现代流行语，由他们直呼其名叫下去，我没有权利去煞费苦心让他们换个亲热些的称谓，如实写来。

要说他们比别人的婚姻多一点什么，我观察下来送给他们一个很有分量的词：懂你！

两人都是山东潍坊人，家境不一样。郭翠兰的父母是人民教师，在乡间很有身份；李树平是农民子弟。农民，不是一个阶层概念，而是一种户籍约束、城乡差别，好在那时每个小孩子都不太懂得这是有落差的，一样说得很开心。

他们都出生于1979年，李树平生在年头，郭翠兰生在年尾，同一天上小学，同一天上初中，同一天上高中，而且都在同一个班。两人的共同点是学习成绩好。

潍坊人相当重视教育，教育质量的排名在山东一直名列前茅，省城济南都被潍坊甩在身后。

2003年，李树平毕业于炮兵指挥学院工程机械指挥专业，分配来边疆的一个军事单位当排长。当时郭翠兰在上大四，已经在考虑毕业以后的事。郭翠兰不愁去处，她学的是英语专业，热门得很。这事，当然得先给李树平打个招呼。他们一直是不咸不淡相处，好像是那么回事，又好像不是那么回事。

李树平说："郭翠兰，我是军人，哪里需要哪里去，回不了山东。你怎么想？来不来我这儿？"

单纯的郭翠兰想都没想就说："你那儿风景好，我喜欢。"

离李树平营地不远，有所在驻地排名第一、全省也有名气的中学。这所中学当时是一所只办高中的重点中学，缺的是有经验的资深教师，本科毕业生仅仅是最起码的资格。尤其一个才离开校门的新人，他们还要考虑一下收不收。李树平是军人，对方也客气些，留了个条件：必须有英语专业八级证书。

郭翠兰所在的烟台师范大学却不愿放行。郭翠兰学习成绩全优，烟台非常重视师资，英语教师紧缺，不放行。不得已，郭翠兰抛出了她与李树平的关系，正式对外宣布他们是未婚恋人。

准军嫂，当然是要成全的，烟台那边松了口。郭翠兰在等待八月份才有结果的八级英语专业证书。驻地中学还是怕放走了一位好师资，看过郭翠兰的简历，8 月 15 日突然通知她说："快开学了，怎么还不来报到?"

郭翠兰连回家准备一下行装的时间都没留，买张机票直飞过来。

那时，驻地还不通高速，一条公路超期服役，得走六个小时老公路。一直生活在大平原上的郭翠兰，在长途汽车上被一堵一堵涌来的山、一道一道扯不直的路搅得五脏错位，头晕眼花吐个不休，可怜兮兮地望着来接她的"老同学"说："李树平，你的城市在哪儿，我怎么看到的尽是山，一点城市的影子都没有?"

李树平长得文质彬彬，骨子里山东男人的遗传仍然传统，概无"倚玉偎香"的呵护，简短到只回答两个字："快了。"

儒家文化出自山东，值得山东人骄傲；"唯女子与小人难养"的轻视女性的名句也出在山东。娘可以原谅儿子，郭翠兰就不大接受这种道德经，走一路埋怨一路，弄得李树平心烦。

驻地给郭翠兰的第一感觉也不佳，与她的出生地相差太大。城市不大像城市，有些苍老。街也不太像街，人、车、畜自由行走，无秩序的乱，像北方的大集。马车虽说在马屁股下兜了个粪袋子，装进去的少，撒出来的多，一堆堆新鲜马粪看得见没消化的草筋，粘在鞋上甩都甩不脱。当地人见惯不惊，悠悠闲闲过慢生活，口头禅是“不消忙”。

新来的郭翠兰无帮手，所有手续都得自己跑，一天遇到数次“不消忙”，半个小时办得完的事拖个一天两天也“不消忙”，她有点等不起。

有一天老辣者遇到她，劝世文似的数落了她几句：“生也忙，死也忙，自古忙人无下场。忙些什么？悠着悠着！”

这种慢节奏，与她的沿海开放城市烟台，落差二十年。一城人都那样行事，单枪匹马的郭翠兰很无奈。

从任何意义上讲，到一个少数民族地区来教英语，都不是最佳选择；因为李树平的单位在这里，她就没有道理做出更优越的选择。接下来的麻烦事，郭翠兰想发点牢骚都没有人听。她是以未婚妻身份住进李树平所在单位的。李树平住在何方，她知道个大概，人家在单位通讯连当小排长，官不大，保密性高，不可能让她知道得更多。

试用期的新教师，得接受全面锻炼，早晚自习是少不了的。

郭翠兰住的地方有一列浅浅的丘陵，是驻地的第一道屏障，很荒凉。当年驻地还处在改革开放的初级阶段，城区很小。那地方离城几公里，路是田埂路、机耕路，勉强可以行车，顶着个资格最老的火葬场和公墓地。

白天很热闹。

送葬的除了大年三十到正月初二，几乎天天都有。哭着嚎着念着唱着（当地少数民族要念指路经、唱哭丧调），鞭炮声声响着，热热闹闹送亲人上天。高烟囱很负责地把人化成云朵，诠释佛家一个“空”字，相当准确。然后，就地买块方寸地安放骨灰，一生人也就交代清楚了。驻地四百余万人口，当时只有这一处火葬场，农民不去那儿寻宅基地，除了李树平他们的训练营房，没有一户人家。

当地人把那条路叫“黄泉路”，机耕灌溉用的小桥叫“奈何桥”。郭翠兰天不亮就起来骑单车赶早自习，晚自习守完之后，归家已过初更。披星戴月独自个天天过那段“黄泉路”和“奈何桥”，是要有些胆量的。

阴风惨惨，如是死灵魂在呼唤他们的亲人。这凄凉，郭翠兰还可以克服。最不好克服的是雨季，驻地的雨季绵长小半年，常是满身泥水赶到学校，她那单车的挡板灌满泥浆，钢圈上缠些稻草，裤腿没一处不是泥水涂的“印象派”画的抽象图案。教师都重仪表，似这等走进课堂有伤大雅，会降低学生的学习积极性，别看孩子们年纪不大，都挺会给老师打印象分，学习的用心程度，多半会取决于对授课教师的好恶。

郭翠兰无端心虚，找个地方换下这一身拖泥带水的行头。日复一日，年复一年，日子就这样过着。

起　点

如果说李树平的从戎，起因是为弥补父亲的遗憾，那么郭翠兰当教师的动机，精神层面要高出许多，差不多是继承父母一辈子纯真的信仰和坚实的步伐。

父母大半生人没有从事过别的职业，在教育与精神筑成的讲台，绘声绘色为孩子们铺展未来的风景。他们比学生还激动，陶醉于理想境界的满足，像一对精神贵族，让郭翠兰很仰慕父母。上到高中，小女生已长成少女，明知父母的理想境界与社会实际产生了距离，有些像一则煞费苦心编织的童话，郭翠兰还是毫不犹豫当了个继承者。她爱那份单纯，她爱那份春种秋收的丰硕。

驻地中学是该地的一所高中名校，很够级别。挤得进来的学生来自驻地十个县（市），大部分是农家孩子、山区孩子，都是用数理化的高分来弥补英语，英语基础太差。多数农村中学的孩子没学过音标，一双双既天真又惊奇的眼睛望着郭老师的嘴动，半句也没听懂。

语言交流也有障碍。

驻地山区五里不同俗，十里不同天，一座山有一座山的方言。孩子们胆小，声音也不理直气壮，听起来互不搭界，方言里还夹杂一些语法不通的倒装句，难坏了操普通话的郭老师。这不能责怪孩子，但得让孩子们跟上来。

为保证高考升学率，进校学生要经过筛选编班，尖子班由有经验的资深老师带，基础好的轮不到一个新来校的外乡人，两次大筛选下来，留给郭翠兰的学生，英语这一科基本是从头来。这事还速成不了，唯一的办法是见缝插针，给学生们开小灶。这个条件不难寻找，学生们一律住校，早晚自习她抢着要，鼓励学生勤奋努力，无形中拖长了教学时间。“黄泉路”上往“家”走，无限凄凉中，她完成了一次转身，感情上的和认知上的。

她想让学生们通过课外辅导得些提升机会，于是想做一点额外的社会教育，大致有这么些常规途径：

每晚辅导，高效完成每日作业。根据学校当天学习进度，设置相应的学习任务；巩固所学，完成对学习习惯的转型，最大限度避免每日知识负积累的出现。

请专业补习老师设计全方位专属课程，一对一辅导，或开设定制型小班，将学习情况相近的孩子集中到一起，以最适合孩子的节奏进行授课；购买全国性的大型专属题库……

这些，对于她的学生都很实用，可是他们不可能得到这些补益，因为时间挤不出来，经济上也承担不了。

她的学生大部分来自山区，家穷是普遍的。不少孩子连伙食费都缴不上，申请助学补助羞羞的，不敢看人。一时间涅槃不了山里人的宿命，哪里去凑够这笔补课费？

办法，只有自己想。

如果能在校内有间房子，抽时间给他们补点课，会方便得多。她一个外乡人，双休也没个去处。孩子们住得很远很分散，往往要折腾一天才到得了家，这算近的。如果还要倒几次车，两天都打不住，一般除了寒暑假，他们都住在学校。要是她能住在学校，孩子们问点什么，她为孩子们补点什么，都有条件。

郭翠兰无意去做大公无私的圣人，只想做一个称职的教师。

校园很大气。教学楼、学生公寓之外有座书院，如是山东众多兴教之地的杏坛。亭台轩榭，小桥流水，竹影横斜，青莲点点，很有儒学风范。优雅环境的后边，有几幢教师宿舍楼，虽不宽敞倒也功能齐全。近几年，买得起房的教师都去了商品房小区，或分期按揭住进了教育小区。那几幢教师宿舍变成周转房，安排给作为人才引进的双职工。

郭翠兰不属于这档子师资，想争取一下，她第一次向领导提出房子的要求。

领导也有领导的难处。

有人支招：“郭老师，你如果申请结婚，不就是双职工啦?虽说你家那位不是同校教师，底牌比教师硬。驻地可是‘全国双拥模范城’，拥一次军还是说得过去的。郭老师，你就这样去说……”耳语。

这场婚礼相当酸楚。

周转房贴上大红“囍”字，“改头换面”都来不及，就成了新房。“出席新郎”在攻读第一个本科，正准备学年考试，只有

“五一”能抽出几天时间。郭翠兰的父母正在上课，三天假期不够半边旅程，来不了。

李树平的父母说好是要来的，正准备起身往驻地赶，父亲李义元一头栽去地上，还是同村的人手脚快，找了辆拖拉机及时连夜送进医院抢救，保住了半条命。毛病还是随时要人命的心肌梗死。

李树平闻讯哭得像个孩子，哪还有心思去考虑结婚的事？是郭翠兰的同事们（基本是英语教师）为他们撑起这场婚礼。洞房花烛夜，小夫妻俩抱头痛哭老父亲，也不知生死如何？

李义元老先生对我说起这一段相当得意：儿子为他家娶了个好媳妇，郭翠兰这孩子通情达理还能干，经得起事儿。是儿子的婚事为他冲了喜，鬼门关上走过一回，才知道活着就是幸福。抢救过来以后，医生说得为心脏装支架，李义元坚决不让。孩子们都工作不久，没有钱，他们刚成家也需要钱，没给他们一点儿帮助，做父母的已经不好意思，怎么能再为难孩子？

“没装，倒是对了。你看我现在像个心脏病人吗？赚啦，俺赚啦！”李义元笑道。

郭翠兰没有食言。自从搬进校园，她让学生们知道为什么要学英语，怎样去学英语。有时还特意用英语与学生对话，造成一种语言环境，提高了学生们学英语的兴趣。

她的家，随时向学生开着门。

山东姑娘郭翠兰老师给我的第一印象：这人生来就应该做教师。

她偏瘦偏高偏白，清秀文静不特意去跟潮流，穿着简洁朴素无一丝赘物，很有魅力。而魅力又不是因年轻而赋予她的唯一。她语调娓娓动听，表述层次分明，天生的亲和力来自自身的教养，将敏锐智慧都化作“你自己很愿意接近她，而不是她想要你接近她”。

说到动情处，她也会流泪，还会让你跟着流泪。

我和她的第一次单独接触，就是以拥抱在一起，相互为对方揩眼泪结束的。

采访中，郭翠兰是最让我省心的一位。她一点儿都不掩饰什么，也不迎合什么，全部真实都来自于她的坦诚，是一位不同年龄和职业者都可以把她当终身朋友相处的人。

职场军嫂的艰辛

对于郭翠兰，真正的考验才刚刚开始。

2007 年 9 月，女儿李思齐出生。父母正接手新的一个学年的教学任务，来不了。婆母匆匆来了一趟，头天满月第二天就返回了山东。丈夫李树平正赶上第一个本科（南京政治学院行政管理专业）毕业考试面授冲刺，无法抽身。

她不能责怪谁，夫妻俩似乎都在较着劲儿地奔事业。公婆不能来帮她一把，是背负着山东人“孝义”二字的传统美德。李树平的外婆下不了床，得全天伺候。公公李义元委屈小孙女，也不能委屈老岳母。老岳母是他家的邻居大婶，也是他的半个娘。自从两岁死了娘，一家爷儿五口缝缝补补的针线活，邻居大婶全包。姐弟三个在邻居大婶那儿吃饭睡觉的时候，反而比在家里还多。邻居大婶给了他们母爱，给了他们童年的乐趣，大婶家的几个孩子带着他们一起度过童年。其中的一位小姐姐更疼爱李义元，顺理成章做了李义元的媳妇。李义元当了八年兵都没跳出“农门”，已经很对不起她们。他一直拿岳母当娘敬着，怎么可以不管？

妻子——李义元的小姐姐花甲之年后耳朵背，也不放心她一个人去云南。如此这般，只好对不起孙女了。

郭翠兰一个外乡人，轻易不敢将小思齐交给谁，临时找人看管过一段时间，出的麻烦事不少，比自己带还淘神些。

教学任务很重，她还想教出成果。

女儿李思齐才两岁，个儿高，充个两岁半也有人相信。幼儿园是教育系统的，人家明知有诈也不忍心捅破。郭翠兰给女儿穿个“尿不湿”就出门。去幼儿园得爬一个长坡，平原人看那坡如天梯，自行车骑不上去只能推着走，推着推着心绞痛，她还得继续推。

到幼儿园门口，女儿抱着妈妈不肯进去。

那山有一古塔巍巍乎高哉，四串风铃吊四角，不停地发出呼唤，声声听来都像是“不如归去”。郭翠兰第一次起了回娘家去的念头。

当时，李树平的机关与郭翠兰的学校仅一条街的距离。说来未必有人相信，他们夫妻间见面的机会极少，只有点条件在电话中呼一声：“郭翠兰，思齐没淘气吧。”差不多问候、关爱、情话都是它了。

李树平不能准时探视，不能准时探亲。他的工作很忙，又在函授攻读第二个本科学历，时间也不由他个人支配。“双休”是个法定概念，与李树平的工作和生活关系不大。他的具体业务点，一拉就是半个中国，有时是“部落新主”（才新建的帐篷村），有时是“山寨地主”（比较固定的营房）。他官不大，却在一个特殊职务中，常常要向需要他的地方行军礼，两腿一并挺胸收腹，洪亮的一声“报告”代替着多余的话去接手新任务。

他们脑海里全是童年、少年时候对方的样子，成了一家子，反而记不大清楚现在对方长成什么样。

郭翠兰心细柔软而高雅，知识女性的情感也是不容空白的，“爱”可以不那么直白，用优雅的方式表述，更意味深长。她需要高尚无私的爱情，也需要柔情似水的呵护。

可惜，郭翠兰得不到。

向丈夫撒个娇的氛围都没有，那个“傻子”一个劲儿地叫着她的名字，如同他当年在教室里向女生郭翠兰借个橡皮擦。失望中，郭翠兰只有自己把自己往坚毅上靠。

采访时，我曾请李树平在手机中翻几张生活照给我欣赏欣赏。回答很干脆：“没有。”想了一想又说：“想起来了，有一张，以前还真没有。”

一家三口，到过一次上海的迪士尼乐园，留下这张难得的合影。本来是一次浪漫之旅，他硬硬地来一句很扫兴的话，使我往下交流的思维短路。他说：“就这一次，还是为了女儿小思齐。”

李树平，你就不能收起一点架子，温柔一把吗？鲁迅都说过“无情未必真豪杰”，把心放软一点也不会损害你的军人形象嘛！

女儿李思齐三岁那年的雨季，突然在夜里发起高烧。郭翠兰冷敷、冰镇也降不下温来，小脸烧得通红的女儿求妈妈送她去医院。郭翠兰一连拨了二十九个电话，换不回仅离两站地的丈夫。凌晨一点钟，她去敲开邻居家的门借了三百元钱，背着女儿冒着大雨往医院跑。

夜的校园空旷如泅不到岸的黑海，大雨很有作为地在黑海中兴风作浪，母女俩如漂泊在黑海中的孤舟。

医生很责怪这位知识分子型的妈妈，冷着脸说：“都四十二度了，再不送来，这孩子会烧出并发症，你们后悔都来不及。”

一夜没睡，郭翠兰还得赶去上课。

那时，李树平在执勤，做着保密监控，他不能开手机。

严重缺失父爱的小思齐没有安全感，很渴望有个爸爸。

一次，郭翠兰的备课小组聚会，“小拖斗”李思齐搂住一位男教师叫“爸爸”。郭翠兰先是脸红，后是眼酸心痛，背着人哭了，又不好当面纠正女儿叫错了，尴尬地冲那男老师一笑：“请包涵。”

她没给李树平讲起这件事。那人的性格，只会在心里责备自己的失职，嘴上绝对不会说几句安慰妻子和女儿的软话。

早自习晚自习，学校对郭翠兰没有特殊照顾，女儿成了“宅宝宝”。怕她翻身跌跤，就用被子、毯子、桌子、椅子……在床面前筑起一道保护墙。

女儿上小学，成了班上唯一挂钥匙的小学生。才六岁大，她就会踮起脚尖自己开门，然后边做作业边等妈妈。女儿还会在妈妈有早自习得早起的时候，自己穿衣洗漱，在上学的路上自己买早点吃。

孩子越懂事，郭翠兰的心越疼。与丈夫相距不过两站地，倒难住了“苦鸳鸯”，熬吧，熬吧，熬到女儿长大一点儿就好了。

最后那一次采访郭翠兰，我们双方都极动感情。她毫不矫情的自然叙谈文采四溢，兴奋时笑不露齿，伤心时哭不放肆，相当女性，是个做妻子的上乘人选。看得出来，他们夫妻都是对方的唯一。他们像一对你追我赶的好学生，论业绩，都对得起对方。

教师，尤其是一个高中英语教师的压力，局外人想都想象不出来：备不完的课、改不完的作业、讲不完的习题，准点进课堂，迟到一分钟都不行，为人师表还得衣冠楚楚，举止大方，随意不得的。

李树平就更难了。

这人上进心特别强，工作更换频繁。才适应了当基层主官，一道命令又让他去搞技术。军事技术可以使人着迷，也可以使人着魔。刚摸出点儿门道，又命令他去做侦察保卫。这差事无上光荣，却要了人的全部智慧，有些“地下工作者”的味道，十八般武艺都得学，连左道旁门也得知些皮毛。刚干出点眉目，首长见他稳重干练，能谋能算能说能写，又是一道命令，让他去做政工干部。

我见到李树平时，他已获得军事硕士。“春风得意马蹄疾”，他用一大堆文凭、一大堆获奖证书回报妻女和老父亲。

妻子何尝又不是。

郭翠兰已成为学校的业务骨干，英语基础那么差的生源，她竟然教出了驻地高考英语单科前十名的学生，得了一笔奖金。我和郭老师的最后这餐饭，是郭老师用奖金买的单。

郭老师从教十二年，桃李满边疆，都是些优秀种子，他们将会为边疆的发展作出积极贡献。

女人总是爱动感情，最后这一次采访，我俩都免不了流泪。她为她的优秀教师和优秀军嫂流泪，我为曾经是教师“家属”那几十年的付出流泪。比起郭翠兰，我又不该叫屈，她是风雨兼程两个角色一肩挑。

郭翠兰的担子现在可暂时减负。李义元的岳母娘寿终正寝，老两口可以抽身来照看小孙女。一对奔七十的老夫妻，大病小病都常来光顾，大力气是出不了的，但还是帮了不少忙。

职业妇女做人妻难，做军人妻更难。她们的核心价值，恰恰在两难中闪烁出艳丽的光辉，成为军旗下的一朵朵太阳花。

军人家风

小 引

2013年9月，中国共产党成都军区第十一次党代会上，一位来自基层名叫高云的二十九岁文职女军官的发言，让代表们耳目一新。她发言的主题是“当前官兵心理健康状况和对策”，有理有据，普通话也少口语，获得个满堂彩。与会者对这位发言人很感兴趣，休会期间纷纷在网上搜索这位女军官的相关信息，发现此人的文章在《成都军区政工网》《中国军网》《青年军事》上都有转发报道，比如《非战争军事行动后勤保障的特点及对策》《应征入伍新兵心理健康状况调查》等等。很有意思的是，高云的丈夫，某部司令部侦察科科长成泰宏，回应了一篇题为《边防军嫂从军行，带来幸福正能量》，也同时在几家网络媒体转发报道，妇唱夫随的炽热，很让人心动。一般情况，人们都习惯夫唱妇随，“天”字出头“夫”为主是中国人的传统。

党代会上仅有十余位女代表，若论资历，女军官中高云年龄最小。文字那么老练，论点那么新颖，不由人高看她一眼。这一眼很让男子汉们吃惊，此人一双明亮的大眼睛挂在脸上，春光绽放，多少带些天真可爱和梦幻，适宜写童话寓言文字的年龄，却向军事心理理论领域靠拢，很不简单。

高云现职是某军分区干休所的护师。和平年代，能关注这种单位的人很少，难免被忽略。高云居然在层层筛选、群众投票淘汰中，荣耀地成为一个大军区的党代会代表，总有她的过人之处。

我是这样想的，列为本书写作对象，相关单位将她定位为优秀军嫂，总觉得不太全面。她的军人身份呢？她的职业操守呢？软磨硬缠了一些时候，光是她现在服役的干休所，我去过不下六次，接触和采访过的不止十人。这时我才有底气来写写这一枝战旗下的军营花。

小时候　妈妈说

高云佩戴着“国防动员部”的臂章，隶属军委国防动员部领导管理。关于这支部队的性质，我始终没弄懂，猜想大多数人也和我一样没有弄明白。不懂和不明白，也无损于我们对军人的崇敬。

我是直奔部队家属院高云的住家去的。高云看来人缘很好，几个老太太带着我从办公楼直接去家属院，也不问问我找高云干什么，好像我是她家亲戚似的。

开门的是个小男孩，这家没有一个大人在。

小男孩在饭桌上练习写字，一笔一画交代得很清楚，间架结构也相当规范。我夸他："你这字写得比我的都好。"

表扬对一个小孩很重要，果然他对我就放松了紧张感，带着我参观了他家的几间屋子。间间屋子都干净、整洁，如是军营。

小男孩说："这张床是妈妈的。"

小男孩说："这张床是我和外婆的。"

我说："你爸爸睡哪儿?"

小男孩说："爸爸睡在他自己的军营。"

我说："你为什么不跟妈妈睡?"

小男孩说："不可以的，妈妈天天早上要出操，我从小就跟外婆睡。现在我还不敢一个人睡，到我再大一点，我就自己睡。"

小男孩为我打开了他未来的卧室。

小男孩居然会为我泡杯茶，双手捧来我面前，令人动容。

高云曾在电话里对我说，儿子内向，恐怕我问不出个什么。高云太小看了儿子，八岁的儿子已经很会表述，我让他讲讲他的八岁"人生"，讲讲他的父母。从一个细节跳到另一个互不搭界的细节，整理出来如下：

太小时候的事他记不清楚，记事开始他身边只有外婆。爸爸总是不在家，妈妈也经常不在家。上幼儿园是外婆接送，那是一段相当开心的日子。同班有个女生和他同年同月同日出生，叫什么名字他记不起来，只记得她长得很好看。每年生日这一天，他们一起吃蛋糕，一起拿饮料学着大人们“干杯”，互相赠送礼物……可惜后来因妈妈工作调动，他们不能再一起上学了。

爸爸虽然不常见，却非常爱他，每次回家，总是把他架在脖子上去公园或者到别的地方玩儿，给他讲好多好多有趣的故事。妈妈也非常爱他，但却很“厉害”，作业哪一点马虎了，妈妈的眼睛睁得像两粒黑珠珠，快掉下来了，很吓人，比老师都凶，他有点儿害怕。

小男孩讲着讲着就把话题跳到外公身上，更像一则童话。

外公不跟他们住在一起，外公有一座自己的小屋。小屋前后都有院子，前院外公种满鲜花，五颜六色的花朵间，有蝴蝶、蜜蜂飞呀飞，快活极了。后院外公种上菜，小畦小畦的菜鲜绿鲜绿，也有蝴蝶和蜜蜂，蝴蝶是白色的，很小。外公在前后两个院子里忙得像个不知疲倦的老将军，或者是个国王，他相当相当……小男孩一下子找不到词来形容，拐了一个弯——可是，外公一回到我们这个家，他不快活，我们也不快活，最怕外公的是妈妈。一见面，他们好像都变了个人似的……

正聊得热闹，小男孩的外婆回来了。小男孩知道没他多少发挥口才的机会了，乖乖地去做作业。走走想想似乎觉得还有要紧的话没对我说，回过头来用非常大人的口吻说：“我叫成昱蒙，上小学三年级，是全班同学投票选出来的‘勤学励志少年’，几十个同学中就我的照片挂在校门口。妈妈的大照片也挂在校门口，她被学校评为‘家校共育模范家长’。”

高云的妈妈叫揭建红。姓“揭”的人不多，她细心地给我将名字写在笔记本上，很认真。半月前，在和女儿、外孙去蒙自探亲的路上，她曾接到过吕君的电话，知道我的来意，有思想准备，采访很顺利。

揭建红的父亲是南下干部，浙江桐庐人。印象中那儿离富阳和诸暨都不远。富阳出文人学者，诸暨出美女。揭建红的父亲想来是位风流倜傥的美男子，女儿多数遗传父亲，年近花甲的揭建红还风韵不减，想来她父亲的颜值低不了。

南下干部多数是热血青年、知识分子，为支援云南在新中国成立初期补充的干部队伍，是一批很活跃的人。人们习惯于在他们知识分子的身份前边加上一个“小”字。

南下，南下，揭建红的父亲下得一步到位，都下到云南边境线盈江了，最后从行政干部改行到国有农场做经济工作，是最先接触“外贸”的先行兵。二十世纪五十年代，国有农场来了几批支边垦荒队员，其中一位安徽当涂来的女孩，做了揭建红的妈妈。这情景，有些像苏联共青团员开发西伯利亚，革命加浪漫，很有故事。到揭建红长成大姑娘，农垦已转身为当年最具吸引力的知识青年部落群，变成建设兵团，自诩“土八路”，是一个社会职能齐全的小社会。这个群体人才济济、五湖四海、口音杂乱，热闹而新潮，名气很大。到大批知青返城，老农垦们已儿女成行，仍然很有人气。揭建红当年在小卖部当售货员，后来经济一统，划归地方供销社。在计划经济时代，供销社仍然是个很吃香的单位。

揭建红没吃过多少苦，让她吃尽苦头，是在做了军嫂之后。

兵团附近有一支戍边部队，官兵中单身汉很多。地方政府觉得应该为他们解决一下个人问题，让军队与兵团组织联谊会，联着联着就成全了些好姻缘。高云的父亲高家鹏就是他们中间的一位。高家鹏当时是个副连职干部，各种乐器都会玩又一样不精，营造气氛“拉歌”，他是啦啦队队长。“兵团的，来一个……”他声气特别洪亮，手势也孔武有劲。

高家鹏仅仅读过三年小学，娶了吃皇粮的高中生揭建红，原因不在于高家鹏多么优秀，而在于他乡遇故知。这个“知”有点生硬，揭建红的母亲家与高家鹏的老家都在皖南，说的都是徽调。老乡见面自然亲，这婚事很顺利。

1984 年 8 月，军民同享露天电影《高山下的花环》。露天电影当年是大众的节日，又是刚出厂的新片，观众被剧情感动，哭个稀里哗啦。两个月大的高云被母亲揭建红抱着看电影，这是她人生第一次接触“战争”。

电影刚放完，广播响了：“五连官兵紧急归队！”

军嫂们又惊又怕又慌，心跳跳得一个也没睡着。当兵的人一旦“紧急归队”，总是有任务。

天还未亮透，七辆大卡车把一个迫击炮连队的官兵、军械全部拉走，还有他们的行李和锅碗瓢盆。古战场对此种行动有个专用词汇叫“拔寨”。

揭建红抱着两个月大的女儿，一点儿主意也没有，丈夫去向不明，又没留下一句话，哭得一家人没了主张。揭建红的父亲说：“我跟着去，一定会弄个明白的。”

高家鹏的老岳父陪着女婿上前线，七天七夜赶到战火正烈的边防前线者阴山，参战是必须的。

高家鹏曾经做过什么官，揭建红不知道，做个好军嫂管好女儿和家，已经很累，追名逐利没必要。揭建红清楚地记得，第一次去前线探亲，住的是猫耳洞，一声炮响震得两岁多的女儿高云哭着叫着抱着妈妈不松手。猫耳洞会渗水，滴滴答答不断线，高云伸出胖乎乎的小手去接滴水，一个劲儿叫着：“妈妈，拿伞伞来，下雨啰！”

1988 年，高家鹏已在守备一师八里河东山独立二营任教导员，更没时间回千里之外的盈江探亲。为解决两地分居，部队安排家属随军，揭建红在八里河山区做了供销社售货员。这是一个苗族聚居地，不通公路，说是与丈夫同居一座山，闻得着硝烟味却见不到丈夫本人。来供销社的多是购物的苗族人，他们没有多少钱购物；供销社也没多少货可供，凭票供应的盐巴、煤油从早卖到晚，小桩小桩的盐和煤油要称要量，累得她两个膀子都疼得举不起来，散碎毛票要数到半夜。

当地政府（不会超过乡一级）是拥军模范单位，见军嫂拖个孩子干这活很吃力，就把揭建红安排去了文化站。

这份活儿，也不轻松。

文化站只有揭建红一个人，山区不通邮路，文化站得管报纸杂志书信的递送。

高云清楚地记得，妈妈后背驮个大背篼，前胸吊个花裹背，背篼里是书报信件，裹背里兜的是她。

麻栗坡雨多雾多，小雨似雾，雾是小雨，烟似的飘飘洒洒。妈妈两只手都不得空，一只手用来攀崖攀树，一只手用来撑伞。母女俩爬壁如画，像一朵突然间冒出来的大脚菇，魔幻、童话、现实兼具，有很强烈的镜头冲击感，可惜没一张照片存念，只能母女俩有时在闲聊中温习一番，怪有情调。

父亲长个什么样，高云小时候没记住。

有一段时间，他们全家住在猫耳洞，基本见不着父亲本人。父亲出勤，高云还没睡醒；父亲归来，她已经睡着了。有时，梦中被一声声“报告”惊醒，别的军人向父亲报告，父亲向别的军人报告，双方都是一脸的严肃，高云有点害怕，正眼都不敢瞧。

猫耳洞没有邻居，没有小伙伴，小高云就爬在峭壁上数石窟（猫耳洞），数来数去没数清过。后来高云在文山上学，每年学校都会组织学生去麻栗坡烈士陵园扫墓，她像当年数猫耳洞一样去数陵墓，数来数去还是没数清过。

揭建红觉得这样下去，对女儿的成长不利。没个玩伴也不是什么大缺陷，但是猫耳洞阴凉潮湿，对女儿的健康也有影响，一犯感冒就像老人支气管炎，喉咙会发声。不得已，高云被送去了外婆家。

开始时，高云哭着找娘。

揭建红去接高云回来上学时，女儿哭着不认娘。她在女儿屁股上狠拍了两巴掌，硬拖着走人。

高云从小到大挨过妈妈多少巴掌，数不过来。妈妈越打她，她就越离不开妈妈，亲热妈妈，直到现在。

揭建红跟着丈夫的调动而调动，三十六年转下来，流动了大半个云南。

我问揭建红："夫妻恩爱不恩爱？和谐不和谐？"她笑得一团和气地回答我："这样问你就外行了。军人家属间不兴谈这个，稳定就是恩爱，平安就是和谐。"

丈夫高家鹏现在的学历是大学本科，经常在女儿面前拿这事说事，母女俩相视一阵嬉笑之后，还是很佩服的，但绝对不能当面表扬，那是一篇部队惜才的奇文，只可意会，不可言说。

高家鹏在前线的五年，是一段惊心动魄的经历：

政治思想工作做得好；

迫击炮射得好；

营地环境打理得好；

联系群众军民关系搞得好……

部队领导看高家鹏是个做思想政治工作的人才，可惜小学学历在已经很重视文凭的背景下，提拔有点难。

也是他撞上大运了。正好有个西安政治学院的招生名额，组织推荐高家鹏去，但得过文化考试关。领导找高家鹏谈话，有鼓励，有期望。高家鹏说死也不进考场。

当时，宣布参加报考的人有三位，那是公布过了的。

高家鹏说：“首长、领导，你们饶了我。他们俩的在校学历都是高中毕业，我这小学生去跟人家同场竞技，别给咱部队丢脸，别让我以后不好见人。”

领导拿高家鹏没办法，这人是一股气从头到尾，人称一根筋，只好来硬的：“这是军令，你得抓紧时间复习准备进考场，只要去考试，你就完成了任务。”

既然是军令，当然要服从。

无可奈何，他向妻子揭建红求助：“高中生，帮我一把。”

长大后　爸爸说

为采访高家鹏，我等待了半个月。

这人很忙，五一前在北京参加“老战友合唱团”邀请赛。我们通过一次电话，讲的时间不算短，可我不知道他说的什么，他大概也不清楚我讲的什么，通个气而已。好不容易得到高云的通知：周三下午三点，干休所会议室见。

采访这事，我现在不大有主动权。记者还好说，采访后有条新闻或者一幅照片上报，好交代，双方都够面子。作家采访是要听人家讲故事，这故事用在何处，连我自己都说不清楚，也就别怪人家不肯讲了。终于等到约定的日子，我兴冲冲赶到会议室。那天天气突变，一雨成冬，我随手拉了件孙女的毛衣（旧的），女儿留下的风衣（旧的），草草上阵。采访还要注重行头和修炼，我还是头一次如此，怪不好意思。一见高家鹏那身行头，我就更不好意思。我寒酸、狼狈，给女作家们丢脸大了，请海涵。

高家鹏是精心打扮过的：头发又黑又亮才理过，纹丝不乱；皮鞋锃亮还潮；一件簇新的红色休闲外套；军衬衣一个皱折都没有，既潇洒又大方，很郑重，很老练。他第一句话就让我接不住："听说你从昆明来，住处我来安排。"

绝对的政治部主任口气。人啊，官一旦当久了，腔调就变不过来了。这次采访我一律低调，此书我没底气，完不完得成都还悬，何苦去麻烦人家？所以食宿基本自理。

我用很短的时间调整心态，制定了采访基调：这人不是我要求他怎么说，而是他要求我怎么听，抓住兴头鼓励他多说，千万别打断他的话，就当听一次政治报告吧。

三个小时，基本是高家鹏一个人在说。

晚饭时，他对他的合唱团战友、我的小妹刘亚萍说："这位姐姐朴素而文静，很有知识女性的涵养。你看她这一身，找不出来一丝多余的俗气。”是骂我，还是夸我？

刘亚萍也是写作中人，懂得抓住机会调动气氛，幽了一默：“高主任，我姐是被你吓着了，不敢穿不敢野不敢多嘴，她泼辣劲儿上来，很疯，您接不住。”

高家鹏1954年出生于安徽含山一农民家庭。这个家上一辈人有个很落套的故事：开着豆腐坊、粉坊、糖坊三个小作坊，“三坊”小老板家道小康有薄田。那个年代，社会动荡土匪猖獗，认为“高三坊”是块肥肉，有油水，在一个月黑风高的夜晚，绑了老板，一把明晃晃的尖刀穿张纸条栽在大门上：要命就拿钱来。

赎金多少？高家记得清的人都先后作古，据说整个家当卖了也凑不齐那个数。高老板明明白白被绑走，不明不白死无葬身之地，后人清明祭祀都找不到招魂处，只好找个岔路口草草完事。到高家鹏出生，这一家子人属于革命依靠对象。高家鹏到了该上学的年龄，在自然灾害横行的1960年，当地老百姓管那个时期叫“饿肚时期”，学上不了。到勉强能填饱肚子，高家鹏迈进学校门时，比同班同学高出一头。才读到小学三年级，母亲又为他添了弟弟，爹娘要养活五个男孩，这书高家鹏再也无法读下去。下地劳动，他一天可挣六个工分，合人民币三毛钱。

小伙子挺会总结人生。

他们那个地方，现在打出一个响亮的招牌“中国诗歌之乡”。

人家也没无中生有。唐代诗仙李白曾到此一游，留下不少经典之作，并在离此不远的马鞍山醉捞江月，在浪漫中完成了“成仙”梦。流传民间的李白故事和李白诗篇，多少被当地人口语化，像些顺口溜，高家鹏捡来为自己立了个奋斗目标：

扛着锄头到地头
汗流浃背没劲头
想想前途没奔头
创造条件到部队头

算他运气不错，二十岁那年，如愿参军。要说动机，谈不上高尚，倒也实话实说没唱高调。只要进了军营，他将服役的部队，会使一个个士兵在锻炼中脱胎换骨，健康成长。

老天眷顾，他应征到上海警备区，直接分到“南京路上好八连”服役。

这个连队，从硝烟弥漫的战场，于 1949 年直接开进南京路，将毛泽东思想定为连队政治思想的坐标，“夺取全国胜利，这只是万里长征走完了第一步……务必使同志们继续地保持谦虚、谨慎、不骄、不躁的作风，务必使同志们继续地保持艰苦奋斗的作风”被很好地落实在行动上。八连以两个“务必”建连队，成为全军的一面旗帜，1963 年被国防部命名为“南京路上好八连”。

当年，电影《霓虹灯下的哨兵》不知感动和教育了多少人。

高家鹏也当过哨兵，那是后来的事。他到连队的第一个“专业”是养猪。这活儿他驾轻就熟，在农村就帮妈妈打过下手，他上手很快。正规军装套个大围腰，一点儿都不“行伍”，猪却养得非常好。他吃苦耐劳，脚勤手快，将猪圈打扫得如营房，猪也被他训练得像“战士”一样听话。

养了两年猪，高家鹏没逛过人称“十里洋场”的南京路，没闹过“香风”，倒被无上光荣的荣誉感武装得满满的，连队发给的三件宝——自糊信封、理发工具、针线包被他玩得顺顺的。这一切，都被连队领导看在眼里，觉得他是个吃苦精神很强的好苗子，派了八名战士为他补习文化课，目标还是很明确，让高家鹏在“好八连”“小学毕业”之后提副班长。由于样样都表现得既朴实又细致，还爱帮助别人，他被上海警备区树为“学习雷锋积极分子”。这荣誉的档次很高，他成了“好八连”的优秀士兵，有人拿他当楷模了。他语文成绩尤佳，居然能背诵默写 1963 年 8 月 1 日毛泽东为连队写下的光辉不朽的诗篇《杂言诗・八连颂》。

写到此，我对毛泽东的敬仰比当年背“语录”读“老三篇”还要虔诚。

毛泽东一生写过许多文采飞扬的诗词，“中国古诗词大赛”也加进了毛泽东诗词的内容，可见他的文学地位不让历代文豪们。毛泽东的文学造诣，让不少自诩文章里手的人汗颜，大气磅礴、非同凡响、风调独绝、文情并茂，而气魄之大，难以企及。

伟人兼文章魁首，毛泽东应该那样写。

《八连颂》像学儿开蒙的“三字经”，高家鹏拿它当座右铭，军旅生涯还有什么克服不了的？敬之，崇之，爱之，我终是不舍。此诗那么朗朗上口，通俗易懂，思想内涵几乎可以作为本书的主旨，抄录于此，供读者共享：

好八连，天下传。为什么？意志坚。为人民，几十年。拒腐蚀，永不沾。因此叫，好八连。解放军，要学习。全军民，要自立。不怕压，不怕迫。不怕刀，不怕戟。不怕鬼，不怕魅。不怕帝，不怕贼。奇儿女，如松柏。上参天，傲霜雪。纪律好，如坚壁。军事好，如霹雳。政治好，称第一。思想好，能分析。分析好，大有益。益在哪？团结力。军民团结如一人，试看天下谁能敌。

“好八连”没有辜负党和人民的希望，在国家重大事件中，一直没有缺席。

1979 年，云南边境保卫战打响。“好八连”人人摩拳擦掌写请战书、血书，一心想奔赴祖国最需要的地方效命疆场。那场面，高家鹏讲得像一次战前动员，我似乎能听到疆场上的奋蹄声。我设想，小高云从小到大，不知听出多少种步伐声。

在这场动员中最后挑选七名优秀士兵到云南前哨，他们带来了“好八连”的优良传统，在部队都很出色，全部提了干。七人中，高家鹏的“官”最大，在一个军分区政治部主任的位置上（副师级）解甲，人们现在叫他高主任。

高家鹏这一路走来，阅历丰富、成绩斐然，还顺风顺水。

他三次参战喜荣归，其中的一次深入敌方执行特殊任务，时间虽短（十六天），却不辱使命，足以彰显国家意志。

他多年从事基层主官工作，注意抓好干部的“传帮带”。经常深入基层，为连队干部的培养做了一系列的调研，提出很好的建设性意见。他几十年不丢“好八连”的优良作风：自带背包、碗筷，与战士同吃同住同巡逻，情满边关。他与官兵一起开荒种地挖鱼塘，解决菜篮子问题，很受官兵欢迎。他爱兵如子：为无法上学的孩子找学校，以情动人；为没住处的家属协调房子，以理服人；将生病的战士护送至百里之外求医，以诚待人；帮脱岗受罚的小战士走出困境，以志励人……

此类事，高家鹏做得自然、琐细、认真：什么穿针引线缝被子补袜子；什么理发修椅子桌子，如是当年的雷锋。尽管“婆婆妈妈”，并不影响他的军人形象，阳刚气十足。

高家鹏在过的单位，对他的评价口气相当一致：

政治思想坚定；

思想道德纯洁；

理论学习刻苦；

工作作风扎实；

自身形象过硬；

政绩实绩突出。

他先后荣立过三次三等功，被评为成都军区“优秀旅团主官”、云南省军区“优秀党务工作者”……地方性质的表彰之多，连他本人都记不清了。

在女儿高云眼中，父亲并不怎么样，至少对亲人有失关爱。

祖母三次大手术直至倒床，父亲没有一次回老家安徽含山在祖母面前递过一杯水，送过一口饭，总是说工作忙走不开。离了你地球就不转了？

高云还记得小的时候，家住文山城时，妈妈生病一周起不了床。她人小，送不了妈妈进医院，煮不熟饭给妈妈吃，又不敢打电话给父亲。作为高副政委的父亲有铁的纪律，凡家事都自己解决。邻居看不下去，打电话“请”父亲回来了两天，把妈妈送进医院住院，他们就跟着妈妈吃“营养餐”。高云正想问父亲妈妈的病怎么样了，一转身，父亲回团里去了，连声招呼也没打。她虽人小，也知道那声招呼是不该缺少的。

父亲回家休假，小高云更遭罪了。父亲不会陪她玩、不会讲故事也就罢了，还老是板着张脸给她讲一堆大道理，听得她打瞌睡。

2001 年，高云遂了全家人的心愿考上军校，父亲决定亲自送女儿到学校。高云心中暗喜：父亲，我严厉的父亲，总算温柔了一把！没想到，父亲的纪律又出来了：不准乘飞机，不准买卧铺票，只准坐硬座。

父亲说：“咱们不缺钱。”

父亲说：“咱们务必……务必……”

又来了。“好八连”的两个“务必”又来了。

父亲不是以家长的身份送她去军校，而是以军人的方式送军人“出征”。到了军校，高云也算是正式踏进军营了。

军嫂那年二十二岁

认识高云的人，无不称赞她是一位爱岗敬业、爱国奉献的合格军官，而且是同事、朋友、亲戚、邻居眼中的热心人。更是一名舍小家、顾大家、讲孝顺、识大体的光荣军嫂。在她的身上集中体现了中华民族尊老爱幼的传统美德，体现了当代女性无私奉献的高尚品质，她是一个追求事业、情系国防、建设和谐家庭、推动社会和谐的典范——这段文字，来自于有关高云的唯一一份文字资料。

这段文字，很让我头疼。如果填在一份什么表上，绝对合适，放在一部文学作品中，很难记在人们心上——过于高大全。

一个三十出头的女孩，她扶得住吗？

一个人的成长，与环境、家庭、血脉遗传密不可分。在高云的身上，我处处发现其父高家鹏的影响力。尽管这对父女从未有过温和的交流、天伦的温馨，女儿自小就不会在父亲面前撒娇，父亲一个眼神就会吓住女儿撒不起娇来。女儿很想撒撒娇，父亲也渴望享受女儿成长的滋味。有时，在街上看见一对亲密父女手挽手，父亲会说："他们怎么能那样?"

女儿说："那样是正常的，我像个小勤务兵跟在你后边，不正常。"

高家鹏在军队做政治工作的时间太久，习惯于当政工干部那一套。他总以为自己在家里也是政委、政治部主任，说话的口气、思维的方式变不过来，概不知道亲情间的平等、琐细、随意。因为营造不出轻松的家庭气氛，家庭氛围有点别扭，带来的平衡后果是各领一块天地。女儿随母亲住军营家属区，父亲经营他的小院，都给对方留够空间，相安无事，无事就和谐，蛮好。

高主任的退休生活相当丰富，他以一首《解放军进行曲》入选地方"老战友合唱团"，放下身段与各行各业的退休老爷子、老太太为伍，登台表演的机会多。他们唱到昆明，唱进北京国家大剧院，获得"明星金奖""群星奖""最佳组织奖"。高家鹏唱高声部，又是组织者之一，一下子又找回当年部队主官的感觉，很有成就感。

那天，应我的请求，高主任在我面前大大方方露了几句：向前，向前，向前，我们的队伍向太阳……

忍俊不禁，我一下想起《霓虹灯下的哨兵》中，那位指导员双拳交叉脚踏节拍的指挥场面，很耐人寻味。

高主任的“老战友合唱团”平均年龄六十五岁，活跃了业余生活，让七彩夕阳的云霞永不落山。

从此，高主任一三五上午练合唱，二四六上午爬山，下午养花种菜，周日打扫卫生，相当充实。这人怪了：没有他不会的家务，拒绝妻女照顾，肩扛部队老传统，《八连颂》始终是其座右铭。

这对父女表达情感的方式很特别，他们都深深爱着对方，却谁都不会口头表白。高主任让我转告女儿几句话：他欠女儿很多，没为女儿洗过一次尿布，没送女儿上过一次学，没参加过女儿一次家长会。女儿比他有出息，不到 30 岁就选上大军区党代会的代表，还获过不少荣誉，很给他这个父亲争气。

我一个字都不拉地传递给高云，高云想哭想哭的样子，像是很感动。回报父亲的礼物，是一份整理得很清楚的父亲的求学史：

文盲入伍（父亲说他读过三年小学）。指导员安排有文化的战士为父亲补习文化课——1974 年至 1978 年补习小学，1979 年补习初中，1985 年补习高中；

1990 年至 1992 年在西安政治学院脱产读秘书专业；

1998 年参加中央党校本科班学习。

没有深深的情感，谁家的孩子会这样留心父亲的求学履历？我的感觉，高云对父亲的情感将崇拜与亲情纠缠在一起，这爹可敬不可亲，当然是从小得到的父爱太少造成的，多少有些委屈。

所以，当高云自己有了孩子，不管多忙多累，一旦有了假期，她都驱车上千公里去探亲，让孩子感受到父爱如山。

其实，高云是父亲最好的继承人：那份纯洁的信仰，那份永无止境的努力，那份不带一丝杂念的政治热情……

2004 年，云南蒙自军分区分配来了才从军校毕业的一位叫高云的女护师。按政策，高云可以留在省城昆明工作。父亲退休，归宿安排在昆明，还分了一套福利房（有房产证）作为高主任的安居窝，独生女理所当然应该留在身边照顾父母。

高云说，想去基层锻炼锻炼。

父亲说，这才像我高家鹏的女儿。

军分区机关突然出现个年轻漂亮的女护师，相当吸引人的眼球。何况高云涉世不深，一双大眼睛干净清丽，纤尘不染。军装相当抬色，尤以女性为胜，那身军装让女孩秀而有骨，关注的人很多。

军分区机关的年轻人不多。年轻人不管在什么地方，都会自我创造出一些适合青春萌动的小气候、小环境，找个机会聚一顿、饮一通，聊聊意犹未尽的话题。高云是个后来者，无一例外被邀请。

成泰宏也是单身汉。这人成熟，事业心特别强，基本不参与这份闹着玩的聚会。无意间参加过一次，觉得“他们”也很有意思。高云的单纯更有意思，他却并没多往别处想，一个渴望伙伴的小女孩而已。成泰宏年长这群人几岁，很能把控场面，无形中当了一次“青春恳谈聚会”的主持人。

高云初时与这群人相处不大自在，后来发展到很自在，多半是冲着成泰宏的“点石成金”去的。高云虽然单纯，现在的年轻人开窍早，女同学们也讨论过恋爱、婚姻、家庭诸类话题，大致有这样的体会：婚姻与恋爱的本质区别，在于恋爱可以寻找让你动心的人，让你只做花的梦不考虑结什么果的人；婚姻恰恰相反，光做花的梦行不通，得考虑这人是你需要的，还是你留在怀念中的。爱情是鸟，鸟不愁无路，因为鸟的路在它的翅膀上；婚姻是脚，脚就怕路不好走，没有路怎么能够体现脚的价值？所以，婚姻必须有地气养着。

高云的口才是大家公认的，大型演讲比赛一等奖得主。她思维逻辑性强，天生是个辩才。她对这种小女生的私房话兴趣不大，她的婚恋观很单纯：出生军人家庭，在军营长大又读军校，之后在军队服役，社会太复杂，她怕处理不好人际关系，最好还是找个军人做丈夫。

成泰宏进入高云的预备对象，很大程度来自于他年长，给高云弥补着父兄般的感觉，欢悦、幸福、微妙。

蒙自城中有个南湖，南湖周围文化元素很稠：西南联大文法学院旧址、云南第一家银行、民族剧场、图书馆、文化馆……成泰宏先到蒙自几年，一路讲来都很有学问，讲得高云一愣一愣的，很佩服。南湖宽敞疏落，树荫下多休闲椅，走一阵、聊一阵、坐一阵，一天聊下来都不累。聊着聊着，两人发现他们的共同语言很多。小女孩居然装着一肚子墨水，成泰宏再也不把高云当新兵蛋子看。平等交谈，细心呵护，让高云有种被人宠着捧着的安全感。

什么事，高云都习惯于向家里“报告”。

母亲心疼女儿，怕女儿走她的老路，军嫂这么重的家庭负担，女儿承受得了吗？

父亲热爱部队，说出来的话很崇高，父亲说：“军嫂是光荣的，正因为有千千万万的好军嫂无私奉献，广大官兵才能安心服役，献身国防，我们的钢铁长城才更加巩固。”（揭建红，你听见了吗，高家鹏在夸你呢！）

成泰宏却犹豫着、挣扎着，两个家庭的差距实在太大。

高云出身军队干部家庭，还是师级，在一般人眼里是“高干”。成泰宏那个家，就有说不出的寒酸。

高家鹏主任对我说过一句话：“成泰宏家穷。我第一次去成泰宏家，路遇泥石流，差一点酿成大祸。成泰宏处理得当，车虽报废，人倒无恙，他沉着果断遇事不慌，是个当基层主官的好苗子。”

成泰宏出生在云南镇雄县的一个农民家庭。

1998 年，我曾参加过省上组织的项目扶贫调查小组，到过此地。今日翻翻陈年日记，有一段感受刚好用上。

镇雄有“三累”：领导干部累、土地累、女人累。三累皆因人口负担过重所致，全县众多的人口，放在全国也可以称得上是

“大户籍”。民国年间，曾有乡土诗人这样描写镇雄：

桥锁东流日向西，
屏山高耸众峰低。
三千世界无尊坐，
十万人家玉笋围。

十年前，镇雄人口最密的村寨每平方公里四百二十七人，而那时云南省每平方公里的人口仅仅九十五人。人多只是成为国家级贫困县的原因之一，更甚的是自然生态恶劣，冰雹、洪涝、山体滑坡、泥石流等等，不分季节地骚扰。镇雄坐落在乌蒙山中，气候恶劣，民谚说：“乌蒙山戴‘帽’，东边不‘雹’西边‘雹’。”可见，镇雄是个灾害频繁的县，无灾不成年。

镇雄地处四川、贵州、云南鸡鸣三省交界地，是滇东北重镇，历史悠久。西汉建元六年（公元前135年），汉武帝置县至今，已有两千多年历史。高原之墙做了四川盆地的屏风，紧邻的四川风调雨顺，镇雄却暴风骤雨。在镇雄人的口语中，找不到属于云南的母语，两千多年前犍为郡（四川）留下的“三川半”口音，常让人误认为他们是四川人或者重庆人。

高寒地粮食亩产低，人口却无端多，使这里国家年年扶贫年年贫。

众多的镇雄人涌进昆明打工，形成了一个庞大的群体，江湖地位很“牛”：他们聪明机智，他们吃苦耐劳，他们思想活络，他们骁勇团结。生存能力之强大，我很是领教过些时候，现在还在继续领教。

成泰宏从不对高云隐瞒家境，说的还很仔细，对她是打过“预防针”的。但是当高云第一次实地一游（关系不明确，认认同事家门，当然也有考察的意思），还是被刺痛了。

那气候就不友好。

冷风，声色犬马生出种种叛逆，割面如刀，掀衣如恶手。大大一片岭上平地散乱的农家，似村似寨似集镇。房舍边，常有高大的树木独立寒天，叶也没有一片，光秃秃的枝干搁置几个鸦雀窝。天上有云，云上有天，云和天层次分明互为陪衬，疑是到了塞北。只有塞北，才能够制造出这种浑然的苍凉。

一户人家一间房，一张床，一个极大的煤炭炉子，一堆洋芋，几挂苞谷，除此之外再也没有别的了。煤炭火炉边，大人孩子围着取暖烤洋芋。洋芋在镇雄的地位很特殊：菜是它，主食也是它。烤洋芋很香，刨出子母火灰用根筷子刮刮喂进嘴，灌几口茶，差不多顶得上正餐。这地方的水质含氟量重，喝得男女老少的牙齿起黄锈，张嘴一口黄牙，再温和的人也显出几分野性。

房子多草顶，或者石棉瓦顶。

成泰宏的家境，很随大流。

高云初次到此，听说成家来了个漂亮的女军官，热情的邻居们不请自来。高云相当大方，一律笑脸相迎。

成家的与众不同，在于孩子少，只有兄妹四人。其他人家的孩子一串串，多得分不清谁是谁。成家的与众不同，在于再穷也要让孩子读书，无一因家贫辍学者，个个读书都很上路，都是“考得出去”那种苗子。

这一家人让高云动容的是亲和。

没大没小都放松到想说什么说什么，穷欢乐也没拿高云当外人，幽默风趣笑声不断，太轻松了。高云何曾享受过这种家庭乐趣？这家人还都在自觉地印证民间一句熟语：家贫出孝子。爹娘孝顺他们的爹娘，儿女也孝顺他们的爹娘。成泰宏就带了个好头，迟迟不动婚姻，他想多帮扶家庭几年，他那身份，他那收入，在村子里“显贵”。

2006 年，高云满二十二岁，两人步入了婚姻殿堂。

素描高云

婚后，两人都以独立的姿态出现在各自的工作中，干得相当出色。

作为一名医务工作者，高云以救死扶伤为己任，树立全心全意为人民服务的思想，坚持为官兵服务的宗旨，尽职尽责。她从事的医务助理员工作很杂很细，包括卫生防病、医疗护理、科研训练、卫生战备等等工作的组织、计划、协调。

高云上进心极强，在工作中她感到所学的知识不够用，特别是在心理护理的疏导上，就事论事，上升不到理论高度，很想找机会系统深造。这时，恰好第三军医大学组织心理医护骨干培训班，高云舍家别子，远去重庆脱产学习，以优异成绩获得国家三级心理咨询师证书。

这种专业人才，在部队相当稀缺，工作的担子无形间加重。高云很想对官兵心理健康问题进行更细致的调查，将两岁的儿子成昱蒙送去给母亲照看，正准备出发行装，问题却来了。

成泰宏做的那份工作，高云知道得不多，但她知道丈夫所干的那一份工作惊险、刺激、神秘。

此时此刻，成泰宏稳重、踏实、缜密，精于业务，各方面都具备培养成干才的基本素质，组织上决定派他去基层磨砺，放去最偏僻的绿春边防部队担任教导员。

此时此刻，成泰宏要牵挂的事比牛毛还细：家有老父老母要养；家有弟弟妹妹要扶持上学；儿子成昱蒙尚小；妻子不用扬鞭自奋蹄，这几年又养孩子又读书，又当医生又作心理疏导，样样干得忙而不乱有头绪……如果说一个成功而幸福的家庭必须有一方要做出牺牲，应该是他，妻子的潜力在他之上。他如果这一走，离老家镇雄一次往返近两千公里，离小家蒙自一次往返也近四百公里；他将接手的那份工作概无假期保障，有的地方通个电话都难，这……这如何是好？

平时话就很少的成泰宏，那几天只干活不说话。

高云何等灵敏，丈夫的这些牵挂一样也没逃出她的眼睛。丈夫想到的，她也想到了，甚至想得更多。别看高云人小，心里挺能扛事，她懂得在婚姻的风景线上，只有奉献之树才能结出甜蜜之果。这一次到基层，对丈夫的成长十分重要，以丈夫的个性，不大可能在机关按部就班，坐而论道。

是高云该表态的时候了。她主动开口："幸福的家庭必须有事业作基石，组织选中你是对你的信任，来日方长，又何必计较暂时的分居？你放心去吧，家里老的小的、奉养的、读书的，还有你暂时没想到的，都有我。当然，还有咱们夫妻间的小情调，暂时放弃，不会让我感到人间烟火味不够。"

成泰宏比较不自在地笑了一下，大约有一切都"拜托"的意思。

第一次有假期去绿春探亲，高云一路上心情相当愉快。父亲高家鹏下连队都不要专车接送，高云当然也是坐的亲民交通。

近两百公里绕山绕水，空明澄澈的心境陶陶然，宁静极了，美丽极了：

青山隐隐一层一层望不到尽头，绿汪汪密匝匝的大树小树庇护着满山遍野的山花。这花也很有绿春之意，从山脚往山上开出五迷六道的季节。山脚花色老到，山腰花事奔放，山顶花期羞涩。山脚很陡，使一山的景致如挂在天上一泻而下的水墨长卷。几星瑶族房子随意地摆在山间的向阳坡，白云缭绕柴门，吞吐出人间烟火气象，倒有几分仙人居景色。有溪水的流韵，在那不知来路和去路的山间欢唱如歌。几只小松鼠不怕他们的老牙车，大摇大摆在公路上极不安分地伸头缩脑，驾驶员猛按几声“嘀嘀”，它们眨巴着小眼睛调皮着还了几声“叽叽”，可爱又机智地跳去树上，尾巴被车窗扫了一下，也不知伤着没有。

这种好心情并没维持到目的地。

弯道越来越多，人烟越见越少，夕阳越走越快，晚风越吹越来劲——她始终是来探亲的，戍边人是来守卫的。似这等荒凉的遥远，将高云从善感的情怀中一下子拉扯到思辨的理性，心情沉重起来。

山那边是邻国。

成泰宏主管的四个连队都临边境线，其中的一个连队与边境线咬得很死。边境线那边的邻邦民众信佛，头上一轮宗教的光圈霞光万道，几滴莲枝水胜过金银汤。

因紧邻“金三角”，那些大路走不通绕小路的魔鬼常常借此道出境，干些见不得阳光的事。面对罪恶的行径，我军的国防卫士和做信息工作的专业人士，压力很大。

高云想到了丈夫成泰宏。

高云想到了戍边官兵。

高云第一次被人叫“嫂子”，正是在成泰宏的“营盘”。在机关，虽然她已是“小乔初嫁了”，因她年纪小“辈分”不够，人们还是习惯叫她“小高”“高医生”“高云”。一声“嫂子”把高云叫醒了，在此她是“客卿”，不被叫“家属”已经人性化了一大步，肩上的责任也重了几分，嫂子总应该对官兵做点什么吧。于是，借假期她跑遍四个连队，行程四百公里，对丈夫所在单位所有官兵进行了一次简单的体检和心理调查，掌握了官兵在特殊环境下的身体状况和心理健康状况，或医治或疏导，对连队的强军行动起到积极作用。

回到机关，高云将自己深入调查的实例作为素材，提炼上升到理论高度，提出心理服务与健康关怀同样重要，都是提高部队战斗力的重要组成部分。她写出了很有影响力和说服力的专题调研报告《当前官兵心理健康状况和对策》，得到领导的认同和重视，促成了分区“心理咨询室”的建立。

此后，一有机会，高云总是不怕行程艰难，往成泰宏营地去，做了许多有益于部队建设的工作。

成泰宏主管部队是把好手，而对家属们的牢骚，他感到相当棘手。枕头风会影响官兵们的情绪，戍边巡逻是来不得半点情绪的。他这人很明白，在弄懂女儿心这个问题上，他远不及妻子，于是“不耻下问”。

高云还真不客气。借用有利时机，她建议丈夫组织开展“边防军嫂从军行”活动，组织军嫂到各个连队参加一次连队边防巡逻，参加一次野营拉练，参加一次连队训练。

“娘子军”们在实际活动中感受到边防军人的崇高伟大，感受到他们的付出和艰苦，更加理解和支持丈夫的工作，也提升了自身的荣誉感和自豪感，响亮地喊出："我是军嫂我自豪！"

这次活动，成泰宏有感而发，写出了《边防军嫂从军行，带来幸福正能量》。感谢所有的军嫂！感谢妻子！

成泰宏应该感谢妻子的事，这才仅仅是个开头。

边境，这几年表面上看起来和睦安宁，风调雨顺，枪炮声渐渐稀落；实际上，层出不穷的大事小事以另一种形式或多种面目出现，成泰宏他们被锻炼得比警犬都灵。为分析处理一些棘手问题，基层主官无时无刻不处于高度警惕中。他往往从一些蛛丝马迹中发现情况，得到许多有用的信息。别看这地方地广人稀，一到年节，你都不知道从何处钻出来那么多的人，治安状况也随之复杂起来。随着国家"一带一路"倡议的推进，军队守护和谐边境的责任更加重大。

在绿春的四个春节，成泰宏一不能回镇雄看望老父老母，二不能陪着妻儿吃顿团圆饭，心里总是过意不去。

成泰宏必须站在第一线。

高云相当理解，说懂事更贴切。

每到春节，高云先将过年的压岁钱和年货送去镇雄，然后带着儿子长途跋涉，和成泰宏相见，一起与戍边官兵过年。绿春虽然说不上是雄关险隘，有了中国人最看重的春节作背景，戍边人也会产生乡愁。高云年年如是年年是，给边关增添了人情味，对鼓舞士气起到意想不到的作用。

七天，上千里路的奔波，留给他们的时间实在有限，也不知他们可曾在小别之后拾起过几段似水流年。

成泰宏在镇雄的那个家境，我在前边提到过，那一桩桩具体的事下来，成泰宏是守卫国门的“金刚”，挑担子的是高云那双柔弱的肩膀：

弟弟妹妹先后考上大学，一切用度全是高云安排。这笔费用是多少，我相信读者心中都有数。弟弟成家，妹妹出嫁，这笔费用又是多少，我相信读者心中还是有数。他们叫高云“大嫂”，其实他们都比大嫂小不了几岁。

说来，成泰宏父母的年纪不算太大，可那地儿的人就是病多。小恙可在乡上县上处理，一旦要动刀子，人们还是要来省城求医。

2013年8月，成泰宏的母亲来昆明“取胆”，高云赶到昆明照顾婆母，一张张手术单是高云签的，一笔笔费用是高云付的；一餐餐饭是高云做的；一次次护理是高云操作的……

一年之后，成泰宏的父亲因重病住进昆明的医院，还是高云重复着伺候婆母那一套全活，还多了个心眼给公公带去意想不到的安慰。

许多地方重男轻女，农村的风气尤其了得。高云的儿子成昱蒙是成家的长房长孙，命根子似的。高云懂得老爷子的心思，如果把孙子带去，他会康复得快些。狠下心来，她让刚刚上小学的儿子带着课本随行。

写到此，我对高云由衷敬佩：城乡差别、文化差异……分明桩桩件件都很现实，不知高云如何克服这一切带来的她想得到的、想不到的？居然无一点抱怨。高云，人物呵！

从此，军队给父亲的那套安度晚年的房子，成了成泰宏家人的“驻昆办事处”。

还好，多次受到表彰嘉奖的基层主官成泰宏，被安排到蒙自军分区的一个重要岗位，这一家子算是团圆了。可惜好景不长，为了工作，他们只得再次分离。

作为军人，成泰宏做到令行禁止，服从命令，听从指挥；作为一名医务工作者，以救死扶伤为己任，坚持为官兵服务的宗旨，无论调去什么单位，高云不带一丝踌躇。

从军营到干休所

每逢春节之前和重阳节前后，电视屏幕都会出现从中央到地方各级政要慰问敬老院、福利院、养老场所里孤寡老人们的温暖镜头。画面中的老人们，无一不是衣冠整洁，手捧慰问金作幸福状。

社会焦点关注到老人，无疑是文明的进步的。理论上，我们还没到自觉接受集体养老这种形式。中国人历来将四世同堂、五世其昌作为幸福的标准之一。他们，上述机构的托老者中，很多人并非孤寡，来此出于无奈。老人一旦走进这样的地方，基本上离另一个人人都会去的地方不远了。

生老病死，是世间最平等的经历，谁都无法回避。在人生最后一段，活得有尊严恐怕是社会和家人最应该为老人做好的一件事。

军队干休所是个什么性质，我以前不知道，这一次采访让我知道些皮毛。对我们军队那种大爱无边的举措，关怀细微的周到，让为中国革命曾经付出过的每一个沙场骁将的晚年，并不因为年轮和皱纹而失去应有的风采，我由衷地感动。

这样的干休所遍布全国，而今我走进的这个干休所，就其规模而言，是比较小的。

干休所像个部队家属院。所不同的是，它代表一份崇敬和光荣，住进干休所的军人大都是在新中国成立以前投身革命的老元戎。我们可以推算，这个院里的家庭户主过八望九奔百岁，老得都是些人瑞。

我头次进干休所，一股逼人的静谧向我扑来。院落空寂，树木扶疏，干干净净的亭子桌子椅子，全都在寂寞着顾影自怜，无人消受。几个老太婆挤在传达室里，各不相干地自言自语，唯一的一个男士躺在电梯旁的圈椅中，笑着和我握手，像是握住他的旧部下。他毫无来由地问我是哪年入的党、哪年当的兵？要不是他的老伴张淑兰来叫他吃药，恐怕我一下午都走不脱。看得出来，这位抗日战争时期的“小英雄”，相当渴望交流。

横在墙体，有六句口号：

老有所医、老有所教、老有所学、老有所为、老有所养、老有所乐。

这与一般的养老机构并无区别。

对着墙的花丛中，一个宣传栏上写着：

绝对忠诚

绝对纯洁

绝对可靠

又把这座干休所往军队性质上拉了过来。

高云，一个活泼可爱的年轻军官，从阳刚气十足的、凝结五湖四海的、朝气蓬勃的、雄姿勃发的大军营，一下子调来这样的机构管她爷爷辈的老军人，不知道她这个“弯”是怎么转过来的，到所那年，她才二十八岁。

这个大院，仅有的一间办公室，唯一的守护者是高云。

我先后去过几次，都没见到高云本人：她去医院看护病人；她去做家访；她去开会……据说每天上班前她第一个进干休所，如果平安无事，留下她的微笑，就忙别的事去。

办公室外有一幅“明细账”。十七位老人中有十五位是遗属，两位健在的军队离休干部，一位九十三岁，一位八十八岁。他们几乎全都有病，战争留下的、岁月留下的，都清清楚楚写在榜上；谁家有子女几人，是儿是女也一一列上，甚至子女中有病者也一清二楚。

干休所庄严承诺：二十四小时零距离服务，明白说是随喊随到。

我问所长："你们的服务什么时候是个头？"所长说："送走所有的离休干部和他们的遗属之后，再听从上级命令。"

我走访过几位遗属，其实是些空巢老人。子女长大后各奔前程，有了自己的小家，拢在一起不现实也不习惯。节假日孩子们会回来，但落在实处的长久陪伴谈不上。

我问过其中的一位老阿姨，那么宽敞的院子，为什么不打打麻将消减寂寞。阿姨说凑不齐一张斗（四人），玩不起来。

这个干休所成立于 1978 年。离休的军队干部们经过"文化大革命"十年的风风雨雨，终于有了美好的归宿。兴高采烈搬进来的二十四位军队离休干部，到高云女军官进干休所时，仅剩下七位。这几年又有几人先后作古，只剩下两位离休干部。

为了套近乎，也为了启发高云开口，我先讲了一件本人做类似工作的经历：

当时我与现在的高云同龄，在一个大型国企后勤科做文秘工作。领导让我带上慰问信和慰问品，代表他们去昆明看望一位住院的老职工。当我赶到医院，老职工刚好被送进停尸房。我的胆子也够大的，也可以说责任心强，在老职工遗体面前将慰问信变作祭文念了一遍，在停尸房门边的蒿草丛中，用慰问品当供品做了一次路祭，将慰问信焚化当纸钱，比他的亲人抢先一步送别老师傅，他会知道“小黄”来过了（老师傅生前叫我“小黄”，我曾经管理过他们的出勤补助）。

高云听完后若有所思，沉默了一会儿说：“黄老师，这种事大同小异，我也经历过，你做了一件忠于职守的事。”

高云比我想象的成熟得多。

为这样一群人服务，她先从摸清“家底”入手。我发现她的服务对象从抗日战争、解放战争的炮火硝烟中走来，为建立新中国、建设新中国付出了毕生精力，每个人都应该受到社会的尊重。他们的家属——曾经的军嫂们为部队建设的付出，也是无上光荣的，同样也应该受到社会的尊重。

这个军队干休所紧邻的是医院，还是整个地区医疗条件最好的，十县市的危重病人都往这里送。与之相配的行业是关于后事的一条龙服务，挽联与黄菊百花组成人生最后的鲜艳，无限的凄楚让干休所里的老人们平添一声叹息：又走了一个，前几天都还在买菜。

高云是学过心理学的，太了解这种情绪对老人的消极影响。高云和同事们努力扫除或者减轻这种灰色的心悸，开展一些有意义的活动：座谈会、与地方干休所开联谊会、生日祝寿……让他们尽情回忆光辉的一生，给他们送去别出心裁的生日礼物，每年为他们拍一张全家福，每年为他们进行两次体检，组织他们的子女开展孝老爱亲恳谈会……

每次参加这样的活动，老人们都紧紧握住高云的手。高云这双小手让他们体会到组织的关爱和亲情的传递，他们把高云当成了亲闺女，还会撒点娇。总之，他们把高云当成了军队的代表——她的那身军装，他们一辈子都忘不了。

在这一系列的活动中，高云也从双向交流中感受到职业的荣光和重要性，和她的战友们一道努力争当服务先锋，让零距离服务更加细化和温馨。

高云调动了社会资源，将离休军人的革命故事讲给不同层次的人听，让社会尊敬他们。其中，高云讲得最多、听众反响最强烈的，是关于刘书绅老人的故事，题为《烧饼中的情报》。那故事说：

刘书绅的家乡河北内丘县，当年在日本侵略者的蹂躏下到处是创伤，鬼子处处设卡设哨，老百姓都出不了门，造成我党情报传递困难，牺牲了好多同志。刘书绅的姨父当时是内丘县党的地下情报工作负责人，刘书绅才十五岁，通过姨父介绍，成了内丘县独立团的情报员。为了更好地完成任务和掩护身份，刘书绅同时也成了县城一所小学的学生。

一次，我党情报员冒着生命危险获得了一份鬼子的围剿计划，内丘县地下党组织决定第一时间把情报送到部队手中，并把这光荣而艰巨的任务交给了刘书绅。为了情报和刘书绅的安全，姨父买来五个烧饼，用纸袋子装着四个，把情报塞入另一个烧饼中，让刘书绅咬去一部分，拿在手中。来到城门口，鬼子果然进行全面搜索，袋子里的四个烧饼被全部掰开，唯独没碰刘书绅手中已吃掉一半的烧饼，让他出了城门，完成了党组织交给的任务。姨父当时还教导刘书绅，如果鬼子要动你手中的烧饼，你赶紧嚼烂咽下肚子。

在开展地下情报工作的日日夜夜里，刘书绅的姨父和一位堂叔先后牺牲。刘书绅虽然年纪小，面临过生死考验，破例在十五岁就成为一名共产党员。此后，刘书绅随部队南下，参加过陇海战役、张凤集战斗、进军大西南烽火，最后一站到了滇中。目前，当年的小英雄在干休所安度晚年。

高云绘声绘色的演讲，使孩子们增强了国防意识，为树立爱国主义精神灌输了正能量。它让孩子们课本上学到的英雄走进了现实，对少年励志起到良好的作用。

干休所的老人们生病住院常年都会有，高云总是陪护在他们身边。看着他们积极的一生美丽成了一朵朵灿然的银菊，高云心里发酸，总是想着能多为他们做点什么。需要输血者，只要与她血型相符，她就会毫不犹豫主动义务献血，先后献血的数量超过两千毫升。年前（2016 年），干休所最年长的老人以九十六岁高龄去世，在挽救其生命的过程中，她尊重亲属意愿，不遗余力做了她应该做的一切，直到老人安然长逝，回归泥土。

遗属曹炳玉说起高云，感触良多。

曹炳玉本身没有工作，一辈子当职业军嫂，当然一辈子享受部队的优抚，生活不成问题。十二年前，曾经是敌后武工队钢铁战士的老伴倒下了，为她留下一个智障儿子，生活不能自理，困难何其多。部队也为她儿子按月发放生活费，一老一残的母子命定要相互厮守，孤独寂寞的家了无生气，高云抽出时间陪伴他们，成了这对母子的心理依靠，他们离不开高云这朵干休所的解语花、这颗干休所的开心果。曹阿姨很想让我转达几句对高云的感谢，无语泪先流，一时找不到适当的词，仅仅送了高云四个字：高云好的。

采访高云，我最后一次与她接触，是在一次丧礼中。

遗属张阿姨是山西人。八十八岁的张阿姨随丈夫从地道战、地雷战、南征北战，走到无欲无求、无嗔无痴的清明之境，生活很幸福。两年前丈夫离她而去之后，回忆和疾病与她差不多相生相随。在动大手术之时，高云在守护中感受到张芝阿姨生不如死的痛苦，但她无法阻止一次次回天无力的抢救。中国的家庭，哪怕倾其家产也要挽救垂危病人多活一天，何况高云还代表着军队对老遗属的关怀。她能做到的，是遵从和协助她的子女，让老人减少痛苦。最后，按张阿姨的意愿，子女把她接回家中。

我们走进张阿姨的家，在灵堂尽了一个晚辈的礼仪，吃了供果（八十八岁属喜丧，这供果我们老家叫“衣碌”，必须得吃）。干休所的所长和高云等人送上慰问金，和亲属们一起安排后事……

人总是要死的。他们，军队干休所的老前辈们，灵魂远远高于肉体。他们精神不老，留在人们记忆中的，是满天的星光。

高云很忙，我也不得闲，就此打住。

硝烟远去

扫雷英雄田奎方

那一天的场景氛围很有镜头感。

边城山腰，农家小院。一间间单立崖坎的小房子像农家客厅，素面朝天扫却尘世烦恼，是个宜于清谈的好去处。

房前屋后树木参差，一挂挂黄苞谷、红辣子轻摆于屋檐下。从山下往山上，古道斑斑，路边的血皮菜刚被人掐了尖去做晚饭，尚有白白的浆液凝在枝上。

我们一群人在嗑瓜子就茶水闲聊。跑了一天山路，看了不少有故事的遗址，非常吃劲，而更累的是心力。其间，我还找了个理由单独行动，又去了一趟烈士陵园。

与我同行的人不多，有时三人有时两人，他们全都往细处保护我的安全，不越雷池半步。平常听起来都毛骨悚然的地方，不该是女人，特别是奶奶级的女人该来冒险的。一路上我们交谈极少，我却五内如焚，时而激昂、时而惋叹、时而诘问、时而恣肆，总想骂几句脏话，张扬地像个愤青。当然，内心深处也有几分神秘和惊奇。

我曾捡到过几枚“收获”，刚要炫示拿回家去做个纪念品，指导员焦之新一把抓过去，说那东西还有威力，会引爆的。他拿去旁边处理，这技术活我就看不懂了。

我们坐在农家小院一概不提“山上”的事，据说有些事犯忌。闲闲地扯些家常话，抹去了军民之间的距离，很放松。

这时，听见石梯坎有重重的脚步声，一行人悄悄退场，进来一位风尘仆仆的上校军官，他一进屋就给我敬了个军礼，一时慌乱，我不知咋个办才得体，还了个几十年前戴着红领巾时行过的少先队队礼，好在观众只有一位，也没觉得有什么难为情。

云南扫雷指挥部副指挥长田奎方，是我此行的采访对象。扫雷战士属于工兵，这我知道；具体任务为什么云南独有，我是一窍不通，疑惑太多。此人太忙，三次预约三次无果，票买了又退，退了又买，变数太大。好不容易见上了，今晚他还得赶去几十公里外的口岸布置任务，留给我俩的交谈时间有限，我们都不再寒暄，直奔主题。没想到田奎方如此爽快，说他最怕说普通话。

这倒好办了。

我们都是重庆人，摆摆龙门阵就讲方言，多顺溜。问题也还是有，我们都是久不还乡之人，找不到切题处，一时冷场。我突然灵机一动套近乎，说我有一位亲戚是你们黔江人，年前送来些黔江土特产，正不知如何送得进嘴。下边的几句对话，我一个字都舍不得省略：

“一把干豇豆。”

“炖排骨好吃。”

“一把盐菜。”

“蒸烧白（有些地方叫‘千张肉’，有些地方叫‘扣肉’）巴实。”

“几块血豆腐。”

“蒸腊肉很送饭。”

“一包红苕干。”

“油炸。要小火，莫炸煳了，还有三分软就起锅，冷了吃又香又脆又甜，安逸得很。”

有了这一番铺垫，接下来的话就好说了。

我递了份材料给田奎方，是写他们夫妻两人如何先进的，他瞅了一遍说“不行”。这人行动果断还快，嘴在跟我说，手在材料上添加素材。“急就章”被我整理出个头绪，还真的很像回事。

黔江属于重庆市的一个区，却与重庆的繁华市井无关。早年，重庆人有句口头语：“养儿不用教，酉秀黔彭走一遭。”酉、秀、黔、彭分别是四个山区县，临乌江靠武陵山区，穷山恶水出门就爬坡，还不产粮。只要在那些地方住上几年，你准饿个清口水淌，还会爬山爬得脚“转筋”。生活的艰难教会孩子们怎样爱惜粗茶淡饭旧衣裳，降低享受欲望的指数。

当然，这是新中国成立前的陈词老调。

今日的酉秀黔彭被开发成“乌江画廊”，此地因地偏天远，至今仍保留着浓浓的原生态习俗，在经济快速发展的今天，形成很有名气的旅游带，日子好过多了。今年（鸡年）春节央视联欢晚会上，韩美林大师现场作了一幅雄鸡鸣日的画当谜面，谜底是

“酉阳”，指的就是这一带。

田奎方没有享受到家乡改革开放的成果，他的童年、少年时代仍旧生活在半饥半饱中。好在这个家以耕读为本，在当时的黔江农村，算得上治家有方的好人家。这个家族的眼界不拘于一山一水，主张男儿志在四方，舍得让男儿出门闯天下。祖父田应双是乡间秀士，小小年纪就做了抗战时期第八战区司令官的贴身秘书，跟着司令走南闯北，有些江湖名气，人称“小儒侠”。混战中的智者、勇者，破格重用的机会多，是看得见前途的。可惜英年早逝，留下个遗腹子。父亲田景阳知书识礼，写得一手好字，打得一手好算盘。祖母舍不得独生子出门谋出路，让田景阳委屈一辈子当个大队会计，算半个公家人。

祖父的军人身份，在田奎方心里是一些碎片，从祖母口中得来的一鳞半爪始终构不成故事，有些抽象。幺爷的抗战生涯离他也很遥远，新中国成立后，幺爷当上了涪陵军分区副司令员，给田奎方留下威风八面的形象。还有位爷爷辈人物，在云南当兵，田奎方见过一次，光那身军装就让田奎方羡慕得不行。少年时田奎方就埋下了崇拜军人的种子。

军官长辈们说，你要想当个好兵，必须好好读书才有前途。这话，田奎方记下了，并为之努力。

父亲的算盘再精，也算不来多余的工分，为供孩子们上学，父母操碎了的心过早催人老，憔悴得儿女们都不敢向父母撒娇，怕把那两把老骨头揉碎了。山地学校离家远，好多心疼孩子的家长不忍心孩子起早摸黑、翻山涉水去读书，辍学了。田奎方很懂事，概不因为山高路远放下书本，母亲早起为他备下的苞谷糊糊、红苕稀饭，他拿个小木桶提起就上学。午餐从不去与有白米饭的同学扎堆，他只与吃白米饭的同学拼学业，一直品学兼优，读到高中毕业。

1987年，田奎方应征入伍，正赶上那场保家卫国战争的尾端。田奎方随部队开赴麻栗坡时，战争已经进入拔点、坚守防御阶段，他亲眼目睹了血溅沙场的激越场面。新兵田奎方热血沸腾、兴奋莫名，敢于冲锋在前狙击对方的疯狂反扑。他的勇敢，他的舍生忘死，给首长和战友留下深刻的印象，总结战绩，这位既没学会喝大碗酒，也没学会品小盅茶的十八岁新兵，荣获了三等功。那时，田奎方并不知道在他效命的这座山头之外，还有许多的山头经历过长达十年的鏖战，才回到祖国的怀抱。当他渐渐知道这一切之后，虽然烈士们的鲜血已染红了边山的杜鹃，边民也已开始了正常的生活，却更加坚定了他戍边卫国的志向，总想留在军营。

天从人愿，部队选拔优秀苗子报考军校，十载寒窗书尚温，田奎方吃的红苕稀饭很有营养，他顺利考上徐州工程兵指挥学院。学成归来旧营帐，等待他的是边境大扫雷，他任基层主官，战地还是那块战地，职务却变了。说不出的幽默让他笑不出声：这地方，在田奎方当班长的时候，他曾因埋雷出色立过第二个三等功，这次要清扫的雷，有他当年埋下的，也有侵占我国领土者埋下的。

说到田奎方的战场，我们都似曾相识：电影《地雷战》《地道战》教会我们如何保卫领土的完整。早在少年时期，田奎方已追随在农村放映队的屁股后面，将那些镜头的每一个细节、每一句台词都记得滚瓜烂熟。当时对英雄的崇拜使他热血滚滚，此种壮志变成了而今的职业，担子并不轻松。当一种寓意深远的行为变得具体而艰巨，他对每一寸边地都充满崇敬。

田奎方在军校读的是工程兵专业，排雷扫雷是必须掌握的军事技术。这一带他是熟悉的，他曾在东山脚下的八里河当过班长，大扫雷的地段虽然离此不远，可是他却拿不准。

当年埋雷是为了防御，如今时过境迁，物是人非，谁人能为他指出个范围？

战后十年，弹坑被芳草藤蔓伸长的手臂热乎乎抱成一团，路不再是路，有的可隐约露出一点旧迹，有些干脆就彻底消失。千疮百孔的战地披上鲜嫩的绿装，秀色依旧。而那些芳草丛生，细如经脉的小径之下，战争留下的毒瘤伤残过的边民不计其数，脚跛眼瞎断臂缺腿的，手指残缺脚掌炸飞的，一次次的悲剧让田奎方十分痛心。

这次带兵扫雷，田奎方多了一门思想教育课。他不讲大道理，就讲这些血淋淋的事实。讲来讲去，这些事实有细节有情节，变成了一个个真实的故事，通俗易懂浅显明白，配上那人人都知道的背景，使战士们士气高昂，很像一支敢死队。

田奎方找来当年的老乡引道，他身先士卒，小心踏过每一步，仔细示范每一道程序，训练出一支远近闻名的扫雷铁军，为这块土地增加了安全系数。

爆炸物在地下的寿命，不好计算。今日欧洲人不是还在扫除二战留下的爆炸物吗？

一群我亲眼所见的受害者，就相当无辜。

2013 年春节，我去了一趟柬埔寨。

柬埔寨人热爱和平，性格温和，战争的创伤却弄得他们浑身疼痛，体无完肤。殖民者们留下的炮弹满坑满谷，打扫战场几十年，至今仍留下不少炮弹和地雷深埋在道路旁、土地中。不少受害者被炸成残疾，失去了劳动力。受害者不抱怨谁，也不责怪政府无能，他们平和安静地寻找生存之道，在各个景区门口组织小型路边演唱会，类似洞经音乐的古老曲子，在二胡、扬琴、笛子和箫声中听鼓点指挥。一曲曲听来都像是在超度亡灵，让死去的安息，活着的好好活着。

生活的困顿显而易见，而他们弄弦从容，面相慈善，无生死疲劳之后的愤怒、悲戚。男女参与者都是残疾人。朴素的民族服饰干干净净遮掩着那些残疾，朴实而不失庄重。

他们身旁有只木桶上写着：地雷受灾。仅仅用四个中国字在盼望着一点布施。

田奎方是读过不少书的，关于战争留下的隐患，他知道得比我们更多。田奎方善于思考，从扫雷中学习扫雷，总结出了山岳丛林排爆的文字教材，不是论文，胜似论文。他理论结合实际，竟然创造出了所带领的六十五名官兵，无一人伤亡，成功排除爆炸物品一万两千多枚的奇迹，荣获一等功。

2015 年，云南省军区第三次大扫雷，副总指挥长又是田奎方。

一路讲来，话题都相当沉重。

田奎方似乎当官久了，训话惯了，口气收不住。仅有我一个听众，他仍然讲来铿锵有力，掷地有声。讲到动情处站起来，如将军在战场指挥千军万马，身段加口才都发挥到极致，对我触动很大。我很想让他轻松一下，提出了一个十分具体又有点失风度的问题。我问他从军三十年来，觉得最欠缺的是什么？

田奎方还在“角色”中出不来。

烟一支接一支没“断炊”。

好不容易回过神，高大英武铁塔似的上校军官鼻子发酸，眼睛发红，有点想流泪。好在他稳定情绪快，没让我收不了场。这时，他那沙沙地带点哑闷的声音仍然洪亮，却已经不像刚才那般硬性，有些像对一位朋友倾吐家常，相当走心。

田奎方说：“要说有什么欠缺，没为父母接气，没有陪伴儿子成长，没法给家属一份正常生活。”

妻子，在田奎方口中变成“家属”。逮着“家属”这个军队专用称谓，我让他谈谈他的“家属”。

下边几句对话，我还是舍不得省略。

“我家属叫向世梅，个子不高。”

“你的个子不低，向世梅有得靠。”

“我家属长得白净，看着还顺眼。”

“你不白但有‘包浆’感觉，看着挺阳刚。”

“我家属很能干。”

“不能干撑不起你这个家。”

“我家属对我支持很大。”

“当然，那些荣耀摆在那儿。”

这媳妇是为母亲娶的

黔江人将婚嫁的前奏叫“耍朋友”“谈对象”，耍朋友的关键是“耍”，谈对象的关键是“谈”，都有一个相处过程作感情铺垫。

连长田奎方正在边关当扫雷基层主官，没条件“耍”和“谈”，他那个家正是要人照看的时候。黔江男人基本不干家务活，他那写写算算的父亲斯文一脉，也干不了家务活，一切粗细活都要母亲来承担。常年的劳累使母亲病着病着就倒了床，当地人说“来不起了”。山地潮湿，脸朝黄土背朝天的母亲感到胸闷，喘气困难，医生说是“哮喘”。黔江产煤，空气中总有一股碳粉味，诱发母亲的哮喘转为肺气肿，需要一个得力的帮手。

母亲什么事都听儿子的，在婚姻问题上却很独断，说：“不许在外成家。你幺爷倒是在云南找了个医科大学生，听着好听不实用，五十年才回过一次老家，啷个对得起老家这一大家子？你要是像你幺爷找个云南堂客（媳妇），这儿子我白养了。”

田奎方是长子，那时妹妹已出嫁，兄弟当兵去了河南，家里就剩下两个老人，实在需要一个撑得起这个家的媳妇儿。田奎方爽快地答应母亲，说：“妈，儿子听你的，你看上了谁，儿子都认。”

向世梅是黔江城里人，上过煤矿管理学院，知书达理，在黔江卷烟厂工作，是一份旱涝保收全城通吃的好工作。那时城乡差别还很大，将女子嫁去乡坝头，是要有些见识的。

我曾经问过向世梅，她当年为什么会答应这桩面都没见过的婚事？向世梅说：“军人靠得住些，心不花。”

见了一面就成亲，田奎方是个“出席新郎”，一切都是向世梅操持。

被窝都还没有焐热，一个电报就把田连长催回部队，扫雷遇到一些处理不了的问题，他是“专家”兼连长，不得不回。

从此，天各一方，月共一轮。

向世梅没有门第观念。县城离婆家四十七公里，每个周末都背着扛着坐着小公交车回婆家，盘菜园子、干农活、打扫猪圈鸡窝、浆衣洗被子，像个村妇。

田奎方的母亲逢人便说：“城里的姑娘也懂得嫁鸡随鸡，一点都不嫌弃庄户人家鸡飞狗跳，这是我田家三世修来的福呵！”

1997 年，婆母病情加重，向世梅果断地将公婆接来黔江城一起生活。那时儿子田皓文都会叫“爸爸”了，还不知道爸爸是谁，天真地问妈妈：“爸爸是什么东西？”

“爸爸不是东西，是……”讲着讲着向世梅哭笑不得，猛亲了儿子几口。

肺气肿最大的问题是动弹不得，动一下就上气不接下气，所以婆婆一直在医院躺着。向世梅照顾婆婆，看管儿子，还得要上班，很吃力。那时的小连长没有几个钱，收入远不及烟厂职工，向世梅得“出满勤”养家，她很想给丈夫拍个电报，让他回来帮衬一下。

婆母既识大体又要强，坚决不准儿媳妇给儿子拍电报，直到落气。

婆母的后事是向世梅一手操办的。别的不说，单是那迎来送客出丧的乡里风俗，就让向世梅跪得膝盖红肿。

黔江农村的丧事比婚事还多些讲究，请宾客亲戚“上席”，儿媳妇得跪着陪餐；守灵、发送、落葬，还得哭丧。边哭边叙述丧者生前的美德，城里长大的姑娘不懂这一套，事情摆在面前，向世梅得现学现做，谁让她是田家的长房媳妇呢！

婆母在乡间口碑极佳，当过团支部书记、妇女委员，是个能管百家事的热心人；婆母极重仪表，再苦再累，衣衫都穿得得体，头发纹丝不乱。婆母很尊重儿媳妇，婆媳间从无嫌隙。哭诉间，不到五十岁的婆母谢世，带着农村妇女的贤良能干，走完了农村妇女平凡而又伟大的一生。

当田奎方接到母逝的电报，母亲的坟头已经冒出了草芽芽。

田奎方说："我和家属结婚二十年，我们加在一起的团聚时间不到两年。第一次见到儿子，儿子田皓文四岁；第二次见到儿子，皓文已经八岁。"

而那最不该缺席的两个重要时刻，田奎方什么时候想起来都是痛。

扫雷是个相当专业的特殊活，不是谁都能胜任总指挥的。调度、安排一旦疏漏，那是要出大事的。他走不开！他自己也不忍心丢下官兵一走了事！

向世梅真了不起！

2000 年，向世梅来军营小住，这是她难得的闲时。婆婆走了，公公暂时由妹妹照看，想来不会有事。突然一封电报送来家属院：父亲病重！

说是探亲，其实亲人田奎方远在几百公里以外的扫雷现场。向世梅没有惊动丈夫，一个人带着儿子提前回了老家。

向世梅为公公接了最后一口气。

向世梅当大孝子，重复着婆母去世时的一切礼仪。守孝期满（黔江农村习俗，守孝七七四十九天不能离家），向世梅想着应该到麻栗坡丈夫的部队，给丈夫说说公公的后事。从黔江到麻栗坡，山重水复赶了四天路，眼看快到军营，一辆货车将他们乘坐的长途汽车撞个“五马分尸”，儿子右面耳朵的下边被划个“大娃娃口”，血糊糊肉都翻出来了，这“亲”探得很凄楚。

田奎方的儿子长大后是一定要当兵的，这是夫妻俩的心愿，或者说是军人情结。留下疤痕，那理想或将成为泡影。

田奎方刚立了一等功，又升了团职，绝对离不开军营。向世梅背着儿子往回走，独自一人来到举目无亲的重庆求医。儿子的伤口长肉发痒，爱用手去抓，向世梅就用嘴去为儿子舔伤口，据说可以消炎止痒。舔着舔着儿子睡着了，她才来得及去抹一把眼泪。

向世梅总是独自支撑着这个家，让田奎方有忧无虑地去当他的军官，扫他的雷，立他的功，提他的职。

田奎方很内疚。

父母的生养死葬靠“家属”，对儿子，他是一个缺席的爹，如此下去不是长久之计。他已到了让家属随军的年龄，具备家属随军的条件，组织上也做了安排。

向世梅什么也没带，提了半罐老泡菜水，说能治水土不服。那罐泡菜水有家乡的味道，无论何地的生姜辣子萝卜豇豆泡进去，都会泡出黔江的味道来。田奎方也极好这一口，那就带上。

向世梅这军嫂当得好辛苦

一看随军安排的条件，向世梅傻眼了。无论生活条件和工作环境，都不好与黔江同日而语。

重庆直辖以后，国家对最年轻的直辖市全方位支持，各种优惠政策促使重庆跨越式发展，率先实现城乡一体化，使境内州县青衫脱去换红袍。二十年来，重庆已经成为中国西部地区繁华的大都市，经济增长速度“牛”得像个“暴发户”。

黔江地处鸡鸣三省地，具备交通、工业、好山好水诸多优势，玩得起也玩得转，人气直线上升，天天都在唱“太阳出来喜洋洋”，在沿江城市中出类拔萃，成了高高山上一槐树，花枝招展满城香。

向世梅所在的黔江卷烟厂，效益好得挡都挡不住。

她不想走，又不得不走。

眼看儿子该上小学，小男孩缺少父亲引导成长，会造成性格缺陷。夫妻间几年才见得着一面，那滋味也不好受。

军营家属院在边地名城，也还说得过去，工作单位风马牛不相及。她被安排到边地名城下面一个县的林业局，离家属院几十公里，一山之隔竟然楚河汉界，这就是边疆特色。这儿子是带去山里还是留在边城？向世梅为难了。

家属院里的留守儿童不止她儿子田皓文一个，人家都有老人照看，儿子的爷爷奶奶先后离世，一狠心，向世梅让自己的父母跟着她来边陲，照顾外孙。

向世梅所在的林业局当年何等了得，她没见过，倒也听说过。林业局地处哀牢山，森林在高原的阳光下，向四面八方铺开，从山脚向山顶走去，根与根抱成团箍紧泥土和石块，让山坚如磐石；树与树连成波涛起伏的绿色海洋，承载的是生命的快活。

五百年以上树龄的大茶树；

两百年以上树龄的大松树；

一百年以上树龄的孔雀杉……

如今正值国家实施“天保工程”示范期。“天保工程”说明白些就是保护天然资源。森林是水源林，也是大自然呼吸的肺叶，留住大森林，其实是留住人们生存的良好环境，功在千秋。

向世梅来林业局工作时，伐木生财的“油水时代”已成历史，他们吃的是每人每月两千元的“天保工程”专项经费，若要另开财路，得靠生产养殖，种果树和经济林木。林业局负责护林、育林、采种、防火、防治病虫害，人员得往每个林场跑。“场”和“厂”的区别我是刻骨铭心的。“场”无顶，天地之下都可以是“场”；“厂”有个框框，在屋檐之下。

向世梅不是干部编制，哪儿有事故往哪儿跑。林业局的领地比县城还宽，够她跑的。

当时田奎方从驻地探望一次家属，单程差不多三百公里，还得常去边城看望岳父岳母和儿子。一年中有限的几次见面，还是被窝都没焐热就走。

我们当时听到这个情况很不理解，说怎么不让向世梅进烟厂，专业对口说得过去。

田奎方直摇头："手长衣袖短，我怎么也够不着。"

军营待久了，地方少人脉。

与田奎方见面一周以后，我们一行又去边城见向世梅。感谢市林业局关怀，向世梅已经从林业局调来边城自然保护区管理局，身份没变，还是工人编制。

管理和保护山林，春季无放假之说。正值火灾多发期，向世梅在自然保护区，市林业局是个空巢。

几番电话联系，向世梅从山上赶来见我们，开口满嘴"欢迎稀客"，一脸的笑灿烂着，如山花春色。

这人岂止是"顺眼"。

向世梅鼻似远山、目如秋水、天庭饱满、下巴俊俏，双唇不打胭脂自然红，唇线鲜明。一个成熟的少妇把我那学究丈夫看得眼镜后边的眼睛目不错珠，呆气又发了。此人心直口快，有重庆妹的直爽，却无重庆妹的麻辣，出言得体而明白，真是个上得厅堂、下得厨房的好女子。

个头也说得过去，是只快活鸟。

我们开玩笑说："你这朵鲜花插在田奎方的红土地，亏不亏哟？”

“不亏不亏，田奎方好厚道哟，我们脸都没红过。他拿我的爹妈当亲爹娘，朋友请吃饭都拖起一家子，好吃的尽往我爹妈碗里堆，给足了我爹妈面子哟。”

这对聚少离多的夫妻奇了怪了，都在一个劲儿夸对方。我又激了向世梅一下：“向老乡，你放着烟厂的大钱不拿，来拿林管局这几文小钱，总还是有些吃亏。”

“不亏不亏，田奎方的工资高，我一月也有三千，够了够了。”

婚姻幸福不幸福，听当事者口中言，能知个大概。他们知足，这幸福就可靠。

关于向世梅，我曾经采访过田奎方的下属，凡与之接触过的人，都在帮助我写一章歌颂好军嫂的大赋，他们把向世梅誉为“边陲红梅”。我说还是“红杜鹃”靠谱，艳丽又不择生长地，边疆处处都栽得活。

他们夫妻俩把每一次短暂的相聚都当作良辰，这种先结婚后恋爱的姻缘，久违了。

我们所到之处，无论官兵，手机里都装着妻儿照片，有的还珍藏有视频。唯田奎方的手机没有这类随身带，他是把妻儿装在心里的那种传统军人。向世梅倒是从手机里给我们展示了“全家福”，一边一个军人把她拥在中间，像两尊保护神。儿子田皓文取了父母的优点，英俊高挑，挺拔如云南松，像个小汉子。

战场上走过来的军人，对儿子的爱是粗线条的，平时深藏不露，关键时候还是父亲拿主意。田皓文记不起父亲什么时候亲过他搂过他，但他记得父亲在他还在上初中的时候，就给他定下了努力方向：长大上军校。儿子没有辜负父亲，从小开朗活泼，是家属院中的孩子王，学习好、善交际，以优异的成绩在2016年考取军事学院，在中国人民解放军国际关系学院英语专业就读。

儿子的整个高考过程，田奎方都在扫雷第一线。待儿子报喜，他破天荒与儿子长谈了一次，在儿子听来比老师的政治课还要严肃。这次“沟通”的结果：田奎方带儿子来到扫雷第一线，将儿子交给最严厉的战友，实习一个月扫雷军人的生活，给儿子的从军生涯预热一番。

田奎方很得意，他本人一句外语都说不全，儿子却能操一口英语。

在麻栗坡农家小院与田奎方分别时，我请他为我留言纪念。田奎方写在我笔记本上的，是一句口号：

坚持参加扫雷，并有信心和决心同官兵一道，把中越边境的雷患在自己的手中终结。

2017年11月，我军开始了又一次边境大扫雷，我们期待着田奎方主官战果辉煌。

绕不开那场战争

新中国成立以前，中华民族在动荡与战火中度过了漫长岁月。

火药这个战争的必需品，对于我们中华民族意味深长。

火药是我们民族的四大发明之一，能制造成武器。火药用于武，将世界由当时的沧海变为今日的桑田，火药的发明者当时想不到，今天的人想到了又无力去改变历史，我们只能走一段说一段：

因为军阀割据的存在，才有民主革命的北伐；

因为日本帝国主义的侵略，才有抗日烽火；

因为蒋介石的独裁专政，才有中国人民渴望当家做主人、解放军百万雄师横渡长江……

永垂不朽的人民英雄们的气冲霄汉，依附的是战争。当远去的硝烟筑成了中华民族坚不可摧的精神丰碑，彰显着国家高度的时候，人们会永远铭记历史、铭记英雄，向岁月致敬。

要写出扫雷部队的重要，始终绕不开那场战争。

中国的国境线悠远漫长，与多国接壤。从历史的角度讲，凡国境线都多少与战争有些关系。关隘，就是那些为捍卫领土主权留下的关口。

边陲美，美边陲！一个部落一种风情，一个部落一种文化。它们无一例外，长成红土，伏于脚下，野滋滋火辣辣中的静态，天真烂漫，宜于各种层次的审美。

边地很少脂粉气，仪态万方是边地的天生丽质。遍地景色大气磅礴，将年轮织于树，将沧桑织进皱纹，只珍藏生命的美丽。这美，唯边境独有，仿造不出来的原生态，是这个地方的特质。

但是近两百年以来，美丽如画的边境地区并不宁静。

多少仁人志士为了捍卫祖国神圣领土的完整，前赴后继、赴汤蹈火，用鲜血和生命谱写了一曲曲昂扬豪迈、阳刚激越的壮歌。中华人民共和国成立以后，守护边境的祥和，中国人民是费尽心力的。边防军垒起铜墙铁壁，我们并未剑拔弩张；施惠施恩平息各种边境矛盾，我们强而不霸。

血染边关的事端，我们不需要“国际警察”来调停，人性化处理争端，是中华民族的风度。

你不找事，事会来找你。

离我们最近的那场战争，始终可以触摸。

发生在二十世纪后期的一次边境保卫战，起因、过程、结果，国人尽知。

自1979年起，长达十年的边境保卫战争，各个时期有各个时期的提法，不管是何种提法，守土卫国是它的最高宗旨。我们都不会忘掉那段历史，初衷不是一定要打，到不得不打，有太多的不得已：

我们经历过忍耐；

我们经历过磨合；

我们经历过外交手段……

当人家的炮弹都落在了我们的领土，已经严重破坏了边民的生存空间，再不还手，人家恐怕会在咱们的国土上喝庆功酒。

他们用武力蚕食我国边境的大片山地，践踏我们的村庄，让宁静的边地硝烟冲天，恶气浩荡。枪林弹雨中，他们还不放弃为他日挺进埋下罪不容诛的爆炸物。强大的武力攻势，让边境成为死亡禁区，上演了一幕幕惨不忍睹的毁灭天理的事故。

这种事，日本侵略者干过。

日本侵略者强词夺理为军国主义涂脂抹粉，提出个神国（日本）中心论，似乎别国的土地也要归于神国，才会建立起神国中心论的国家体系。有关资料中说：

为抵抗这场侵略战争，中国为国壮烈者，超过三百万，还有数百万军人受伤致残。

面对这等罄竹难书的罪恶，中国人怎么能够不恨日本侵略者，怎么能够不痛恨战争？

然而痛恨战争，不代表“人为刀俎，我为鱼肉”。

今日，那场战争虽已远去，但战争的印迹还在，留给我国戍边官兵的守土卫国重任，也从明枪实弹的战火转变了形式。

田奎方、焦之新他们一次、二次、三次的大扫雷行动，就是消除三十年前那场战争留下的隐患的一种方式。

这支部队的特殊性，在于扎根边境线，是“执牛耳”的扫雷部队。

这支全称为云南扫雷指挥部的特殊部队，除指挥部外，没有营房，甚至没有固定战场。当年的边境线，一律没有公路，驿道和“毛毛路”也很少见。侵略者埋下的爆炸物，以及正义者收复失地之后，为预防侵略者反扑埋下的防卫性爆炸物，统称为“雷”。战线之长、面积之大，比当年的战场有过之而无不及。

当年，上山没有一条人马驿道，石坎石路、小木桥和栈桥是军民一体修筑的。为选择路基，有时得将就地形，迂回曲折，避开老虎嘴之类狰狞的“怪兽”，连天梯石栈都用上，创造出了属于边境线的“蜀道难”。

那时，小县城麻栗坡全体总动员，除了老人和小孩，全部支前：民兵连、民工连、驮马连的番号与高地的番号紧紧相连。他们冒着敌人的炮火，运送弹药、武器、食物上山之后，又抬着驮着背着伤员、烈士下山。他们怕暴露目标，只好在晚上借月光指路。骡马没有走过这样的道，深一蹄浅一蹄，得靠人引道。所有的民工腰间都挂着四枚手榴弹，一旦险情发生，将毫不犹疑与侵略者同归于尽，没有贪生怕死者。

可以这样说吧，收复失地的道路，是军民们“下定决心，不怕牺牲，排除万难，去争取胜利”铺就的。

我在麻栗坡听一位老“支前”给我讲述这一段经历的时候，被当年的图景搅得心惊肉跳，让我立刻想到初中课本上读过的军旅作家王愿坚写的一篇《老山界》：火把中，前不见队伍的头，后不见队伍的尾——接下来是“之”字形火把的描写，实在壮哉！在老山阵地，夜火不举，月光暗淡，寸步难行。这支民工队伍，有时还得经受生死考验，死人的事经常发生。

麻栗坡地处热带，每年的雨季特别长。一到雨季，夜行运输的难度更胜于旱季。道路泥泞湿滑，骡马的蹄声常常乱了阵脚，民工们的草鞋又被荆棘挂着扯着，一不小心就会滚岩子，牺牲的事无法预测。

此去黄泉无马店，不知今夜宿谁家？

战争是残酷的，有“斩敌三千自损八百”之说。血，烈士的鲜血，染红了战旗，也染红了边地最常见的杜鹃花。

麻栗坡人民在支前中吃过的苦、受过的罪极为罕见，窒息得我胸闷气不顺。他们太了不起！

战争结束了。仿佛一梦醒来，惊鸿一瞥，边地山河又迎来美丽的朝霞。谁也不应该忘记，那些天梯石栈“毛毛路”旁，仍有漏网之“鱼”，仍有恐怖，仍有隐隐回荡的奇特气味。

可喜的是，近年随着改革开放的深入发展，边境地区热闹了。重启南方丝绸之路、中国与东盟共同发展，一年一个样，五年大变样。中国—东盟各种会议你方唱罢我登台：联谊关系、伙伴关系、兄弟关系、同志关系、朋友关系……这一切关系都是友好关系，这些关系都不需要战争。

2015 年，党和国家为还边民一个和平宁静的生活环境，在第一次、第二次扫雷之后，组织精兵强将，开始了规模更大的第三次大扫雷。

田奎方和他们的战友重上前线，继续守卫边境的那片祥和。

干才焦之新

焦之新也是个团职，他是田奎方的战友，还是田奎方的下属。两个团职一条藤，牵起一串金瓜。

焦之新是扫雷一队的政治指导员，他做政治思想工作亲力亲为，理论联系实际，思想扣进人心。此人是我在这支特殊部队采访时，接触最多的一位。感谢焦之新网开一面，让我缠缠绕绕地走近了扫雷现场。

焦之新善谈、心细、业务精，出口多典又逻辑性强，让我很容易就拾起一句老话——唯楚有才。

焦之新出生于湖北郧县，那地方不南不北似南似北。这里文明交汇早，农耕开发早，物茂民丰、山川秀美，历来是兵家逐鹿中原的古战场，出典“朝秦暮楚”，战争不断。圣人曾说“春秋无义战”，打来打去，形成中国历史上诸侯纷争之局面，成就过许多枭雄。特别值得一提的是，在抗日战争和解放战争中，血沃中原留下许多英雄诗篇，让郧县人自小就受到英雄情结的熏陶。老人们一个个古风浸骨，常常拿腔拿调教训子孙：“为天地立心，为生民立命，为往圣继绝学，为万世开太平。”这样的教子经滋养出男儿血性，他人未必懂又未必不懂，听多了记熟了，慢慢就会通透起来。

郧县历史上叫“州”，州比县有历史厚度。很长一段时期郧州都是楚国的政治文化中心，俊才风度中爱佩一把剑，为重武之郡添些阳刚气，咬文嚼字说“仗剑去国”。

1991 年，十八岁的焦之新高中毕业，入伍的动机是“为万世开太平”。那时的边关，开太平的重要任务是打扫战场。经过专业培训，焦之新拿到大学文凭之后，第一次实战是奔赴中越边境云南段第二次大扫雷的战场。他做过技术侦查、干过“特务”，任务是摸清那次战争留下的隐患，为扫雷工作提供方位性指导。

焦之新多次深入群众，寻找当年的支前边民，在那些荒草掩映下的“毛毛路”边，寻找当年那场战争的旧痕，为扫雷工作提供尽可能准确的大致方位。这些地方几乎是绝境，平时无人问津，每踏一步他都悬着心。

这项工作，焦之新倾注的感情极深。支前边民在寻找识别旧痕的过程中，为焦之新讲述当年的血雨腥风，为他指出谁谁谁在此倒下，谁谁谁又在此被炮弹炸个尸骨不全……

张姓引路人是当年的勇士，还是个民工排长。而今老迈而肢残，拖着半条命来为他引路，让那结痂的伤口再次流血。张老人没有一声叹息，没有一句怨言，心理承受力的顽强，更让焦之新难过。

1999 年，作为小排长的焦之新因扫雷突出，立了他人生第一次功，虽说只是“三等”，已属难能可贵，他很知足。

焦之新没有忘记他的引路人，个人的庆功酒，是在支前老模范家中的火塘边摆上的。焦之新文静如白面书生，不胜酒力。他将烈酒一半洒向山岗，一半饮进肚里，用最原始和朴素的方式，重新诠释了二十世纪九十年代的军人信仰。

扫雷是个技术性很强的活，那物件会爆炸、会“装死”。研究如何处理好这危险物，如何才能将“活”做得漂亮、干净，焦之新为此较上了劲儿。这事有点考人，他读过很多相关书籍，做过不少现场试验，终于从最初的激愤中摸出些道道来，心境渐渐趋于平静，不再急功近利，境界放得很宽。最终，焦之新成为技术尖兵，敢于火中取栗。

2002 年，焦之新被成都军区表彰为“废除危险爆炸物品销毁处理工作先进个人”；两个月之后，焦之新荣立云南省军区“废除危险爆炸物品销毁处理二等功”。

精彩场面云南电视台组织过现场直播，我们都看到过那些冲天而起的恶之花，却不知道这群为老百姓提供安全保障的英雄中，有一名叫焦之新的基层连长。

声名在外的焦之新，大有用武之地。

2003 年，焦之新被总参谋部选中，作为维和人员到某海外雷场参加实地勘察。

我国一向坚持不干涉他国内政。但是，对于维护世界和平义不容辞。总参谋部对这次出国执行任务的对象选拔，慎之又慎，层层把关。联合纵队便装出国，以技术支持为令，不含军事参与成分，纪律相当严明。

以后的几年，焦之新第二次、第三次获得深造机会，是个好学生。

他多次立功受奖，被四总部表彰为“全军优秀指挥军官”。

王萍识大体

在接受我们采访的众多军人家庭中，焦之新的婚姻是自由恋爱的结果。

焦之新智商高，情商也一流。

1999 年，小排长焦之新就职于某军分区工机连，营房离一所乡村中学很近，军民关系极好。

虽是乡村中学，却处于坝区，人烟稠密，物产丰富，古村落多，交通、商业都很发达。出，与城市握手；入，远离喧哗，是个非常宜于居住的地方。

如果讲条件，小排长焦之新要“拿下”音乐教师王萍，有点难度。

焦之新的歌唱得不怎么成调，喜欢瞎哼哼，没有他不会的，也没有他唱得完整的。此人喜欢张罗，常常组织军民联欢，活跃部队生活，给年轻士兵提供个热闹。焦之新去请音乐教师来教士兵唱歌，这个由头选得好。一来二往，焦之新看着小自己两岁的音乐教师开朗活泼，容貌俏丽中带点娇，就不声不响站在王萍身边比个头，觉得挺般配，相差不多，看着使人舒服。

焦之新不要媒人，自己说。

从礼节性相送到十八相送，没费多少力气。

小排长当年的月薪八百元；王萍参加工作不久，工资也不高，他们置不起房。买了张双人床，租了间民房，请来几个战友吃餐饭，一场革命婚礼结束，王萍就从“王老师”变成了战友口中的“嫂子”。

婚后两人都努力提升和完善自我，进步很快，都很有作为。

乡村中学教师，不熬个十年八年，调进州府的可能性很小。音乐课在乡村中学不是主流，要教出点成绩，很不容易。王萍的音乐课上得与众不同，不仅能使学生爱上她的课，而且能让学生陶醉于她的课。既有这等本事，调进州府所在地就不难。很快，王萍就进了州府第二中学。

从此，焦之新为自己找了个很安定的后院。

新婚不久，新疆乌鲁木齐市发生军用废旧爆炸物品运输途中爆炸大事故，抽调远在云南的焦之新去参与处理。当时焦之新并不知道事件原因，一听“爆炸”二字，王萍头就大。

王萍心事重重地问丈夫：“能不能找领导说说，这次就不去了。”

焦之新果断地说：“不可以。军人的天职是服从。我去危险，人家去也是危险。把你妈接来吧，我会平安回来的。”

以后这样的事经历多了，我们的王老师就再不做那无用的努力，由他去吧。

细细想来，这个家经历过的几件大事，焦之新都在一线执行任务。

去省军区执行废旧危险爆炸物品清查清理销毁工作时，王萍临产在即，他仅仅中途回家看了一眼，孩子出生的第三天，他就重返现场。这次，焦之新给王萍捧回个二等功奖牌。

外援扫雷，焦之新扫到了战火纷飞的海外雷场。我们的王老师知道劝也无用，说也白说，天天提心吊胆看新闻。明知国际新闻中，即便出现雷场地名，也只是几句话几个镜头，从中是找不到心理安慰的，可听着“扫雷成功”四个字，她仿佛离丈夫近了些。

王萍慢性阑尾炎发作住院，医生说得手术，找个家属签字都唤不回丈夫，是老母亲签的手术单……

焦之新也很会哄媳妇的。相聚的日子，他穿上便装，携妻子黄昏后湖畔花前，琐细又必不可少的“废话”句句入耳。他所经历的危险场景有时像谍战片，有时像战争大片的某一个片段，绘声绘色细细讲来给王萍听，泡得王萍的心软软的甜甜的酥酥的，很受用。

焦之新很会制造情调。关于爱情的简约中肯，他将大道理通俗化；关于爱情的甜腻，他古今中外混搭着往王萍耳中灌，快速、直观、随意、通畅，无一不让王萍陶醉，很满意自己找到个天下佳偶。

学校放假，焦之新会带着王萍去采摘战地黄花，在那名满全国的一句题词下合张影。那句口号式的题词是：

理解万岁！

我是从二十世纪八十年代英雄报告团的执笔者和演讲者蔡朝东口中首次听到的这个提法。诚以为，蔡朝东了得，能够提炼出这么一句充满人文情谊的语言，让当世割舍不下，让后世悠远低回，是宣传干部中的高手，很让我崇拜。

是焦之新为我说清了这句口号的来龙去脉，一个更令人敬佩的老将军站在了我的面前。这句口号的创作者叫孙毅，那场战争的指挥者之一。孙毅是经历过抗日战争、解放战争的宿将，深知一句深入人心的口号在战争的激烈时期，比长篇大道理管用，于是在老山第一次喊出了“理解万岁！”他不是作家和诗人，倒创造出了长久绝响的一句话，既亲切又鼓舞士气，代表着那个特定环境特定时期的军人整体襟怀，还有他们的家庭和众多百姓的家国情怀。

孙毅后来转到北京任职，南疆有他永久的念想，麻栗坡人出差到北京，孙毅管吃管住管火车票。他，咱们的老将军孙毅，坚持把麻栗坡亲人送上车，多大的情分！

焦之新指着那座题有口号的石碑说："王萍，你对我的付出，都在上边了。"

2015 年 4 月，在部队工作了二十四年的焦之新，被任命为某县人武部政委。真是喜从天降，那是野战军官求之不得的归宿，正团级，生活条件和工作条件都不错。

县城宁静、整齐、百业兴旺。县人武部被街道含在心窝，相当受人尊敬，何况他已经是操鞭执杖的第一号首长。焦之新想着，这一下可以多抽出时间照顾家庭，女儿已上初中，正是需要父亲管教的时候，他欠女儿的，实在太多。

这把舒适的椅子，他还没坐热。两个月之后，云南边境第三次大扫雷拉开序幕，焦之新被任命为扫雷一队政治指导员，中校仍是中校，级别却下了一个台阶。

焦之新欢天喜地归队，王萍纵有千个理由也不可能真正阻止。她太了解丈夫，他天生就是为挑战性事业而生的，能重新归队，说明丈夫优秀。

即将再次劳燕分飞，王萍心头还是发酸，她企图拿女儿做挡箭牌。女儿正上初二，是个相当需要父爱的年龄。

女儿没事似的，反过来安慰妈妈："你就让爸爸去吧，这个家什么时候拴住过他？你不见爸爸这几天像打了鸡血一样兴奋吗？妈妈，我会好好努力的，让爸爸安心扫他的雷，我们不是都习惯了爸爸拿家当客店吗？”

夫妻相视一笑，“后院”再次安定。

岂止是越雷池

田奎方在我笔记本上留下的那句“坚持参加扫雷，并有信心和决心同官兵一道，把中越边境的雷患在自己的手中终结”，可以看作是这支扫雷部队的集体誓言。

田奎方、焦之新这对老搭档，再次手挽手，向着困难走。

第三次大扫雷布置精细，组织严谨，队伍强大，纪律严密，战线拉得长。按他们的话说：“是时候了，要给边疆人民一个交代。水源林、原始森林不得丝毫受损。”

那些地方，当年的雷阵方向已摸不着了。为了避免群众不小心误入雷区，部队花大力气先期进行清理，沿途细致地设有警示牌：一个骷髅头骨的胸前，交叉两支枯骨，有点恐怖。

没有营房，流动部队清除一块转移一地，帐篷就是家。他们掘地三尺，先引爆表层扫过去，像炸路基一样，再用探雷器绣花似的一寸寸前行，一遍一遍扫过。

这支部队技术性强，没有一个毛头兵，起码是进过专业学校的士官一级。他们每天背在身上的行头有数十斤重，爬行在边境的每一寸土地上，比牛马还累。

去采访的路上，我们看不见人烟。在一块树木相对稀疏的平坦地，看见一块篮球场，那是血性男儿唯一的精神会餐地，组织一场篮球赛“运动员”不够数，打半场也很过瘾。没有观众，他们自己给自己鼓掌。我们不时会见着一个岗哨，荷枪实弹的哨兵守着一个装满了清除来的爆炸物的山洞。此物得选准时间、地点，由专业人士来处理。

一个岗哨，一个哨兵，那份孤单寂寞，相当考验人的意志力，何况士兵那样年轻，正是渴望交流的年龄。前不见村子，后不见营帐，时光飘远了，青春里不见了青春，他们是一粒粒诚实的种子。

感谢焦之新指导员的法外开恩，让我上了一次扫雷现场。

能行车的简易公路只到山脚下，那就步行，他们走得，我也应该走得。

公路尽头的裸土，庄严地树立着界碑，一边是中国，一边是越南。裸土之上的石头缝里，扫雷场地宛然，那是一个个深去土下三尺的竖坑，诡诈得很。

焦之新给我讲了一段小故事。他指着近在眼前的山头，说那儿原来是一个哨所，属于我们中国的。夜里，对方两名军人从茅草中爬行而来，企图找个灯下黑的机会炸毁我们的哨所，却被他们自己埋下的雷炸死。事后，对方在大雨雷电中，只找到一具尸体，是我军将另一具尸体就地安葬，还做了个标志，每年春草勃发季，还将那个土堆上的野草锄尽，等待时机成熟，让死者的遗骸还乡。这个人性化的细节很让我感动，如果没有我们年年岁岁代为打整，那个土堆早已化为一片荒草。

战争总是会有收场的那一天。人民无罪，战死者也无罪，魂归故里，永远是人类最好的归宿。

没有营房的军营，时有家属来探亲，官兵一律不让她们进扫雷区，为了安全，也为了减少家属的一份牵挂。安排家属住下，却成为大问题。

帐篷紧缺，腾不出一顶来安排家属。人家千里寻夫，有多少知心话要说，有多少家务事要讲。如果有条件，领导会安排一家旅店给他们。流动的营地，离集镇都很远，这样的机会不是太多。最大的可能是就地解决，去乡村小学借间教室，或者去山地人家借间闲屋。本来久别胜新婚的事，受着环境制约，手脚放不开，起夜的战友，轮岗的战友，都会发出些响动，那情景相当尴尬。

我问指导员，他们没闹情绪吧？

指导员幽了一默说：“你问他。”

“他”是来长途车站接我，全程陪送我的河南籍军官吴泽荣，曾经在重庆服役过两年，我们聊起来很投缘。吴泽荣目前是副大队长，焦之新的下属。

这次采访，策划人说要突出重点，注意结构，各个兵种、各个年龄段的军人夫妻都要有所展现。特别提到“90 后”的军人夫妻，他们虽然年轻，却是军队的未来，千万不要错过。

几个月跑下来，我接触到的“90 后”夫妻，仅此一例。

军校毕业的吴泽荣是河南信阳人，属于技术类军人。他看上去像个大男孩，还没长醒就已经是孩子的爹了。此人稳重心细，在县城买了些药，说某某兵心脏不好，某某兵胃不好，带些药给他们，从山上下来一次不容易，顺便捎上。难得他有这份战友情谊，年纪轻轻就懂得怎样爱兵。

才做了父亲，吴泽荣把那份幸福拿出来让我分享，一段视频是他的大头儿子吴雨橦在洗澡，一段视频是儿子在打哈欠，肉乎乎的小嘴扯得老大，非常可爱。吴雨橦这名字，显然是吴泽荣取的，很有地域特色，他是想纪念什么？自然是这段军旅生活。

“雨”，边地一下就半年。

“橦”，边地的英雄树，又叫木棉、攀枝花。

吴泽荣的妻子张梦是位幼儿园教师，单纯、天真、乐观，想象力比生活阅历更丰富，从视频上看，长得很孩子气，五官秀灵灵如童话人物，也许再过十年她也长不大。张梦给孩子们讲童话故事讲多了，她把小丈夫吴泽荣的“领地”也想象如童话。原始森林永远是童话的原产地，蕴藏美妙、顽皮、天真，令人着迷。小丈夫是那里的守护神，比小王子更有力量，值得她爱。

婚后第一次探亲，正是学生放假的时候，营帐刚好就在小学校，指导员为他们安排了一间教室做新房。

那夜的月亮明朗如昼，一“床”的月光，一室的银水。忠实的军犬守在门口，不时给屋子里的人打声招呼：哼那么几句。毫无心理准备的小妻子一下进入了“原生态”，身都不敢翻，梦也没做成。

军营里凡谁的妻子来探亲，大家一律叫“嫂子”，张梦被叫得脸红筋胀，如羞花一朵，应也不是，不应也不是。这份尊敬她还承受不起，淳朴的“宝贝”还找不到“嫂子”的感觉，满目陌生。假期都没满，张梦就收拾行装走人，她含情脉脉地对小丈夫说：“我回家等你。”

平生，我吃的唯一一顿“军饭”就是在这个营地。

我非常虔诚，如领圣餐。

大帐篷收纳了所有在山上扫雷归来的兵。黑红的脸，阳刚的气，放开的吃，一下子把我拉回在林区伐木的岁月。那时我们也住这类大棚，没他们洋气，茅草顶、荆条墙，树桩子搭上木板，矮的是板凳，高的是桌子。我们每月五十斤大米不够吃（现在六口之家的数），能进嘴的食物一星不剩，我们不挑食，比猪都好养。他们，现代军人有这样的肚量，非体力劳动者难以望其项背。

伙食很好，每人每天三十一元伙食补助。

一帐篷的男性，连卫生员也是汉子。突然闯进来我这个坐“上席”的异性，偷眼一望不太了然，怎么是这等“资深”货色？

焦之新很会做思想工作。怕我难堪，表扬我说："你是第一位到扫雷现场的作家，你是到此地最年长的女性，他们都很尊敬你，敬重你，我也一样。"

扫雷的战线拉得很长，他们没有安排我往下走，我就没法特立独行。来到军营，我也自觉地服从命令听指挥。

下山时，我有许多的不舍。

山风轻轻地吹，晚霞初起，一眼的明媚。车子行走得很慢，穿过曾经的战争旧地，车也似乎不舍。

帐篷小学

战争的伤痛，我们永远不会忘记。永续的记忆中，光明与黑暗如影随形，即便是在最残酷的岁月，我们也会全方位地追求光明的星火，不留死角。帐篷小学就是那一粒光明的种子，栽种在战火中，三十多年过去，那粒种子已长成大树，呵护着满山的小鸟。

边民历来是享受无国界待遇的和平天使。

他们渴望与自然共生的自由。自然共生是这块土地的灵魂，与树、小草、农作物共享阳光雨露。罪恶的战争踏破了自然共生的底线，那块土地多灾多难。

安全转移边民，是必须要做的事。但多数边民没有走，住惯的山坡不嫌陡，他们对这块衣胞地爱得很深，他们住进自己挖的防空洞或者山岩子下，守着老土，也是一种心理安慰。

没有了旧时的村庄，无村不成寨的荒凉，鸟儿也会唱起“哭丧调”。

大人们都去支前出民工，孩子们就放了野马。临界碑——公路不到处，原来是有所小学的，覆盖五个村民小组，为汉、苗、瑶、蒙古、彝五个少数民族的孩子进行义务教育。虽然入学的稳定性很难坚持，但那琅琅书声和活泼的孩子给边地抹上了一层亮色。

国际公约规定：学校和医院是受保护的，不得摧毁。人家才不讲什么公约，如果都按公约行事，也就没有了那场战争。

一排炮弹正正击中教室的后墙，千疮百孔的教室，放不下一张安静的课桌，学校只得被迫停课。

麻栗坡曾经住过多少军队，根本没法弄清楚，他们都是人民的军队，这一点是清楚的。咱们只要清楚了这一点，其余的纠结都可以省略。战争使孩子们失去乐园，军人们看着就心疼。由文化和精神筑起的边境线，与戍边护国的边境线是站在同样高度的精神堡垒，怎么可能让孩子们失学——他们是麻栗坡的未来，人生最要紧的几步被战火烧去，会影响孩子们的一生。炮火中重新建起一所小学，肯定不可行也不可能。

怎么办?

解放军某团高机连那时正守卫在这儿，他们比其他人更有危机感，决定在炮火烤得冒烟的地方，为孩子们创造一个学习环境。该连于 1984 年 9 月，用一顶帐篷、一块自制黑板、九个炮弹箱和九个粗糙的树桩，为孩子们建起了一所“学校”。一名义务兵毛遂自荐当老师，九名少数民族学生收来一堂，搞复式教育。我们不知道这名义务兵姓甚名谁，家在何地，现在过得怎么样，内心对他的敬重，与英雄不差一丝一毫。我也曾在一个炸药库中做过复式教育小老师，那种艰难不是个中人，你想都无法想象。

1986 年 5 月 25 日，朱德总司令的夫人康克清从内参上看到这条消息，深受感动，为这所“学校”题写了一个名副其实的名字——“帐篷小学”。

从此，一杆红旗飘扬在边境线，既长志气又壮国威。

九名儿童的帐篷小学，一样过六一儿童节，那是孩子们终生忘不了的节日。他们虽然在战火中度过童年，却也一样拥有精神世界。他们能完整地唱完国歌，这将成为他们整个人生最初的信仰基础。

九名学童的帐篷小学，在第一个小学生毕业时，还举行了庄重的毕业典礼，家长和驻军代表都来了。一位老奶奶为义务兵教师送来一份礼物和一餐饭：

亲手绣的一双鞋垫上，灵动飞舞着一对小燕子；

这饭也很有老人心，一团锅巴，夹有水腌菜和一小条腊肉。

由于部队换防，学校经过六次搬迁，曾移交给六十七军、四十七军、二十七军管理，最终于1989年2月移交给云南省军区文山军分区边防二团八连管理。1993年，学生搬入部队营房上课。当时官兵为解决学生书杂费及校服等费用，共捐款十五万元。2000年4月，边防二团出资七万二千元对校园进行综合改造。5月，全国人大常委会副委员长许嘉璐来校视察，捐款十万元勉励学生好好学习。8月，云南省荣军促进会副会长杨茜雅出资二十余万元，为学校建立了电教室、图书室和少先队活动室。2007年，在成都军区对口扶贫麻栗坡建设社会主义新农村项目中，把该校列入帮扶对象，投资五十万元，县人民政府配套资金三十四万多元，按一百人办学规模设计建设，彻底改善了学校的办学条件。

建校以来，学校一直实行军地共管的办学模式，驻军连队曾安排八位官兵历任学校的校长。

帐篷小学的创建和发展，是在特殊时期军民一心培育下一代的产物，如果没有足够的家国情怀，谁会想到那九名在战火中失去求学机会的孩子？

我们到帐篷小学那天，是周三上午。孩子们正在上课，窗明几净的校园静得出奇。茶水还没喝到第二开，下课铃声响，走在快活鸟后边的是一名肢残女教师。她是当年九名小学生中年纪最小的，一条腿被战争夺去之后，用坚强的意志读完师专。按政策，她可以照顾到条件好一点的地方工作，但她坚决要求回到她的帐篷小学，回报有恩于她的母校。

我曾到过蜂岩洞小学（村子和学校全在一个大岩洞里），也曾到过水上小学和旧庙改造的乡村小学。比起帐篷小学，岩洞小学不如它高阔，水上小学不如它坚实，庙堂小学不如它主旨单纯。一时间，我对帐篷小学产生了崇敬，想留个永久性纪念。合影时，跑来几个少数民族小女生参与。看来，她们是见过世面的，此种钟情者她们见多了，很为自己的学校感到发自内心的自豪。

帐篷小学虽然告别了帐篷，它仍然是伟立于边境线的帐篷小学。

边城麻栗坡

麻栗坡属于文山壮族苗族自治州的一个县，声名却在自治州之上；老山、扣林山、法卡山、八里河东山、者阴山属于滇南众山中的成员，说高不算高，说秀不算秀，声名却在众山之上。原因无它，全部来源于那场战争。关于那场战争，对我最初的触动是文学作品《高山下的花环》，爱国主义、民族气节、英雄气概何等悲壮。同名电影，我还真的就错过了。

一过边境检查站，沿途多军事机构，一座一座连绵不断。军旗的鲜红，卫兵的英武，让我体味到暌违已久的冲动，无端地心潮奔涌，心跳加快。我一概不知道他们是何种兵种，属于哪个部队；就算我把所有的兵种都闹明白，也还是一个门外汉，而这些军营给了我发蒙启蔽的震撼是实在的。我一扫十个小时车程带来的乏困，眼睛睁得夸张，表情也如是，突然就想来两句：呵，边关！有了你周身的甲胄，固若金汤字字烁金，谁想修改都无处下笔。

那场战争，离我们这代人最近。曾亲耳听过战斗英雄史光柱、安忠文的报告。当时我作为会场的服务者，一连听过三场，为他们感人的事迹不知流过多少眼泪。

无论我自己多么平凡，心中多少怀些英雄情结，总想找个机会去当一次战地记者。那时我做编辑工作，小刊物的文字编辑想“冲锋在前”，没斤两。众多媒体均派出文字高手，我算老几？后来，我与史光柱有过交往，书信以及见面交谈的合影都有。史光柱在保家卫国的战争中失去了双眼，之后，他学会了用盲文书写自己心中的爱国情怀，成为一位很有成就的军旅作家，出的书还寄过几本给我。我也曾为他编发过作品。2009年，由近一亿群众参与投票，史光柱成为《100位新中国成立以来感动中国人物》书中的主角之一，吉林出版集团推荐我为史光柱写“传记”，却被我推辞。我怕写不出史光柱的风骨，我怕写不好他的精神面貌，我怕笔力不行，修为不足，将史光柱写得不够丰满……

这一次有幸去叩拜我向往的土地，自然旧话重提，却遭到一点小小的打击。当地一位德高望重的学者说，史光柱、安忠文等，仅仅是众多英雄中的个体，代替不了全貌，嘱我亲自去走走旧战场，去听听老百姓怎么说，看看他们怎么过日子。

三天听下来走下来看下来，我更无话可说，倒是对这块土地多了一份敬意。

麻栗坡是个典型的山区县，域内找不到一块五百亩连片的平地，山地出产不丰，是国家级贫困县。好在这里的少数民族同胞们不大去羡慕人家的肥水，活出了自己的风骨。崇拜祖先，这是宗教；崇拜万物，这是信仰。他们对人类的贡献：民族精神、民族文化、农耕文明，一样都不少，其历史的悠远，可以追溯到新石器时期，这个时期离我们实在太遥远，人类留在麻栗坡的遗迹是崖画。因为看不懂，我们才会去寻找先祖们幼年时期的足迹，寻找一个个关于生存的故事。或许，最后的原始部落就藏在远古时代的崖画中，今日的丛林里——一个自称为高原倮人的古寨子，至今还唱着祖先的歌谣，跳着祖先的舞蹈，世世代代生活在祖先童年里的那份充实和满足，局外人很难理解。

边城实在太小，哪怕它头枕白虎怀揣畴阳。白虎是一座山，畴阳是一条河，虎山阳水牵住的，仅仅是早年的一个驿站。一条脐带似的驿道连接着，生生不息，边城似乎又变得天涯无边了。

边城街道随水而去，两条小河像两枝睡莲，串起高楼大厦和街道。一个个市民在广场聚集休闲，不舞不喧，安静得如同一蓬蓬夜来香，淡淡地温暖着黄昏。刹那间，沸腾的街灯，长龙似的照亮不多的几条街道，楼上楼下的灯光穿窗而出，立体的小山城灯光通明，如是含在众山怀里的夜明珠，小巧、精致、剔透。

这么小的城，承载那么重的历史使命。麻栗坡人为保卫国家领土作出的贡献、付出的牺牲，值得全国人民向他们致谢！

麻栗坡的山长得很有个性。起起伏伏连在一起不留过渡地带，有力量有气势，却看不出它们的头在哪里，尾在哪里。麻栗坡的山大，坡度大，高差大，湿气大，雾气大，温差大。

那天我们走到山垭口，已是正午。望见对面山谷隐隐衔着一枚大麦粑粑似的太阳，圆圆的浑白，一点威力都没有。雾气太霸道，拿太阳当绣球耍，我还是头一次目睹，不觉多看了些时候。看出些弧线挣扎出雾霭的牢笼，山便渐渐诚实起来。

各处的远山呼之欲出，来处和去处都有些拥挤与摩擦的绿堆逡巡在梦里，它们被雾掩着，竟也美了整个山体。

山脚下的溪水是条国际河流，清碧透底，落一河的山影。河的两岸无一块坦土，顺坡贴着两面香蕉林，蕉林一直往峭壁贴上去，豁朗的柔，美了河谷，媚了坡地。累累果实一串挂个粮袋一样粗的绿色塑料袋子，不时拂着车窗，伸手可及。一个拐角，就有一辆大卡车在收购香蕉，现钱现货，收生不收熟。

满坡的人在割香蕉，一串串扛来给老板，拉到远处的城里，蕉果刚好从青涩变成黄金，是可以卖个好价钱的。

蕉林之上还是峭壁，碧缝透明出瀑布似的挂溪水，泉一样甘甜，帘一样密集，直落云帆十米二十米挂过去，沁入肺腑，洗尽尘埃，舒服极了。崖之上多杂树，树下罩着一层翠色的苔衣，苔衣里蒸吐出一种似药似香草的味道，吸一口令人欲醉欲仙。

崖之上又是崖。

崖上累累欲坠的一群牲口在仰天望日，或者说痴痴地想去啃一嘴那个大白饼。

这一路，我没见过太显眼的人家户。进入视线的多是隐于树后、竹后，有水婉转，有木萧疏，错落秀气的一墙一角，无论如何一眼难识全貌。很想走进一户人家讨口茶喝，狗也不好惹，何况那家人都不一定在家。

庄稼户的耕地多台坎，那是近几年来部队扫雷后还民的衣食地，得来实在艰难。山民亲眼见证过那种艰难，非常爱惜土地，能种一棵是一棵，不丢荒。好吃好在，齐了。

最让我动容的，是两国交界的山垭口，一株白菜精怪似的，长得似一张大圆桌，霜寒无侵，茁壮了整个分界线。

原始森林被雾气举上高端，可隐隐约约分不清树梢和树干。它们“枕”山而长，看上去像是半卧半躺，极是自在。我听说那些森林间有大寨子，才送走了一个什么节日，热闹未尽。自发的迎神祭祀活动，人也快活，神也快活。有人曾经想把这种活动搬上舞台，搬进城里，却串味穿帮失去灵魂，失败了。

杜鹃花在丛林中长成大树，将雾气染红；杂花艳在树林里，娇俏如一群调皮的村姑；攀枝花燃烧在河谷……

老山、扣林山、八里河东山、法卡山在众山中显不出谁高谁低，万年风姿依然红颜不老，安静如处子。它们暗淡了刀光剑影，服务于一个精神——“老山神炮”。

我们走进去观看当年的大炮、山洞、战地指挥部、地道营房、军事博物区。旧物旧景宛然，锅碗瓢盆水壶齐整。军事地图上，标出些我们不知其所以然的编号、数字，指挥棍的一头有手磨出来的包浆，光滑如漆过一般。我们是自启大门进来的，有指导员焦之新带着，一切都通行无阻。

我们在一个排的坑道木板铺上，一人择三块木板躺下，正在胡思乱想……一股逼人的寒气从泥土中漫上来，那场战争似乎又靠过来、卷过来。

不知谁在坑道墙（石头）上涂抹了一句：拿下老山重举杯！

污黑一线，血否？

坑道是天工加人为修筑的工事，迂回高大，穿挑起一个一个的岔洞，岔洞有落差和阶梯，开一道门就深去一层，完整如一座地下雄关要隘。进洞时，我抄写了一副对联：

绿水青山藏龙卧虎

精兵强将御守边关

出洞时，我又抄写了一副对联：

有我群雄守土在

敌寇休想渡边关

一律没有横批，横批化作了泥土。风云雷电的烽火，又回来了。

这时再来环顾群山，老山、扣林山、八里河东山、法卡山还是与众不同，它们被众山力拔，崔嵬雄峻，看山不是山。

“老山神炮”边，正在打理出一个公园的毛坯，待整个工程完成后，这里将是一块爱国主义教育基地。

人民永远不会忘记他们

人到边关，我总也忘不了那场战争、那些舍生取义的英雄们。

关于那场战争，我知道的一些细节，来自于稿件。那时还没有出现网络、电子邮件，一律手书，投稿还不用付邮费。稿件投进邮筒，它们自会飞进各个编辑部，信鸽一样准确。那时我在一个刊物做文学编辑，正逢文学发展的黄金季节，自我感觉良好。

热血青年们似乎也没做隔岸人，参与意识很强。来稿中多诗稿，且有相当数量来自文山、红河两州，内容多是枪林弹雨中精神喷涌的写照，让那场战争离我更近一程。

那时对稿件的处理很认真，没选中的稿件得退回去，并复信说明退稿原因。这事，很难为我们，退出去的稿件再回到手中，附有这样一张豆腐干大的条条：

查无此人；

地址不详……

原因我们都不言而喻，怪难过的。

以后，我曾找到些机会去往边境冲突战、自卫还击战、收复失地战的旧址，绿水青山修复了旧伤疤，我找不到一个明显的标志来安顿心祭，是两座烈士陵园完成了我的夙愿。两座陵园相距数百里，时间上也相差七年，心境倒是无距离。

若说烈士陵园，我先后走过腾冲的国殇墓园、湖北红安烈士陵园、湖北大悟烈士陵园，论其历史和规模，都超过现在我要讲的两座，但论感受之深，还是这两座。原因很简单，它们和他们，离我更近，马蹄声不远，喇叭声更清晰。

在红河州河口县槟榔寨，2010 年我曾采访过一位守陵老人罗奇忠。原想为他写点文字，归来后握笔全是坟堆堆，写不出罗奇忠老人的气度，是我一个习文嚼字人的失败，是件很丢人的事。

罗奇忠老人不是军人，却穿着一身没佩领章帽徽的军装，正装整洁，军帽周正，解放鞋洗得有些发白。他给我泡好香茶，那杯茶到离去我都没饮一口，临行时我将茶洒向陵园，以茶代酒，做了一番心祭。

这座陵园是为者阴山战役的烈士修建的。

罗奇忠当时是位农村青年，编入“支前民兵”，最高荣誉是“支前模范”。他是见过战火的人，对生死了然。他带我一一走过坟头，不时告诉我：“他们这一溜，来自同一个学校，同一天当兵，同一天阵亡，同一年出生，死的时候都才十八岁。”语气平静得像说自己家一茬庄稼因久旱无雨而早枯。

罗奇忠指着另一个坟头告诉我：“这位是你的老乡。”

又指着前边一个坟头告诉我：“这位叫丘裕文的，后人发财了，去年来了一群亲人大祭过，摆了八个大花圈，气派得很。”

罗奇忠是陵园的守护者，却没有组织，没有名分，没有工资，传统说法叫“善人”，时髦说法叫“公益志愿者”（当时好像还不大时兴这种提法），所以他什么也不是。他这么做，硬要找个理由，是他给我说的一句大白话：“他们死了，我还活着。”

于是，他带着妻子来守陵园，在陵园空地、墙根或他住的小房子周围种点菜是可以的，粮食儿子会定期背来，家禽是不能养的，那些活物会糟蹋坟地。

罗奇忠尊重英灵，我没有理由不尊重他。他给我讲了一个故事，至今犹在耳际：去年（2009 年）的寒食节前，一个叫“念云”的东北小伙来自佳木斯，从山脚哭到山顶。他是奉母命来给父亲磕头的，母亲临终最后一个心愿，是要儿子来看看他的爹。爹“光荣”时二十一岁，儿子今年二十五岁，是个遗腹子。大男孩一时找不着爹，哭倒在陵地，是罗奇忠帮助他从三百五十八座坟台中找到爹的。大男孩给爹磕了四十六个响头，额头都磕出血来。“四十六”，是父子俩的年龄之和，活着的和死去的全有。念云说本来他娘也要来的，前些年穷，凑不够路费，到凑够了路费，娘却大病在身，走不起。娘是带着遗憾“走”的，他不能让娘死不瞑目。

槟榔寨水头烈士陵园像埃及的金字塔，它没有埋葬法老，所以才长出满山精神，这种精神叫“永垂不朽”！

罗奇忠的陵园是座花圃。

坊间说，第一位来扫墓的女子是一位烈士的恋人，她在恋人墓前植了一株花树。后来的扫墓人觉得这样做很能代表亲人心意，也植一株花。扫墓的人多了，花圃也就长成了气候，很好看。这种说法太浪漫，与实际情况相差很远，有些矫情，实际情况比这要朴实得多——罗奇忠见坟地荒疏太丑，就遍地遍山去挖易活耐得饥寒水旱的野花，每个坟头栽一棵。花圃品种杂乱的原因，即在于此。

南国春来早，我到那天阳光正好，百花明艳。

麻栗坡烈士陵园，两天中我去了三次。

第一天是个傍晚。

出县城往北，一座山都是坟墓。进山的一段树林相当有胸襟，步步走来都情意绵绵，尤以香樟树老到，它们从坡上来向坡上去，横枝斜影皆婆娑。轻轻的晚风被林子婉转出壮族大歌、苗族小调似的音韵，很有地域特色。恋林的小鸟一群一堆归巢，家族似的叽叽喳喳，自有一番动人处。

进山有一条水泥大道蜿蜒到一个大广场，顶天立地的英雄纪念碑两面都书写着“人民英雄永垂不朽”，一边是毛泽东手书体，一边是邓小平题字。离清明节还有五天，层层花圈已将纪念碑基座围个里三层外三层。花圈的敬献者既有省内省外的政府机构，也有一些我摸不着头脑的：六十一师、一八二团三营三机连全体战友敬挽……

每座坟都有松柏相伴，坟地周围的松柏林已长成森林带，枝丫如手臂，戴满玄纱。有的墓地坟头插着白色的坟飘，想来他们的亲人已经来拜祭过。我借夕阳的余晖快速扫过排排坟台，戴联海副班长，生于1966年，卒于1984年12月1日，在老山牺牲时刚满十八岁。还有十六岁的……他们都有照片嵌在墓碑上，张张照片都是青春初绽，稚气未脱。

九百七十四座坟茔我是看不完了。开始时，每一座坟我都鞠躬，到后来我只能选一个能目纳英烈的开阔地，行礼、鞠躬、作揖一起来。墓地的背景音乐反复播放着《血染的风采》，那深情悠扬略带凄清的旋律，如泣如诉，更似一曲安魂曲。

第二天清晨，扫雷一队副大队长吴泽荣陪我去看陵园纪念馆。这一天的安排太满，人家还没开馆就先放我们入内。英雄们、烈士们的故事来不及一一细看，三张大照片倒是收进肺腑：

一对新人来父亲坟前举行婚礼；

一家子五位参战官兵壮烈牺牲了四位；

一战士对着崖缝吸滴水解渴。

昨晚，我睡不着，老在想一个不着边际的问题，很想请教一下博物馆的资深者。

陵园不止我见到的两座，加在一起的数字远远超过我见到的这些，又几乎是同时壮烈，全是土葬。木材是不成问题的，此地的森林中有的是优质材料，即使全县的木匠都来打棺材，这庞大的工程也会难住鲁班。

来关馆门的是个小姑娘，我这疑问她定不会给个答复，还是放在心里慢慢去想，别为难她吧。

第三次进陵园是在第三天的下午，我是跟着一队来自广西的参战老兵去的。我和他们住在同一家宾馆。他们统一着军装，军装是当年的，也是全新的。老兵们全副武装，腰上皮带一扣，个个都精神焕发，胸前挂满纪念章、军功章，最多的一位挂了十六枚。

他们的年纪都不少壮，最年长的一位参加过抗美援朝，那时就是个基层主官，神采奕奕像个将军。早餐时我们坐在一张桌，这位八十六岁的老将军还十分绅士风度地为我剥了个鸡蛋。他为他的八十六岁骄傲，他为他的远道而来自豪，说白天要去老山战地采些野花，回来后再去看望他的老部下和战友。我请求与他们一同去陵园，获准！抢了点时间，正好赶上他们向陵园出发，挤上车去，我是这一车人中唯一没穿军装的悼念者。

车上也有女性，一穿军装就看不出年龄，还原了当年的护士、电报员、军医，个个都英姿飒爽。

这一队老兵没有眼泪没有悲伤，彰显的是二十世纪八十年代的军人风采。军歌一曲一曲地唱下去：抗日战争、解放战争……最后那一首还是有人哭了，我的眼泪比他们还长。他们按惯例应该唱《血染的风采》和《十五的月亮》，却选择了《驼铃》，我以为情感更深厚更浓烈。

“合唱团”队列整齐，有指挥无伴奏，歌声起：

送战友，踏征程。

默默无语两眼泪，

耳边响起驼铃声。

路漫漫，雾蒙蒙。

革命生涯常分手，

一种分别两样情。

战友啊战友，

亲爱的弟兄，

当心夜半北风寒，

一路多保重。

……

战友啊战友，

亲爱的弟兄，

待到春风传佳讯，

我们再相逢。

来自全国的悼念者络绎不绝，悲壮的气氛将边城的英雄气概推向崇山峻岭，“老山精神”无疑已化作了山脉。

后 记

写作本书，对我们是极限的挑战。

题材太厚重，两个女人挑不动。

行业离我们太远，一老一少两个女人，心中没底气。

几次欲罢，几度犹豫终是不舍，是我们对军队的敬仰、军人的崇拜、军嫂的尊重。

战争年代，人们对军人的艰难困苦、巨大牺牲给予了高度评价和热情歌颂。和平年代，这种社会热情是否在减弱？军队是否可以刀枪入库、马放南山？

其实，任何时候，人民军队都与国家和平息息相关。国防力量的强大，是国家安全和发展的重要基础；没有国防建设的日益精锐，天下太平是句空话。

对于军事文学的热爱和全民共仰，笔者曾亲身感受到一次不同寻常的场面。一九九〇年首届滕王阁笔会，请来京城众多高手雅聚南昌，十七人中仅我一人是来自京城外少数民族地区的“土著”，我很荣幸也很拘束。内中的“五老”——冯牧、陈荒煤、魏巍、邹荻帆、葛洛，都是当代中国文坛的泰斗级人物。

那次笔会规格很高，吴邦国、吴官正都参加了重要活动。“二吴”拿魏巍当首席，其中一人当场背诵了《谁是最可爱的人》

中的精彩段落。一篇抗美援朝时期的战地特写，竟然有如此大的魅力，我还是头一次幸逢，很感动。尽管现在文学的风光锐减，谁又没有读过魏巍的名篇《谁是最可爱的人》呢？

二〇一七年是建军九十周年大庆，又喜逢党的十九大胜利召开，写军旅题材的作品会很多，我们想挤进这个写作队伍是自不量力。好在军旅作家、文坛大腕们或书写革命跌宕、风云巨变，或回望染血的记忆，作品必然汗牛充栋，不在乎我们这本小书。

有关领导布置任务时，给了我们个“十六字方针”：突出重点，注意结构，抓紧时间，按时完成。当时我们没有表态，只是说先采访。

接下来，我们没进重要的军事机关，而是直奔战场旧地、关隘遗址、家属院、军人家庭……一圈跑下来，发觉直接写军队，我们没那个能力，也不是本文的主旨。怎么去写这百万雄师的军旅特色，如何与戍边重任连在一起？问题接踵而来：范围太大，我们没有一担收拾的素养。

领导们当时给我们的主题是写优秀军嫂，大概是想写出军人妻对国防建设的奉献，歌颂她们的牺牲精神和信仰的无私。其实，这样写军嫂们很吃亏。现在的军人妻，与战争年代大不同，纯粹的家属不多。她们大都有自己的事业，如何克服事业与家庭的种种矛盾，光有纯洁、无私是不够的，必须得将军人的事业和个人的事业系在一起去思考和处理，家庭才不会只是一个抽象的概念。

我们有一个想法与支持者和信任我的人讨论过：优秀军嫂，必定得有一个优秀军人才能撑得起，否则尽是些贤妻良母，分量不够。中国传统文化没断过代，几千年教育女子的道德标准，简而言之就是“相夫教子”四个字，这样对待现代女子，不可能，也不公平。军婚如何在当代闪现出时代风采，需要将他们放在普通人的生活中，放在各种遭遇和命运中。表面看不是指向爱情，但军人首先是人，有爱情的家庭才有活力，才会稳定。而爱情在军人家庭表现的维度，与普通家庭还是有区别的。写出这种区别，文章才有个性，且在军旅文学作品中，笔锋指向这个领域的也不是太多，这就给我提供了广阔的行文空间，可以努力去写出他们家庭生活中的美感来，也可以说是他们对待生活的态度、特殊的情景和情趣。

我采访军人，他们更多的时候是谈论妻小；我采访军嫂，在她们的滔滔絮语中，又常常出现丈夫，而不仅仅是她们自己。两者糅合，大概就是人间烟火。

在采访过程中，我情感投入很深，心灵嗟伤很重，轻松不起来。与女主人公常常是泪眼对泪眼，到最后抱作一团，各自述说做个女人的不容易。我像她们的母亲或者长姐，说不完的私房话，道不尽的寂寞、孤独、劳累、心酸、压力。其实，所有这一切，军人也在同样经受着。和谐与调整，才是重要的。

军旅生活特殊而宽广，最不好写，还得写出各种特点，尺度不好掌握，收收放放的分寸也不好把握，我努力了，尽管还并不完美。

近一年，我没有一刻心是空的，做梦都在与他们继续打交道。

我敬重他们！

我爱他们！

一路之上交了许多朋友，特别是军人妻。她们常常来电话告知家事，喜忧都不回避我，拿我当亲戚看待。从来就没有谁真正找到过我，我一个人在离家很远的“鸟巢”写书哩！

我不会电脑不会上网不会用手机，天生一个土包子，全凭一支笔去还原场景，去描写他们的事业、爱情、家庭，也不排除悲欢离合。留给他们的电话号码是座机号和我家那位掌门人的手机号。如此一来，我家的那一位有事干了，电话、短信、微信，他都处理得很有耐心，回复得及时。众人说他是难得的“好人”，我也认这个账。

此书的策划、采访、写作，得到众多的领导、单位和个人的支持、帮助、鼓励，尤其是中共云南省委宣传部、云南省双拥办以及各驻滇部队，谨此感谢！同时还要感谢著名军旅书法家张斌老师为本书书名题字。